吃貨嬌娘

3

文創風
348

夕南 著

目錄

第四十二章

瑞王府四少爺的洗三辦得並不大，不過請了一些親近的人，楚修明也陪著沈錦過去了，到時候這孩子的滿月，沈錦怕就來不了了，而這個孩子的洗三日子很巧，正是永齊二十五年的最後一天，誠帝也已封筆了。

沈錦是第一次看見這個弟弟，他被包裹在紅彤彤的小被裡面，楚修明扶著沈錦過去看的時候，就覺得這孩子全身都是小小的感覺。陳側妃臉上帶的笑容並不明顯，可是沈錦卻知道，母親是高興的，她出嫁後，母親想來很寂寞。

陳側妃笑看著沈錦說道：「這孩子比妳小時候乖。」

「怎麼可能。」沈錦根本不相信。「母親不是說我才是最乖的孩子嗎？」

陳側妃勾唇一笑，說道：「騙妳的，妳小時候時時離不開人，必須讓人抱著，早上睡晚上鬧的，一不如意就哭，還不是大聲哭，而是小聲哭個不停。」

「才不會呢。」沈錦想到自己經常在楚修明面前說自己小時候多乖多懂事的事情。「我又聰明又乖的。」

陳側妃笑了笑卻不再說，把懷裡的孩子交給奶嬤嬤，才說道：「快回去休息吧，可別累著了。」

沈錦摸了摸自己的肚子，點頭說道：「好。」

瑞王妃給楚修明和沈錦安排的還是當初那個院子，因為明天就過年了，索性兩個人就不再來回奔波，畢竟沈錦的肚子大了，坐馬車也有些受罪，他們準備在瑞王府過完初三再回去。

永樂侯世子和沈琦在孩子洗三完就回永樂侯府，不管怎麼說，大年初一他們還是必須留在永樂侯府。

沈錦在瑞王府這段時間，不管是沈蓉還是沈皓都沒看見，沈錦什麼也沒有問。過完初三，楚修明就陪沈錦回了永甯伯府，來的時候送出不少禮，走的時候也帶回不少。

送走了永甯伯夫妻，沈琦沒有忍住，問道：「母妃，您說三妹到底知不知道李氏的事情？」

瑞王妃看著女兒憔悴的樣子，說道：「妳覺得呢？」

沈琦說不出來，如果知道，為什麼一點異樣也沒有；若是不知道，為什麼見沈蓉和沈皓不在，卻絲毫沒有詫異。瑞王妃嘆了口氣說道：「重要嗎？」

瑞王妃陪著女兒慢慢往裡面走，說道：「不管錦丫頭知道或不知道，她心裡很明白，不管別人如何，自己的日子才是最重要的，有我在，總不會讓妳與李氏一般的。」

「母妃。」沈琦聽見母親提起李氏，身子僵了一下。那一日她嚇壞了，那麼多的血，李氏的慘叫好像還在耳邊，還有父王的那句保孩子……當初她小產的時候，是不是也流了許多的血？

「李氏是什麼身分，妳又是什麼身分？」瑞王妃伸手握著女兒的手，開口道：「就算是在永樂侯府，他們也沒那膽子敢不保妳。」
沈琦咬了下唇，瑞王妃的手很柔軟，是一雙養尊處優的手。「女人生孩子總是一大關的，可是又不能不生，除非妳願意看著別的女人與妳丈夫生的孩子，繼承這一切。」
瑞王妃沒有再多說。「錦ㄚ頭不管是身分、樣貌，甚至連琴棋書畫這類的都不如妳，可是她比妳看得透、看得開。琦兒，妳是我唯一的女兒，有些事情妳應該學學錦ㄚ頭看開一些。」
回去的馬車上，沈錦是坐在楚修明懷裡的，有些不舒服地動了動腳，她現在不僅是腿，連腳都有些腫了。如今穿著靴子，雖然保暖，可是穿久了還是讓沈錦覺得不舒服。
沈錦一動，楚修明就注意到了，他先是敲三下車門，沈錦就發現馬車很快停了下來。楚修明這才讓沈錦橫坐在懷裡，一手摟著她後背，側身去把沈錦的靴子給脫下，她腳上穿著棉襪，在馬車裡也不會冷。等靴子脫掉，楚修明就重新把沈錦抱好，又敲了一下車門，馬車就重新上路了。
沈錦動了動腳，說道：「舒服多了呢。」
楚修明應了一聲。「回去用溫水泡泡腳。」
沈錦點頭，他們離開邊城已經半年了，明明京城才是她生活許久的地方，可是偏偏沈錦更想念邊城的生活。今年的瑞王府顯得有些冷清，沈軒還在閩中沒有回來，沈梓雖然想回來，卻沒被瑞王府允許，許側妃和沈靜被關起來，沈皓和沈蓉也被罰了，甚至過年都沒放出來。陪在瑞王身邊的，就剩下了沈琦夫妻兩個、他們倆、還有沈熙。

「我不覺得是沈蓉讓沈皓做的。」沈錦開口道。

楚修明應了一聲，馬車裡面雖然不冷，他還是拿了披風給沈錦的腳蓋上。

沈錦小聲說道：「沈蓉沒有那麼傻。」

楚修明拿了一塊桃乾放在沈錦的唇邊，沈錦張口含在嘴裡，酸酸甜甜還帶著點鹹，滿足地瞇著眼睛說道：「大姊看著有些憔悴，想來是被嚇住了，多虧我們回來得早。」

「是啊。」楚修明開口說道。

等馬車停下，沈錦本想叫安寧上來幫自己穿靴子，她現在的肚子根本彎不下腰，沒想到楚修明卻先讓沈錦自己坐好，然後用自己披風仔細把沈錦的腳連帶小腿給包裹起來，又把沈錦自己的披風給她穿好，這才打橫抱著沈錦下馬車。

趙嬤嬤已經在院子裡等著，屋中很暖和，楚修明把沈錦放到床上，趙嬤嬤就伺候著沈錦更衣，安寧到一旁打下手，楚修明也換了一身常服，趙嬤嬤這才說道：「前兩日府上來了幾個人，說是陳側妃的親戚，來找夫人的。」

「母親的親戚？」沈錦愣住，看向趙嬤嬤。

趙嬤嬤開口道：「是的，還說了一些陳側妃的事情，因為老奴知道得不多，也不確定真假，就先安排人住下了。」

沈錦皺了皺眉，她從來沒有和趙嬤嬤她們說過母親娘家的事情，趙嬤嬤自然不知道是真是假，所以對那幾個人還真不好處置，只能先安排人住下，然後讓人看著。

楚修明兩根手指按了下沈錦的額頭說道：「不想見就打發走。」

沈錦抓著楚修明的手，搖了搖頭說道：「見見吧。」

趙嬤嬤見此，雖然沈錦沒說什麼，可是看出不管這親戚是真是假，看來與陳側妃和夫人的關係都不親近，如此心中也有了思量。

沈錦端著熱呼呼的羊奶喝了一碗，緩緩吐出一口氣說道：「還是家裡舒服。」

「夫人要泡泡腳嗎？」趙嬤嬤笑著問道。

沈錦想了一下，點頭說：「弄個大點的盆，我和夫君一起泡。」

趙嬤嬤笑著應下來，當即就讓小丫鬟去準備，一會兒就有人端著盆拎著水過來了，兌好水後，沈錦就看向楚修明。楚修明讓人搬了圓墩坐在沈錦的對面，也沒讓丫鬟伺候，自己脫了鞋襪。

沈錦的腳比楚修明的要小許多，又白又嫩的，踩在楚修明的腳上格外得意。「其實就算讓我見了母親娘家的人，我也不認識，因為我從來沒見過。」

楚修明安安靜靜地聽著，沈錦在楚修明的腳上踩了踩，然後又讓人加了點熱水，繼續泡著說道：「母親也很少提起這些人，當初母親……是不願意進王府當妾的，好像外祖父生前給母親定了人家。」

雖然用溫水泡腳很舒服，楚修明卻沒讓沈錦泡太久，讓安寧幫沈錦擦乾後，就直接抱著沈錦上了床。

沈錦雖然不睏，可是冬天這般躺在夫君懷裡，也格外的舒服，說道：「可是等外祖父沒了以後，他們就……其實開始他們沒想到母親能進瑞王府的，好像是給另外一個官員做妾的，可是外祖父的一個朋友看不過去，不知怎的和母妃的娘家人搭上關係，知道母妃正在給瑞王納妾，就把母親給推了上去。

「聽母親說，外祖父家並不窮，甚至還很富裕，當他們知道母親要進瑞王府的時候，事情已經成了定局，知道已把母親得罪狠了，索性就得罪到底，收了瑞王妃送的東西，還什麼都不准母親帶走，甚至連當初外祖父和外祖母留給母親的東西都扣下來，最後母親就穿著一身衣服，偷偷拿了這枚玉珮走了。」沈錦覺得其中肯定還有事情，就像是母親成側妃的時候，如果他們知道消息了，來鬧過沒有，不過這些也都是沈錦從李嬤嬤那裡聽來的，母親不喜歡談這些，沈錦自然不會去問，免得惹母親傷心。

而且他們真的沒有來王府找過母親嗎？若只是這些事情，母親並不會記恨這麼久吧。不過這些沈錦卻不會再問了，反正她以後都不會再見到這些人，何必再提起這些事情讓母親難受呢。

楚修明應了一聲。「不管他們來是什麼目的，打發走就是，莫讓他們擾了岳母。」

沈錦點頭，起碼在永甯伯府中，她能當家作主，可是在瑞王府中，陳側妃能做的卻不多，所以他們來找自己總比去瑞王府找母親強，父王這段時日怕是心情也不好。

當真見到這些人的時候，沈錦才知道為什麼趙嬤嬤會留了人下來，也不知是哪一個表妹，竟然與她母親年輕的時候有六、七分相似，沈錦有些稀罕地看了一會兒才說道：「坐吧。」

沈錦難免對那個與母親相似的女孩多注意了幾分，卻發現也不過是長得相似，她坐下來後就總往自己手上的鐲子和頭上的髮飾看去，還打量著屋中的擺設，自以為做得隱蔽，卻不知沈錦坐在主位上看得一清二楚。

最年長的男人剛坐下就開口道：「郡主，我是妳……」

沈錦眉頭微微一皺，就聽見安平斥道：「夫人還沒問你話，誰讓你開口了。」

那個男人臉色變得格外難看，想要說什麼，還是旁邊另一個男人拉了拉他衣袖，這才閉上嘴。

沈錦說道：「你們就是我母親的親戚？」

「是啊是啊。」中年男人連聲應了下來。「我……」

「我沒聽母親提過。」沈錦面色平靜地打斷他們的話，說道：「這麼多年，我還是第一次知道，原來我外祖家竟然還有人。」

在座的人除了沈錦外，臉色都不好看了，沈錦接著說道：「安平，去叫岳文帶兩個人過來。」

「是。」安平恭聲應道。

「這是要幹什麼？」那個剛剛拉了中年男人衣袖的人說道：「難不成郡主成了永甯伯夫人，就不認外祖家的窮親戚了？」

「放肆！」安寧怒斥道。

「不是這個理，不行就報官，看官府管不管，難道永甯伯府就可以仗勢欺人了？有本事你就打死我啊！」男人站起來，面紅耳赤地大聲叫了起來。

「打死了又如何？」楚修明從外面進來，開口道：「拖出去，給我打。」

「是。」岳文正好帶人進來，聽到後就有兩個人抓著說話的男人往外拖去，男人甚至沒來得及哀嚎，就被岳文把下巴卸了。

沈錦看見楚修明，眼睛一彎，露出笑容說道：「夫君。」

楚修明點頭，坐到沈錦的身邊，眼神掃了一下那些人，不管是想求饒的，還是想哭嚎的聲音都卡在了嗓子裡面，他們只覺得好像有一把刀已經架在他們的脖子上，隨時都會落下一般。

倒是那個長得與陳側妃有幾分相像的姑娘，在看見楚修明的那一刻，臉一紅滿是羞澀，那眼神只圍著楚修明打轉了，根本顧不得其他，甚至連被拖出去那人是她父親都給忘記了。楚修明和沈錦沒有說話，屋中也沒有人敢說話，一時靜得有些可怕，好像能聽見外面的人被打板子的聲音。

那姑娘咬了下唇，踩著小碎步走到大廳中央，盈盈一跪，微微抬著頭，開口道：「求表姊夫原諒家父一時的口不擇言，他不過是心情激憤才會如此情不自禁說了那般話，並非他的本意。小女子家中遭了難，這才千山萬水來了京城，本想著表姊能收留幾日，等我們找了落腳的地方，就搬出去的，誰承想表姊卻連……」

「哪個是妳表姊？」沈錦看著那個哭泣的姑娘忽然問道。「哪個又是妳表姊夫？妳說是我母親的親戚就是了嗎？有證據嗎？」

姑娘哭得可憐。「小女子聽家父說，小女子長得與表……郡主的母親有幾分相似。」

沈錦面對著茹陽公主裝糊塗，是因為茹陽公主身分比她高，又沒有楚修明在身邊，就算如此沈錦也一點虧都沒有吃到。如今她不僅身分比這些人高，楚修明又在身邊，又有什麼可怕的，所以直接說道：「人有相似，我從不知道家中有這門親戚，想來是冒認的。」

楚修明神情淡漠，看都沒看下面的姑娘一眼，等沈錦說完話，就應了一聲，沈錦看向楚修明。「夫君，我不想見到他們了。」就看那些人滿臉驚恐地看向沈錦。

沈錦有些疑惑地和他們對視一眼，然後又看了眼楚修明。楚修明卻知道那些人為什麼驚恐，其實沈錦說不想見就是不想見，沒有別的意思，聞言說道：「好，岳文把人送到閩中，去之前，讓他們開口，誰讓他們來的。」

岳文聞言恭聲說道：「是。」交到誰手中楚修明沒有說，可是岳文也知道，見楚修明沒有別的吩咐，直接叫人把所有人都給拖走了。

沈錦問道：「閩中？」

「嗯。」楚修明回道。「那些海寇占有孤島，打下來後，那邊也需要人。」

「他們回不來了嗎？」沈錦問道。

楚修明開口道：「我不會讓他們回來。」

沈錦這才點頭，說道：「那就好。」

這幾個人來得太巧合，容不得楚修明不懷疑，所以才安排人去讓他們開開口後才送走，而且送走之前會不會做別的事情就不得而知了，畢竟楚修明不是心慈手軟的人。趙嬤嬤心裡更是明白，那個與陳側妃有幾分相似的女人留不得，因為那個人不僅與陳側妃相似，還有幾分像沈錦。
不過這些誰也不會告訴沈錦，那些人也不是什麼硬骨頭，不過兩個時辰，岳文就給楚修明送消息來，沒想到這些人是聽了別人的話來的，甚至特地引他們來永甯伯府，打的什麼心思可想而知，不過再多的這些人卻不知道了。楚修明只是點了下頭，吩咐幾句後，岳文就下去忙活了。
誠帝像是和楚修明天生犯沖一般，有楚修明在京城他就沒有一天順心的，這不年還沒過完，就得知蜀中有反民的消息。得知消息的時候，誠帝本想去一個正得寵的小貴人那兒，這下也沒了心情。「你說什麼？有多少反民？」
前來傳消息的小太監整個人都趴在地上，頭都不敢抬，誠帝身後的李福公公更是連呼氣都放輕了，有些同情地看了小太監一眼，小太監聲音顫抖著說道：「回皇上的話，有幾千人。」
誠帝一腳把小太監踹翻在地，又狠狠踢了幾下，小太監甚至不敢哀嚎。等誠帝發洩完了，小太監已經頭破血流，整個人蜷縮在地上，出氣多進氣少了，誠帝看著心中更加煩躁。「拖下去。」
李福趕緊讓另外兩個小太監把人給抬下去，還送到宮門口，從懷裡掏出點碎銀說道：「大過年的，儘量救一救吧。」這還真是無妄之災，不過誠帝拿別人撒氣，總比拿自己撒氣好。

兩個小太監也心有戚戚焉，使勁點頭卻不敢接李福的銀子。李福塞給他們後，就進去了，這銀子是要給別的太監的，並不是這兩個小太監拿的。李福心中感嘆真是年紀越大越心軟，只當積德了。

李福進去後，就見誠帝坐在椅上，地上的血跡已經被清理乾淨，就像什麼也沒發生過一樣。李福給誠帝倒了杯水，不是茶水，而是有些涼的白水，平日裡再給李福幾個膽子，他也不敢給誠帝喝這樣的水，可是在誠帝盛怒時，他就喜歡喝這種水。

果然誠帝連喝兩杯後，才說道：「那個小太監沒事吧？」

「回皇上的話，並沒什麼事情，剛剛抬出去後，已經能自己走了。」李福微微垂眸開口說道。

誠帝這才應了一聲。「讓人多照顧點。」

「是。」李福最瞭解誠帝，性子暴虐多疑，卻又最注重名聲。「也是那小太監的福氣。」

誠帝其實並不把那幾千反民放在眼裡，他有百萬大軍……不過這百萬大軍有一大半不在他手上，想到這裡誠帝的臉色更加陰沈了，那幾個混蛋到底是幹什麼去的，帶那麼多糧草去賑災，越想心中越氣。「這事絕不能讓楚修明知道。」

李福沒有吭聲，就像沒有聽見誠帝的話一樣，誠帝也不指望一個太監能知道什麼。閩中的事情才結束不久，楚修明本就不夠馴服，再出蜀中的事情……這兩地還都是他派的人，不就顯得他太無能，識人不清了嗎？

「派人去把承恩公傳進來。」誠帝冷聲說道。

李福恭聲應下來，誠帝忽然說道：「先等等，明日再傳。」大晚上的忽然叫承恩公進宮，有些太過打眼。「明日就說皇后思念家人。」

「是。」李福卻覺得這事情怕是瞞不住，這可不是什麼小事，誠帝太過忌諱永甯伯，或者說誠帝太過害怕楚修明了。

永甯伯府中，楚修明聽完岳文的話，點頭說道：「我知道了。」

趙管事看向楚修明說道：「到現在宮中還沒消息，想來誠帝是不想讓人知道，不過這樣的事情瞞得住嗎？」

楚修明微微皺眉，他還是算錯誠帝的心思，應該說正常人都沒辦法理解誠帝的想法。

「將軍有什麼打算？」趙管事問道。

楚修明開口道：「恐怕，不到上元節誠帝就會打發我離京了。」

趙管事眼睛一亮，又想到夫人的肚子，心中明白了為什麼楚修明臉色難看。「難不成，誠帝以為將軍不在京城，就會不知道那些消息？還是說會讓將軍去蜀中平亂？」

楚修明搖了搖頭，誠帝沒有那麼天真，而且自閩中的事情後，怕是誠帝不會把蜀中的事情交給楚修明。

趙管事想了想說道：「不如將軍與夫人說說？」

楚修明點頭沒再說什麼，只要一日誠帝是君他是臣，有些事情就身不由己。

回房的時候沈錦還沒有睡，正在和趙嬤嬤說話。見到楚修明，趙嬤嬤就笑著退下去，沈錦坐在床上抱著自己的大肚子說道：「怎麼了？」

楚修明脫了衣服和靴子也上了床，伸手摸了摸沈錦的肚子問道：「孩子鬧了？」

「沒有啊。」沈錦被摸得有點癢，躲了躲笑道：「孩子很乖啊。」

楚修明想了一下，把蜀中的事情說了一遍，沈錦瞪圓了眼睛。「這……」那些人到底做了多少傷天害理的事情，才把百姓逼到那種程度啊。「怕是沒有活路了吧。」若是有一絲活路，他們也不會做出這樣的事情。

「嗯。」楚修明說道：「今日宮中就得了消息。」

「我讓人給你更衣。」沈錦以為楚修明馬上就要進宮，所以說道：「外面天寒，喝口熱湯……」

「不用忙。」楚修明開口道。「誠帝沒有召人進宮的意思。」

「啊？」沈錦這下是真的被弄暈了。「可是蜀中不是出事了嗎？」

楚修明抓著沈錦的手，一起貼在她肚子上說道：「怕是再過幾日就要離京了。」

沈錦馬上不去想誠帝為什麼得了消息不立即叫人進宮這件事，而是扭頭一臉期待地看著楚修明，楚修明親了親她的眼角。「我會想辦法留下來。」

沈錦如今七個多月的身孕，楚修明不敢讓她跟著上路，不管是回邊城還是去閩中，馬車都要走近兩個月，在永甯伯府無論是產房還是別的都已經安排妥當，可是在路上……這是沈錦的第一胎，楚修明不敢有絲毫的馬虎。所以能做的就是想辦法留在京城，直到沈錦坐完月子為止。

沈錦一時沒有反應過來，愣了愣說道：「你不是過幾日要離京嗎？為什麼又要想辦法留下來？」

楚修明輕輕拍了沈錦肚子一下，沈錦低頭看了看，反應了過來，有些感動卻又覺得這樣不好。「會耽誤事情吧。」

「沒什麼耽誤的。」楚修明聞言說道。「我也沒準備離京。」

沈錦覺得楚修明說的有些複雜，想了一下抓住重點，楚修明不準備離京，卻可能離京，但是他堅決不會走的，並不耽誤事情，也就意味會陪著她，這下沈錦徹底安心了，打了個哈欠說道：「那就睡覺吧。」

第四十三章

等第二日醒來，楚修明已經不在，用完早飯沈錦覺得沒事做了。

安平見了說道：「夫人不如把小不點叫來陪夫人玩會兒？」

因為沈錦怕冷，趙嬤嬤她們也怕沈錦著涼，所以屋中每日的炭都燒得足足。在屋裡的時候穿身薄棉衣就夠，而小不點冬天換了一身毛，又厚又密的就不愛進屋了，就算進屋也是趴在地上吐著舌頭不停呼哧呼哧，沈錦看著可憐，說道：「算了，可別熱壞了。」

趙嬤嬤笑著。「不如夫人想想給孩子取個什麼名字？」

「對！」沈錦被趙嬤嬤提醒了，就笑道：「夫君讓我給孩子取小名。」

過年時不能動針線，幾個人就在一旁打絡子。

沈錦一直覺得自己挺心靈手巧，可是對打絡子真的不行，弄著弄著就成了一團亂。「其實我繡工不錯的。」沈錦舒服地靠在軟墊上，感嘆道：「沒出嫁的時候，幾個姊妹中就我繡得又好又漂亮。」說完還有些小得意。

趙嬤嬤笑著說道：「老奴也覺得如此，聽趙管事說，夫人給二將軍做的那些手套暖耳一類的，二將軍還珍藏了起來呢。」

沈錦說道：「珍藏了起來？下回夫君寫信給弟弟，記得提醒我與夫君說，那東西做了就是給弟弟戴的，壞了再做就是了。」雖然這麼說，可是聽到後沈錦還是覺得高興。

趙嬤嬤笑著應下來，二將軍是喜歡的，可是實在有些不好意思戴到軍營，沈錦選的是最好的皮毛做的，毛色柔順漂亮，戴上的時候暖和而舒適，可是樣子……第一次戴到軍營的時候，就被一群人笑話了一路，楚修遠年紀小面子薄，自然不願意，最後親手收了起來，等不去軍營了再戴。可是平時他大半時間都在軍營和府中，還真沒了用的機會，不過這些趙嬤嬤不會告訴沈錦的。

就算有軟墊，坐了一會兒沈錦也覺得累了，就讓安平和安寧扶著她在屋中慢慢走著，趙嬤嬤在一旁說著產房那些安排。「產婆和大夫都是將軍特地讓人從邊城送來的，自己人用著也放心。」

「那奶娘呢？」沈錦是想自己餵孩子的，可是萬一奶水不夠餓著了孩子怎麼辦？所以還是要準備奶娘的。

「是王妃幫著找，現在在瑞王府住著。」趙嬤嬤開口道。「等夫人的孩子生下來，就接到府中。」

沈錦點點頭，趙嬤嬤說道：「夫人，老奴有些事情想問問夫人。」

「喔！」沈錦聞言眼睛都亮了，她一直覺得趙嬤嬤什麼都會，現在竟然有問題問她！這麼說果然還是她比較聰明，都是母親當初老說什麼生孩子傻三年，此時沈錦可找回自信了。

趙嬤嬤看了一下周圍的小丫鬟，沈錦還在期待地等趙嬤嬤問她問題，趙嬤嬤又使了個眼色，沈錦眨了眨眼，看了看周圍，愣了一會兒忽然說道：「喔，我知道了，妳們都下去，安寧和安平守著點。」

沈錦第一次知道趙嬤嬤還這麼看重面子，勸慰道：「好了，嬤嬤，現在沒有人了，其實有問題就問，不是什麼丟人的事情。」

趙嬤嬤哭笑不得。

沈錦點頭催促道：「嬤嬤問吧。」她整日在屋中，也有些無聊了。

趙嬤嬤給沈錦倒杯水，這才說道：「今日一大早，誠帝就召了前丞相入宮，說是皇后想念家人。」

沈錦點頭，這個藉口倒是不錯，但是一大早太心急了，不過能忍到早上也不容易吧，會說什麼呢？肯定是要出壞主意欺負夫君了，不過夫君早就知道……等夫君回來，中午不如吃那個糖醋魚，昨天趙嬤嬤好像說府中專門養了幾條魚……

趙嬤嬤看著沈錦雙眼放空，明顯在發呆的樣子，有些無奈卻沒有打擾她，等沈錦想了一圈，忽然說道：「嬤嬤，中午不如吃糖醋魚吧！」

「好。」趙嬤嬤知道這是又轉回來了。

沈錦滿足地抱著肚子，點頭說道：「再弄個小素鍋，不過豆腐要煎過的。」

「好。」趙嬤嬤全部應下來。

沈錦點頭，想了一會兒說道：「對了，嬤嬤剛剛說皇后想念親人，叫了父母進宮，然後呢？」

趙嬤嬤這次接著說道：「夫人覺得他們會如何對付將軍呢？」

沈錦想了一下，端著茶喝了一口，忽然想到昨天楚修明說的話。「怪不得夫君昨天說什麼走不走的呢。」
趙嬤嬤點頭。「是的，將軍覺得怕是誠帝要讓他離京。」
「嗯嗯。」沈錦點頭。
趙嬤嬤問道：「夫人覺得是為何呢？」
沈錦很理所當然地說道：「因為他想讓夫君走啊。」
趙嬤嬤聞言，竟然不知道怎麼反駁好。「夫人與老奴說說吧。」
沈錦這才動了動腳說道：「不告訴妳。」
趙嬤嬤被逗笑了起來。「老奴下午給夫人做喜歡的糕點。」
沈錦其實也有些不明白，把這件事放在許側妃身上的話，沈錦手輕輕撫著肚子思考了起來，趙嬤嬤也沒有打擾。想來想去沈錦還是覺得，誠帝可能是怕丟人，然後想把楚修明打發出京，而且覺得沒了楚修明，朝中的文武大臣就沒有人會說什麼了。
再多的沈錦也想不出來，就把剛想到的與趙嬤嬤說了，趙嬤嬤雖然覺得這個理由很可笑，可是……不知道為什麼，趙嬤嬤竟然覺得很可信，也不知道是沈錦的神色太真誠，還是因為誠帝前幾次做出的事情實在太……
楚修明既然答應要留在京城等著，那就要多做些安排，在誠帝開口之前給他一個自己離不開京城的理由。
趙管事說道：「將軍決定了？」

楚修明開口道：「嗯，再說東西還沒找到。」

提到東西，趙管事的面色也嚴肅起來，他們這次會進京，最重要的目的就是找東西。楚修明沒有開口，趙管事說道：「怕是真的在宮中。」

楚修明點頭，而且能藏東西的地方不外乎那幾個，最可能的是在先東宮中，可是誠帝即位後，也不知是心虛還是在找那些東西，竟然命人夷平了重新修建，到最後更是鎖住那棟院子，除了安排幾個親信守著，竟然再不許任何人入住。先東宮本是除了帝后與太后宮殿外最大最好的，如今被誠帝這麼一弄，跟冷宮也沒差別了。

「恐怕不在東宮。」楚修明開口道，如果在東宮，恐怕誠帝早就找到了，畢竟誠帝可謂把東宮掘地三尺了，甚至連太子的一些墨寶都毀得一乾二淨。想到這些事情，楚修明尚且能夠冷靜，可是趙管事神色已經猙獰，眼睛都紅了，想到那個才華橫溢又溫和謙遜的太子，趙管事咬緊了牙，楚修明的手按住了握緊拳頭的趙管事。

趙管事深吸了幾口氣才冷靜下來。「在下失態了。」

楚修明這才鬆了手，卻沒有馬上開口。趙管事也不用茶杯，直接就這茶壺喝了大半壺後，才真正冷靜下來說道：「那就按照將軍所說，這件事要不要先與夫人打個招呼？」

「嗯。」楚修明微微垂眸說道：「需要的。」

兩個人又計劃得更完善後，楚修明這才回去，就看見正在發呆的小娘子，走過去摸了摸小娘子的臉說道：「怎麼了？」

沈錦眨了眨眼，看了楚修明一會兒，才反應過來笑道：「夫君。」

楚修明應了一聲，坐在沈錦的身邊問道：「想什麼呢？」

在楚修明進來後，安平和安寧就退到了外屋，沈錦靠在楚修明的懷裡說道：「腿不舒服呢。」

楚修明伸手幫沈錦按摩腿，最近特別是晚上睡覺的時候，沈錦有時腿會忽然抽筋疼了起來，就這樣沈錦也不會醒，只會小聲哼唧。楚修明開始不知道是怎麼回事，特地叫趙嬤嬤來，後來知道了，等沈錦不舒服的時候，就會幫她揉腿。

若不是趙嬤嬤偷偷與她說了，沈錦都不知道。「趙嬤嬤與我說了些事情……」沈錦就把自己的猜測和一些想法說出來。

楚修明忽然覺得他和趙管事討論了那麼多，說不定真相還真如沈錦想的一樣。「我也有些事情與妳說。」為免沈錦聽了多想，楚修明還仔細解釋了。「我暫時不能離京，因為還有東西沒能找到。」

楚修明說完心中難免有些忐忑，他本是答應好要帶沈錦回去的，可是如今卻食言了，誰知道沈錦表情並不是擔心也不是責怪，反而有些像是在看笨蛋。

「夫君，你們好笨啊。」沈錦說完抱著肚子笑起來了。

楚修明護著沈錦，免得她笑過頭不小心碰到了。

沈錦笑完了才說道：「夫君，你有沒有想過，如果真的這樣假裝被刺殺受傷的話，會讓誠帝恍然大悟，原來還有這樣的辦法，萬一以後他一直派人暗殺你怎麼辦？不是給自己找麻煩嗎？」

這點他們也想過，自然會有防備，不過就像自家娘子說的，確實很麻煩。

沈錦故作嚴肅說道：「其實有個很簡單的辦法。」沈錦覺得今日格外滿足，不僅趙嬤嬤來請教她，就連楚修明都要請教她。

楚修明單手按在軟榻上，過去親了沈錦唇角一下說道：「好娘子，與我說說好不好？」

沈錦開口道：「你們想得太麻煩了。其實等誠帝提的時候，你直接拒絕不就好了，難道他還能綁你出去？」誠帝不可能再讓楚修明待在京中，如今因為楚修明的到來，朝中不少大臣已經不那麼聽話，特別是蜀中的事情，誠帝也怕楚修明借機發難，下了他面子不說，還讓楚修明抓住機會就不好了。

楚修明看著洋洋得意的沈錦，忽然笑道：「是我想太多了，夫人說得對。」

沈錦滿意地瞇起眼睛說道：「嗯。」其實對待誠帝那樣喜歡耍小計謀的人，最好的辦法就是直來直去，這樣反而讓他沒有辦法。「到時候你就說要陪著我好了。」

楚修明點頭。「是啊，我要陪著我的嬌嬌。」看著沈錦得意的樣子，楚修明的手不自禁順著脖頸慢慢摸下去，另一隻手伸進了她的裙中。「我的嬌嬌……」

誠帝從來沒有想過自己有一天會被人這樣直接拒絕，一時竟然沒有反應過來，楚修明說道：「臣近日身子不適。」

有的大臣眼神微妙地看了看楚修明，又看了看誠帝，怎麼看這位都健康得很，不過想到永甯伯夫人的情況，眾人心裡也明白了，怪不得永甯伯不願意離京。

「朕覺得既然一開始閩中的事情就是交給永甯伯的，接下來的事情別人再插手怕是不好。」誠帝想到與承恩公商量的事情，不能讓永甯伯留在京城，更不能讓他回邊城，想到茹陽來的密信，誠帝眼睛眯了一下說道：「難道永甯伯有什麼不便？」

「是。」楚修明想到自家娘子說的話，開口道：「怕是在入夏之前無法離京。」

誠帝臉色一沈，看著楚修明，說道：「不如朕讓太醫給永甯伯診脈一下？」

「謝皇上。」楚修明沒有絲毫猶豫就同意了。

誠帝當即宣了太醫，來的正是太醫正。等太醫來了，楚修明就開口道：「臣失禮了。」這才挽起袖子，露出手腕。

楚修明本身就有內力，想要作假格外的容易。

太醫皺了皺眉，仔細診脈後，恭聲說道：「回皇上的話，永甯伯身子內……」其實就是暗傷很多，如今復發了，需要靜養一段時日，否則影響壽元。

誠帝就算巴不得楚修明現在就死，可是在這時候也不能說出這般話，皺了皺眉眼神懷疑地看了眼太醫，說道：「那永甯伯就在府中好好靜養，所有人不許打擾永甯伯休養。」

楚修明應了下來。

誠帝的言下之意就是讓楚修明不要出門，其他人也不要上永甯伯家的門探望。

如今是初六，距誠帝得到蜀中消息已過了近五天，誠帝也沒有在朝堂上說出蜀中的事情，而官員多多少少都已經知道消息，可惜誠帝不說他們就不能主動提出。

這是皇帝特意隱瞞的事情，他們只能裝作不知道，瑞王此時心不在焉地站在自己的位置上。其實說到底誠帝也就是不願意在楚修明面前承認自己識人不清出醜罷了，不過想到太醫說的楚修明的身體情況，忽然就聽見誠帝暴怒的聲音。「你再說一遍。」

「臣請皇上召忠毅侯與茹陽公主回京。」楚修明面色平靜地開口道。「邊城苦寒，又有蠻夷虎視眈眈，恐……」

「你是在威脅朕？」誠帝的聲音有些低沉，反而冷靜下來，而眼中帶著壓抑不住的狂喜，如何能不高興，楚修明會提出這件事，不正說明茹陽密信中提的事情是真的。

「臣不敢。」楚修明恭聲說道。

誠帝重新坐回龍椅上說道：「那就退下。」

「臣還有一事。」楚修明並沒有依照誠帝的話退回位置上，而是說道：「臣求問皇上，蜀中如今災情如何？」

誠帝放在御案下的手一緊，看著楚修明說道：「愛卿何出此言？」

楚修明卻沒再說什麼，這樣的態度反而讓誠帝心中發虛，看了一眼下面的臣子，就見所有臣子都低著頭，誠帝咬牙說道：「蜀中之事朕還沒有得到消息，眾卿家可有得到什麼消息？」

沒有人開口說話，誠帝滿意地看向楚修明說道：「愛卿還有什麼疑問嗎？」

楚修明開口道：「回皇上的話，並無。」

永甯伯府中，沈錦看著宮中的來人說道：「皇后召見我？」

「是。」來的小太監恭聲說道。「請永甯伯夫人立即與奴才進宮。」
沈錦抱著肚子看著小太監許久，說道：「喔，安寧扶我去更衣。」
「是。」安平和安寧扶著沈錦往內室走去。
誰知道小太監開口道：「皇后說永甯伯夫人有孕在身，穿常服即可。」
沈錦聞言停下了腳步，上下打量了小太監一番，滿臉疑惑地問道：「你真的是皇后宮中的？」
「回永甯伯夫人的話，奴才確實是，這是奴才的腰牌。」說著小太監就取下腰牌，安寧過去拿了過來。
安寧拿過來後給沈錦看了一眼，沈錦點了點頭說道：「我去更衣。」
安寧隨手就把小太監的腰牌收起來，那小太監傻了眼，說道：「奴才……」
卻發現安寧和安平已經扶著沈錦進屋，另有小丫鬟請小太監到外廳喝茶。沈錦進內室後，並沒有真的更衣，而是讓安寧把腰牌給趙嬤嬤看了，問道：「皇后是什麼意思？」
趙嬤嬤皺著眉，拿著那塊腰牌看了許久，才問道：「這確實是中宮的腰牌，夫人有何打算？」
「不準備去。」沈錦想了一下說道，她現在頂著大肚子，走路都不方便，更何況皇后就派了這麼一個小太監過來，總覺得有些蹊蹺，而沈錦絲毫不準備冒險。
趙嬤嬤心中鬆了口氣。「那老奴喊大夫來。」
沈錦想了一下說道：「先不用喊大夫，派個人把腰牌送到瑞王府，交到我母妃手裡。」

趙嬤嬤愣了愣，反應過來了，沈錦開口道：「想來母妃願意幫忙的。」

「安寧，妳去把腰牌送給岳文。」趙嬤嬤聞言說道。「讓岳文送到瑞王府中。」

「是。」安寧恭聲應下後，直接揣著腰牌去找人了。

沈錦說道：「好了，不用管了。」

小太監已經喝了三盞茶了，可是永甯伯夫人一直沒有動靜，小太監有些坐立不安，可是想到……許諾的，還是強自鎮定問道：「這位姊姊，不知伯夫人可準備好了？」

小丫鬟聞言一笑道：「奴婢也不知道。」

小太監忍不住起身說道：「那……」

「這位公公可是需要什麼？」另一個小丫鬟開口問道。

「皇后召得急，若是耽誤了時間，小的擔待不起。」小太監急道。「能麻煩姊姊問問嗎？」

小丫鬟眉頭一皺說道：「如今夫人有孕在身，行動不便自然會慢一些。」

而行動不便的沈錦此時正端著蓮子紅棗湯喝著，趙嬤嬤已叫了大夫，就算懷疑這人有問題，也要給一個不能出府的理由。

小太監也不傻，聽見外面忙忙碌碌叫大夫的情況，心中一凜，就說道：「既然伯夫人身子不適，那……」

可是此時他想動卻動不了了，就見一直笑盈盈的小丫鬟單手按住他的肩膀，開口道：「這位小公公別急。」

趙嬤嬤請來的根本不是什麼大夫，而是趙管事，趙管事進來後就問道：「夫人準備如何？」

「不知道啊。」沈錦開口道。「我就是不想進宮。」

「若是夫人允許，那剩下的事情交給在下處理吧。」趙管事心中大喜，他們本來還在找如何把自己的人安排到宮中，誰承想就有人送了機會來。

沈錦點頭說道：「好。」

趙管事問道：「不知夫人把腰牌交給瑞王妃有何用意？」

沈錦理所當然地說道：「因為我不想進宮啊。」

趙管事皺眉有些不解，卻馬上恍然大悟，說道：「夫人好計謀。」瑞王妃不僅能進宮還能直接面見皇后和太后，不管這個腰牌是真是假，瑞王妃直接拿著腰牌和人進宮詢問。皇后若是真的要召見沈錦，怎麼會如此怠慢，沈錦不僅是永甯伯夫人還是郡主，再急的事情也不會僅僅派一個小太監來傳口諭，除非皇后心中另有打算，或者別人拿了沈錦來對付皇后。

若是沈錦被皇后召見，中途出了點小意外，就算查出這人不是皇后派來的，皇后也脫不了干係，趙管事更傾向後一個猜測，可是到底是誰要對付沈錦呢？還是說要對付的是皇后？

不對，在這個小太監拿著中宮腰牌出現在永甯伯府的時候，皇后就已經脫不了干係，這個小太監怕是一枚棄子，看來這次事情主謀是衝著皇后去的，應該說是衝著皇后之位去的。陳丞相出事後，皇后的位置恐怕就有些岌岌可危了，而且誠帝至今沒有立太子的意思。趙管事把所有事情順了順，這次的機會定要抓住。

沈錦莫名其妙地看著趙管事，見趙管事沒有注意自己，又看向趙嬤嬤，趙嬤嬤倒是比較理解趙管事，問道：「夫人有何吩咐嗎？」

「把腰牌給母妃不對嗎？」沈錦小心翼翼地問道。

趙嬤嬤笑著給沈錦倒了水，道：「是他想得太複雜了。」

沈錦這才點頭說道：「真累啊。」

趙嬤嬤應著，其實按照趙嬤嬤對沈錦的理解，怕是她最近專心養胎，這種覺得麻煩的事情將軍在的時候，就交給將軍，將軍不在的時候，就直接交給瑞王妃。就像她說的，因為不想進宮，可是現在將軍不在身邊，所以就讓人把這個麻煩事送去瑞王妃那邊。

「趙管事想好了？」沈錦問道。

趙管事恭聲說道：「是，若是在下猜得沒錯，怕是瑞王妃在接到腰牌後就該入宮了。」

「喔。」沈錦想了想說道：「不會的。這是後宮的事情，又不是瑞王府後院的事情，母妃才不會沾手呢。」沈錦覺得瑞王妃可能會把腰牌直接讓人送到太后那裡，而且不是明著送。

被沈錦這麼一說，趙管事也明白了。「那在下告退了。」

「好。」沈錦點頭道：「對了，小太監那裡好吃好喝供著，別讓他出門就行。」

趙管事恭聲應下來，趙嬤嬤笑道：「老奴去送趙管事。」

趙嬤嬤送趙管事到門口，壓低聲音說了幾句，趙管事點頭，說道：「我知道了。」

瑞王府中，瑞王妃手裡拿著腰牌看了許久，說道：「翠喜，把我前兩日縫的那個抹額拿來。」

「是。」翠喜恭聲應下，就去找瑞王妃說的東西。

瑞王妃看向岳文說道：「與你們夫人說，我知道了。」

岳文並不多問，行禮後就退下去了。

翠喜捧著瑞王妃說的那條抹額過來，瑞王妃看了一眼說道：「找個盒子，把這兩樣東西裝在一起，派人喊余嬤嬤來。」

余嬤嬤本就是太后宮中出來的，當初瑞王妃特地求來給女兒當教養嬤嬤。

等瑞王妃吩咐完，翠喜就讓個小丫鬟去傳余嬤嬤，而她去選個盒子，把抹額和那塊腰牌裝在一起。余嬤嬤很快就過來，瑞王妃讓翠喜把盒子交給余嬤嬤後，才說道：「就麻煩余嬤嬤走這一趟，錦丫頭月分大了，底子也弱了些，怕是不方便走這趟了。」

余嬤嬤一頭霧水卻沒有多問，恭聲應下來。「老奴一定親手把東西送到太后手中。」

瑞王妃應了一聲說道：「翠喜，送余嬤嬤。」

「是。」翠喜恭聲應下來，和余嬤嬤一起給瑞王妃行禮後，就退下去。

等出了門，余嬤嬤就低聲問道：「麻煩姑娘與我說句明白話。」

翠喜把事情說了一遍，這才說道：「王妃和郡主都覺得有些蹊蹺，皇后是最重規矩禮節的人，怎會如此行事？」

余嬤嬤一下子就明白了，確實如此，而且也不好直接去問皇后，畢竟誰也不知道那人到底是不是皇后派來的，翠喜解釋道：「嬤嬤也是教三郡主的，三郡主如今有孕在身，永甯伯不在身邊就沒了主意，這才求到王妃這邊。若真是皇后派人，到時候也請太后……到時候王妃與郡主親自去與皇后賠罪就是了，若不是，怕反而……」

這話說得含糊，可是余嬤嬤卻明白得很，這人不管是不是皇后的，怕是都涉及到陰私，其實三郡主說好聽點是謹慎小心，說實在點就是膽小怕事。

「我明白了。」余嬤嬤開口道。「請王妃放心，我到時候與宮中的老姊妹聯絡一下。」

翠喜笑著應下來，直接交給余嬤嬤幾個荷包說道：「王妃說，此次麻煩嬤嬤了。」

余嬤嬤是準備在瑞王府養老的，自然是要表忠心，直接收了荷包笑著點點頭，這荷包的東西其實並不是給她，而是讓她拿到宮中打點的。

余嬤嬤到太后宮中等著太后傳召，余嬤嬤本身就是太后宮中出去，太后身邊伺候的有不少都是余嬤嬤熟悉的，再加上余嬤嬤送的那些荷包，並沒有人為難她。

太后手中撚著佛珠閉眼道：「瑞王妃派人送抹額？」

「是。」在佛堂伺候的甄嬤嬤恭聲說道。

過了許久，太后才睜開眼說道：「把東西拿過來。」

而此時楚修明已經下朝回到府，才知道了這件事，楚修明聽完以後，面上沒有絲毫的表情，可是把茶杯放在桌上時，看似完整的茶杯直接碎了。「好得很。」

「夫君，你的手……」沈錦有些擔憂地看著楚修明。

楚修明伸出右手，沈錦見沒有一絲傷痕，這才鬆了口氣，又好氣地看了看杯子，道：

「夫君不用擔心的，我不是坐在這裡嗎？」

「嗯。」楚修明看著沈錦，若不是沈錦安然無恙地在家中，怕就不是緊緊捏碎一個茶杯這麼簡單了。

沈錦說道：「我把腰牌交給了母妃。」

楚修明聞言說道：「夫人果然聰慧。」

沈錦得意地笑起來，楚修明先起身，然後扶著沈錦起來，慢慢往飯廳走去，說道：「怕是王妃已經讓人進宮去見太后了。」

「夫君真聰明。」沈錦聞言笑道。「趙管事都沒有想到呢，我也是這麼想的。咦，趙嬤嬤和趙管事是親戚嗎？」

「不是。」楚修明看向沈錦問道：「怎麼會這麼想？」

沈錦也是才想起來。「他們都姓趙啊。」

楚修明捏了捏沈錦的手說道：「並非如此，除了他們外，我身邊還有許多姓趙的。」

沈錦想了想點頭。「因為趙是大姓。」

楚修明沒有解釋，沈錦也沒有再問。

第四十四章

佛堂中，太后扶著身邊嬤嬤的手站起來坐到一旁的椅子上，打開盒子看著裡面的東西，拿了那枚腰牌，略一思忖，又放回去。「拿上。」說完才扶著甄嬤嬤的手往外走去。

余嬤嬤一直在等著，等見了太后並沒有馬上說關於瑞王妃交代的事，反而紅了眼睛看著太后說道：「奴婢拜見太后。」

「起來吧。」太后對跟著自己的老人態度還是不錯的，看著余嬤嬤說道：「瞧妳氣色不錯，想來我那兒媳沒有虧待妳。」

「都是太后恩典。」余嬤嬤開口道。

太后搖了搖頭，嘆了口氣說道：「我那兒媳一直是聰明人。」

余嬤嬤沒有說話，太后也就感嘆這一句，說道：「這腰牌是怎麼回事？」

「回太后的話，今日有個小太監拿了腰牌去永甯伯府，傳口諭說皇后召見永甯伯夫人。永甯伯夫人最是謹慎小心，皇后本是最重規矩的人，怎麼會只派了一個眼生的小太監來，還催得很急。所以永甯伯夫人就拿了這腰牌，送到瑞王妃手上，求個主意。」余嬤嬤恭聲說道。「瑞王妃也拿不定主意，這才讓奴婢進宮求太后指點一下。」

太后聽了已經明白了，忽然問道：「三郡主是個什麼樣的人？」最近她聽了不少永甯伯夫人的事情，對這麼一個孫女，太后還真沒什麼印象，若不是她嫁給永甯伯，怕是如今還是默默無聞的。

「奴婢有幸當初教過三郡主幾日。」余嬤嬤說道。「三郡主與府中大郡主關係極好，有事喜向大郡主討教。」

余嬤嬤的言下之意就是沈錦是個怕事沒有主意的，太后皺了皺眉問道：「三郡主是哪個側妃所出？」

「回太后的話，是陳側妃所出。」余嬤嬤恭聲回道。

太后一時沒有想起來，看了甄嬤嬤一眼，甄嬤嬤在太后耳邊說了幾句，太后了然地點頭。對瑞王這個兒子太后還是瞭解的，再加上原來誠帝、皇后和幾個孫女在她面前說過的話，這下對沈錦的性子如何也有個大概，就是個沒主見的，這也算是傻人有傻福吧。

「這件事我知道了。」太后開口道。「那個小太監人呢？」

余嬤嬤開口道：「在永甯伯府，瑞王妃剛得了這個腰牌，就讓奴婢進宮了。」

太后皺了下眉頭說道：「我知道了，甄嬤嬤妳去一趟永甯伯府，把那個小太監帶過來。」

「是。」甄嬤嬤恭聲應道。

太后接著說道：「再去庫房備些東西給我這個孫女，讓她好好養著。」

甄嬤嬤再次應了下來，太后看向余嬤嬤說道：「妳回去與瑞王妃說，這件事我知道了。」

余嬤嬤也恭聲應下來，見太后沒有別的吩咐，就退了下去。

太后開口道：「去傳皇后來。」

永甯伯府中，送沈錦回房休息後，楚修明才去了書房看向趙管事說道：「開口了嗎？」

「已經開口了。」趙管事說道。「這小太監說是常妃身邊的大宮女讓他來的，那大宮女與他是同鄉，答應只要事成後，就把他要到自己宮中伺候。」

趙管事開口道：「常妃育有兩子，一個年十四歲，一個十一歲。」

「你怎麼想？」楚修明看向趙管事問道。

趙管事說道：「在下覺得怕是有人想要陷害常妃。」

楚修明沒有說話，趙管事說道：「在下還打聽到一個消息，誠帝有意封貴妃，是在常妃和蘭妃之中選一人。」

「你的意思是，為了這個貴妃之位，有人故意陷害常妃和皇后？」楚修明問道。

趙管事點頭，楚修明卻沒有說話，趙管事看著楚修明的神色問道：「不知將軍覺得是誰？」

「誰都有可能。」楚修明沈聲說道。「特別是那個最沒可能的。」

趙管事愣了一下問道：「將軍覺得是皇后？」

楚修明沒有回答，只是說道：「叫趙嬤嬤來一趟。」後宮中的事情，還是趙嬤嬤最瞭解。

趙嬤嬤很快就過來了，趙管事把事情說了一遍，直接問道：「趙嬤嬤覺得這件事是何人所為？」

「老奴覺得，這件事誰都有可能。」趙嬤嬤聞言說道。「這般事情最後圖的不外乎貴妃之位或者太子位，不過老奴覺得最有可能的反而是皇后。」

「為何？」趙管事問道。

趙嬤嬤冷笑道：「這般手段粗糙得很，能坐到妃位又成功養大兩個兒子的常妃，不可能這麼傻，以為這樣就可以陷害皇后，再說又不是皇后倒了，她就能坐上皇后之位，而蘭妃……若是為了貴妃之位陷害常妃也說得過去，只是這事情卻牽扯到皇后，蘭妃無子，這樣反而容易搬起石頭砸自己的腳。這件事出來最終得利的反而是皇后，畢竟這件事猛一瞧，怕是皇后才是其中最受委屈的人，被人陷害了。」

趙管事也明白了為什麼趙嬤嬤會如此說，仔細一想確實如此。

趙嬤嬤看向楚修明說道：「將軍準備怎麼做？」

楚修明開口道：「給常妃和蘭妃提個醒。」

「是。」趙嬤嬤恭聲應下來。

見沒有別的事情，趙嬤嬤就退下。楚修明和趙管事說了今日朝堂上的事情，其實提讓茹陽公主和駙馬回京這件事，是他們本來就商量好的，如此一來才能讓誠帝更加安心，再過一段時日就可以讓茹陽公主寫信要戰馬和糧草了。

趙管事問道：「將軍，其實不如麻煩夫人……」

話還沒有說完，趙管事看著楚修明的眼神竟然說不下去了，楚修明冷聲說道：「那件事絕對不能交給夫人。」宮中是有他們的人，可是至今都沒有找到機會去尋那幾樣東西。「過不了多久，宮中怕是會大清洗，你與趙嬤嬤商量一下，如何讓我們的人動動位置。」

「是。」趙管事心中嘆息，也明白了楚修明是不會讓沈錦冒險。

「趙管事，到底什麼話該說什麼話不該說，你心裡有數。」楚修明的聲音很平靜，卻帶著警告。

趙管事恭聲說道：「是。」

楚修明盯著趙管事許久，才說道：「我們所有的人都可以冒險，但是同樣，所有的人都沒有資格讓我夫人冒這個險。」

趙管事低頭。「在下記住了。」

楚修明這才微微垂眸說道：「記住就好。」

趙管事只覺得後背被冷汗浸透，他知道剛剛那一刻楚修明是真動了殺機的，不過卻沒有任何怨言，楚家到底犧牲了什麼，犧牲了多少，沒有人比他更清楚。

楚修明開口道：「蜀中的事情，先安排人過去，想辦法混進……」

趙管事點頭，不時說上幾句，等全部商量好了，楚修明就起身離開。其實不用趙管事說，楚修明也知道沈錦是最好的人選，可是楚修明卻不會開口讓沈錦去做那樣的事情，他根本不想讓沈錦進宮，更別提在宮中找玉璽了，任何人都可以為了大業犧牲，可是楚修明卻不會讓沈錦做這個冒險可能被犧牲的人，因為她是他的妻。

回到房中時，沈錦已經醒了，她見到楚修明就露出笑容，眼睛彎彎。「夫君。」

「嗯。」楚修明應了一聲說道：「今日怎麼醒得這麼早？」

「因為在等夫君啊。」沈錦笑盈盈地說道。「我想到孩子的名字了。」

「哦？」楚修明挑眉看著沈錦，問道：「是什麼？」

沈錦笑道：「不管是男孩還是女孩都叫東東。」

東東？東南西北嗎？楚修明看向沈錦問道：「怎麼取這個名字？」

「或者你比較喜歡胖胖、墩墩、碩碩、寶寶？」沈錦一臉「我都可以的，交給你來選」的表情看著楚修明。

楚修明面色不變，開口道：「我覺得東東不錯。」抱歉了孩子，父親已經努力過了。

沈錦果然喜笑顏開說道：「我都想好了，之後的孩子可以接著叫南南、西西和北北，不管是男孩還是女孩都可以的。」

楚修明聞言笑道：「還是夫人想得周全。」反正以後孩子出去是要叫大名的，小名這樣能哄妻子開心也不錯。

「對了，夫君你覺得這次的事情是誰做的？」沈錦忽然問道。

楚修明說道：「夫人覺得呢？」

「皇后啊。」沈錦很理所當然地說道。

楚修明挑眉看著沈錦問道：「妳怎麼覺得是皇后呢？」

沈錦開口道：「因為我們比較熟啊。」

楚修明看向沈錦，沈錦解釋道：「茹陽公主和昭陽公主都是皇后的親生女兒，晨陽公主又是皇后養的，她們三個都不大喜歡我。」沈錦皺了皺鼻子。「所以這樣的壞事皇后才會想到我身上。後宮其他的人我又不認識，最多就是見過幾面，無冤無仇的就算是想要陷害人，也不會大費周章地想到我吧。」

楚修明被逗笑了，說道：「果然夫人最聰明啊。」

沈錦看向楚修明問道：「真的是皇后嗎？」

楚修明開口道：「讓趙嬤嬤與妳說。」

沈錦馬上看向趙嬤嬤，趙嬤嬤看著沈錦期盼的眼神，就把在書房說的又說了一遍。

「嬤嬤妳好厲害！」沈錦瞪圓了眼睛。

趙嬤嬤笑道：「夫人也很厲害，一下子就猜對了。」

沈錦笑道：「當然了，我可聰明呢。」

甄嬤嬤來的時候，楚修明正在給沈錦畫像，趙嬤嬤進來說了甄嬤嬤的事情，楚修明問道：「既然是私下來的，想來太后也不想讓太多人知道，直接請甄嬤嬤進來。」

沈錦勉強睜開眼睛說道：「怎麼了？」

「太后身邊的甄嬤嬤來了。」楚修明放下筆，走到沈錦的身邊把她扶起來。

沈錦哦了一聲，然後問道：「畫好了嗎？」

「還沒有。」楚修明當時也是看著沈錦笑的模樣，忽然想把她畫下來，所以才有了剛剛那一幕。

沈錦點點頭，楚修明扶著沈錦走到客廳，安寧倒了溫水本想端給沈錦，卻被楚修明接過來，抵在唇邊讓沈錦喝了一些。沈錦摸了下肚子，對安寧招了招手說道：「我要更衣。」

楚修明看著沈錦的小動作就明白過來，安平和安寧扶著沈錦往內室走去，說是更衣其實是小解，隨著孩子的月分越來越大，沈錦去小解的次數也變多了。等沈錦小解完又換了一身衣服出來的時候，就看見了甄嬤嬤，沈錦對她點了下頭，等甄嬤嬤行禮後，說道：「起來吧，甄嬤嬤坐。」

沈錦坐在楚修明的身邊，安平拿了軟墊放在她腰間的位置，甄嬤嬤道了謝才坐下，沈錦問道：「皇祖母可好？」

「回伯夫人的話，太后身子康健，今日想起了伯夫人，特讓老奴來探望一下。」甄嬤嬤笑得和善，說道。

沈錦點點頭。「該是我這個當孫女的去探望皇祖母的。」

甄嬤嬤開口道：「太后也知伯夫人身子不便，說讓伯夫人好好養著，等以後再抱著孩子進宮就好。」

沈錦笑著應下來。「那要等好久了。」

甄嬤嬤聞言，心中更確定了幾分，這位永甯伯夫人並非那種心機深沈的。「一切都以伯夫人的身子為重。」

「皇祖母真好。」沈錦感嘆道。

甄嬤嬤笑了一下沒有說什麼，又問了幾句比如吃得香不香、睡得好不好一類的，沈錦抱著肚子說道：「吃得不大好。」

「……」甄嬤嬤其實只是客套地問一下，表現太后對沈錦的關照，沒想到沈錦竟然接了這麼一句話。

甄嬤嬤眼角抽了抽，開始聽沈錦抱怨糕點的花樣太少，沒有喬老頭家的燒餅……

與此同時太后宮中，就見消瘦許多的皇后坐在位子上，她已經來半個時辰，可是別說一句話，甚至連太后的面都沒見到。足足坐了半個時辰的冷板凳，就見從裡屋走出一名宮女，皇后認出是太后身邊得用的，那宮女態度恭順地行禮後說道：「太后說今日沒時間見皇后了，讓皇后先回宮去。」

皇后臉色變了變，才說道：「不知母后……」

宮女笑了一下說道：「回皇后的話，太后讓奴婢給皇后帶一句話，那個小太監已經處理了，只希望皇后明白。」說完宮女就低下頭站在一旁。

皇后抓著帕子的手一緊，勉強笑了一下。「妾倒是不大明白，不知可以求見一下母后嗎？」

宮女恭聲說道：「太后已經歇下了。」

怪不得今日太后會忽然把她召來，皇后只覺得心一緊，明明都安排得妥當了，怎麼會懷疑到她身上？

永甯伯府中，到最後，甄嬤嬤甚至有些落荒而逃的味道，留下了太后賞賜的，帶著小太監就走了，等回到太后宮中，那個小太監也沒了蹤影，太后就像是根本不知道有這個人一樣，直接問道：「妳覺得如何？」

「永甯伯很寵三郡主。」甄嬤嬤想到永甯伯夫婦之間的小動作，每一次永甯伯都是恰到好處給沈錦添了水，讓沈錦潤潤喉後接著說下去，還沒有絲毫不耐。

太后撚著佛珠說道：「人和人之間的緣分啊……」

甄嬤嬤知道太后又想起了往事，她低著頭不敢多說什麼，直到聽見太后問道：「那人呢？」

「三郡主很活潑。」甄嬤嬤開口道。「倒是挺喜說話的，對皇后宮中的金絲卷有些念念不忘的。」

太后問道：「她沒問小太監的事情？」

「並沒有。」甄嬤嬤開口道。

太后眼睛瞇了一下說道：「永甯伯呢？」

「永甯伯並沒有開口。」甄嬤嬤恭聲說道。

太后點了點頭，說道：「也是個有分寸的孩子。」

甄嬤嬤伺候太后許久，比旁人多了幾分膽子，聞言笑道：「奴婢倒是覺得，恐怕三郡主都不知道小太監被帶走的事情。」

太后聞言愣了愣，許久後才說道：「嗯。」

趙嬤嬤雙手捧著一根玉蘭簪說道：「這是老奴在收拾太后賞賜的東西時，在蜀緞中發現的。」

楚修明拿過那支白玉簪，很簡單的簪子，但是可以看出用的玉料極好，油潤漂亮，楚修明看向趙嬤嬤。

趙嬤嬤低聲說道：「這是太子妃之物。」

楚修明皺眉接過，問道：「確定？」

「是。」趙嬤嬤開口道。

楚修明拿過來看了許久，才說道：「太后宮中有人？」

「老奴不知。」趙嬤嬤恭聲說道。

楚修明忽然看見貴妃榻上，沈錦已經醒了，正抱著軟墊一臉好奇地望著他們。楚修明放下玉蘭簪走過來，伸手整理一下沈錦臉上的髮說道：「醒了怎麼不開口？」

趙嬤嬤也端了水過來，楚修明扶著沈錦坐起來。

沈錦端著杯子喝了幾口水說道：「我有些餓了呢，夫君畫好了嗎？」

「大致畫好了。」楚修明牽著她的手到書桌前，讓她看著上面的美人酣睡圖。

沈錦滿臉驚喜。「夫君真厲害。」

楚修明笑了一下，見自家娘子高興，心中也喜悅。

「這是誰的？」沈錦看見了桌上的那支玉蘭簪。

趙嬤嬤看了眼楚修明，楚修明點頭後，趙嬤嬤才說道：「那玉蘭簪是先太子妃的，更是太子親自畫了花樣，讓人特意打造的。」沈錦看了兩眼就不在意了，趙嬤嬤說道：「夫人覺得如何？」

「很美啊。」沈錦說的是自己的畫像。

楚修明問道：「夫人覺得這支簪子該如何處理？」

「你們知道是誰塞進來的嗎？」沈錦反問道。

趙嬤嬤恭聲說道：「不知。」

沈錦眼神都沒離開畫像，很自然地說道：「在賞賜之物的單子上嗎？」

「不在。」趙嬤嬤回答道。

沈錦說道：「那就收起來放到一邊好了。」

楚修明聞言眼睛瞇了一下，確實如此，他們不知道放這簪子的人是敵是友，也不知道圖的是什麼，既然有人要試探，他們只要動了就落入下乘，還不如以靜制動，這個人既然已經出招了，就會有後續。

楚修明伸手拿起那支玉簪交到趙嬤嬤手上，沈錦皺了皺眉，問道：「我能看看嗎？」

趙嬤嬤笑著把簪子放到沈錦的手上，沈錦拿著仔細看了看。

「安平，妳與老奴去廚房，先端些糕點來給夫人墊墊。」趙嬤嬤開口道。

安平應下來，和趙嬤嬤一併出去了，安寧也出了書房，從外面把門給關上。沈錦看著趙嬤嬤三人，眨了眨眼小聲問道：「她們怎麼知道我有話與夫君說？」

楚修明笑著點了點沈錦的鼻子，沈錦的臉上藏不住事情，剛剛臉上滿是「我知道一些事情，但是不確定要不要與夫君說一說」的猶豫神色。

沈錦見楚修明沒有開口，也不再追問，只覺得趙嬤嬤她們與自己是心有靈犀。「我好像在母妃那裡見過……和這個感覺有些像。」

「不是這個樣子，好像玉質比這個也差一些，玉蘭花瓣也是這樣稍稍捲一些……」

「當初太子妃很愛玉蘭花。」楚修明這才開口道。「所以不少人也跟著流行，用起了玉蘭樣式的首飾。」

沈錦點頭，可是這些和別的玉蘭花首飾並不相同，果然楚修明說道：「我記得趙嬤嬤說過，太子妃的首飾花樣都是太子親手畫的。」

「喔。」沈錦忽然問道：「夫君什麼時候給我畫？」

楚修明笑著說道：「好。」

沈錦這就滿意了，也不再去管什麼白玉蘭的事情，拉著楚修明的手說起了自己喜歡的，比如她更喜歡有顏色的，喜歡開得燦爛漂亮的花。

晚上睡覺時，沈錦忽然想了起來，問道：「夫君，那個小太監呢？」

楚修明輕輕撫著沈錦的後背，說道：「被太后身邊的甄嬤嬤帶走了。」

「喔。」沈錦閉上了眼睛，那個小太監怕是……活不了了吧。

此時宮中皇后卻翻來覆去睡不著，玉竹起身問道：「娘娘，要不要喝點水？」

皇后嘆了口氣坐起來，玉竹趕緊拿衣服給她披上，宮女點了燈，皇后開口道：「給我倒杯水。」

「是。」另一個宮女端了水來。
皇后接過喝了一口，道：「玉竹留下，其他人都退下。」
「是。」屋中的宮女、嬤嬤都趕緊退出去，把門也給關好了。
玉竹跪在腳踏上給皇后捶著腿，問道：「娘娘可是有什麼煩心事？」
「那件事……真的不會有人發現嗎？」皇后有些猶豫地說道。
玉竹恭聲說：「娘娘放心吧，奴婢都安排妥當了，絕對查不到娘娘這兒。」
皇后卻皺起了眉頭說道：「可是太后……」
玉竹柔聲說：「娘娘，若是太后真的有證據，怎麼會如此？」
「而且，小太監上午才去永甯伯府，這麼短時間。」玉竹開口道。
皇后眼睛眯了一下，確實如此，若是太后有證據，可就不是這般了。
「嗯。」皇后應下來，看向玉竹說道：「那接下來還是按照計劃行事。」
玉竹應下來。「之後就和娘娘沒有關係了，娘娘才是被陷害的那個人。」
皇后點頭，玉竹恭聲說道：「娘娘還要水嗎？」
「不用了。」皇后擺擺手，心中安定下來。「熄燈吧。」
想到太后讓宮女傳來的話，皇后心中一陣煩躁，若是可以，難道她願意如此？如果皇上早早立了她的兒子為太子，她也不會坐不穩皇后之位。皇帝竟然還想要立貴妃，蘭妃有寵、常妃有子，不管哪一個都不是省油的燈。在這個後宮之中，只有坐到了太后之位才能真正地穩固下來。

而此時被皇后想到的常妃和蘭妃在宮中也沒有睡著，蘭妃長得極漂亮，周身的氣質更是如空谷幽蘭一般，優雅清冷。

「這消息到底是誰送來的？會不會是假的？」蘭妃身邊的大宮女靜喜疑道。

蘭妃搖了搖頭，說道：「這樣的事情，怕是假不了。」

靜喜皺著眉頭，滿臉著急。「若是常妃覺得是娘娘做的怎麼辦？這事情還牽扯到了皇后。」

蘭妃說道：「給我備一份禮，明日我去見常妃。」

靜喜說道：「娘娘，會不會是常妃故意陷害娘娘？畢竟那貴妃之位……」

此時在常妃的宮中，燈也是亮著的，采璿給常妃換了杯熱茶。「娘娘，要不要先休息？」

「采璿，妳覺得會是誰？」常妃皺眉問道。

采璿恭聲說道：「奴婢不知。」

常妃嘆道：「就寢吧。」

躺在床上，常妃並沒有睡，只覺得心中亂亂的，反正現在皇上還沒定下太子人選，憑什麼她不能爭一下，否則到時候的太子真的能容下她的兩個兒子嗎？就憑著皇后那兩個兒子的氣量？常妃心中冷笑，當初瑞王世子，又是怎麼受傷的？甚至連皇子都不是。

蘭妃嗎？常妃覺得不是，蘭妃不是那種傻子，她又沒有子嗣，就為了一個貴妃位同時得罪她與皇后？那麼是誰呢？

因為太后長年禮佛，所以並不要宮中妃嬪早上去問安，眾人只需到皇后宮中靜坐一會兒，給皇后請安後，就可以離開了。

今日皇后並沒有見她們，等人來齊後沒多久，就見皇后身邊的玉竹出來說道：「皇后娘娘今日身子不適，各位請先回宮吧。」

眾妃嬪都告辭離開了，常妃回到宮中後，就讓宮女去備了茶水糕點，果然沒多久，就見蘭妃帶著宮女過來，常妃並沒詫異，只是說道：「妹妹來嚐嚐姊姊這邊的茶。」

蘭妃點點頭，讓宮女把準備的禮送上後，就說道：「我今日來是有話與姊姊說的。」

常妃笑道：「那我們到屋中說話。」

蘭妃應了下來，兩個人進屋後，就直接讓宮女都退出去。蘭妃也沒賣關子，直接說道：「姊姊可知昨日有小太監拿了中宮腰牌去請永甯伯夫人進宮之事？」

常妃開口道：「知道，還知道是我宮中的人找的那個小太監。」

蘭妃說道：「姊姊怎麼想？」

常妃反問道：「妹妹是如何想的？」

蘭妃微微垂眸說道：「姊姊可知，妹妹這輩子都不可能有孕了。」

常妃愣了一下，眼中閃過驚訝，這她還真不知道，常妃說道：「我記得妹妹曾……」

「嗯，正是因為那個孩子，傷了身子，這事情太后和皇上都知道。」就算一向淡然的蘭妃，談起這事情臉上也多了幾分惆悵和恨意。「當初……算了，以往的事情就不說了。」蘭妃看向常妃說道：「不過，我與姊姊的敵人怕是同一個人。」

常妃一下子就明白了蘭妃的意思，怕是那孩子是被皇后弄掉的，不過這也不無可能，蘭妃無子無背景能坐穩妃位，靠的正是皇帝的寵愛，若是有子的話，怕是早就升上貴妃位。

此時常妃倒是確定了，這件事怕真是皇后所為，為的不過是賊喊捉賊，使得皇帝放棄立貴妃的心思。

蘭妃說道：「妹妹要那高位也沒用，只希望姊姊成事後，能讓妹妹仍享榮華。」

常妃心中一喜，面上則是分毫不露，對視一眼，心中已有成算。「妹妹怕是還沒見過我那小兒子吧，以後不如常來我這宮中坐坐。」

蘭妃應了下來。

皇后尚且不知自己的一個昏招就使得常妃和蘭妃藉機聯手起來，若是知道了，怕是要悔恨交加了。

第四十五章

宮中這些事情都與永甯伯府沒什麼關係。今日上朝的時候，誠帝終於說了蜀中的事情，為顯得沒那麼心虛還質問道：「朕昨夜才得了消息，怎麼昨日早朝的時候，永甯伯就問了蜀中的消息，可是永甯伯先得了信？」

楚修明恭聲說道：「回皇上的話，臣也不知為何會如此巧合。」

「巧合」兩個字用得極好，朝上大多數的臣子都知道內情，心中也覺得好笑，難不成誠帝真以為瞞得住？

誠帝畢竟心虛，所以說道：「愛卿無須誤會，朕不過是感嘆一句。」

「不敢。」楚修明態度恭敬，語氣淡然。

誠帝開口道：「那些叛民不知感恩，不思報國，竟然做出這般大逆不道的事情，哪位愛卿願意為朕去平亂？」

一時間朝堂上鴉雀無聲，當初楚修明去閩中的情況他們還記得，他們可沒有永甯伯的本事和楚家在軍士中的威望，讓他們去的話恐怕就有去無回了。

誠帝眼神掃向自己提拔的幾個臣子，卻見他們都低著頭，根本看不到自己的眼神，一時覺得氣悶，都是無用之才。「叛民不足千人，朕卻有百萬大軍，此時平亂者封將軍職，領五萬大軍……」

這下子不少人眼睛都亮了，若是如此的話，這還真不是什麼苦差，簡直是送功勞的。有幾個人的眼神不禁偷偷看向楚修明，就見楚修明面上沒有絲毫波動，等誠帝話落，就有人上去請命了。看著眾多跪在下面請戰的臣子，誠帝心中微微滿意。

誠帝很快就決定好人選，更是存了培養武將的心思，又選了不少青年才俊塞進隊伍裡面，其中就有永樂侯世子。永樂侯心中倒是高興，想著不過是混個軍功，對世子也算是件好事。

「永甯伯身子不適，這段時日就好好養著吧。」誠帝有些得意地說道。

「是。」楚修明恭聲應下來。

楚修明回府的時候面色如常，就連貼身侍衛都沒看出什麼，倒是正在外面被丫鬟扶著趁著日頭好散步的沈錦，看到楚修明，腳步頓了頓，想了想說道：「夫君，抱抱。」

「今日走了多久？」楚修明問道。

沈錦看向趙嬤嬤，趙嬤嬤恭聲說道：「夫人今日已經走夠了，可以回房休息了。」

「夫君！」沈錦再一次看向楚修明，楚修明這才小心翼翼把沈錦抱起來，沈錦抱著他道：「我們去看小不點吧。」

「好。」楚修明應下來。

沈錦有些不好意思地問道：「夫君，我重嗎？」

「不重。」楚修明感覺著懷裡的小娘子，這不僅是他的娘子，還有他的孩子。

小不點聽見了他們的聲音早就出來了，搖著尾巴跑過來，楚修明這才把沈錦放下。「小不點，你想我了嗎？」

「嗷嗚！」小不點用大狗臉蹭了蹭沈錦的手。

楚修明說道：「拿梳子來。」

「是。」當即有人不僅拿了梳子，還搬了椅子過來，楚修明坐在矮凳上給小不點梳毛，沈錦坐在椅子上，安平還拿了小毯子給她蓋著腿。

小不點在楚修明的手下很老實，讓抬爪就抬爪，不過那小眼神哀怨地看著沈錦，牠比楚修明回來前瘦了不少，廚房再也不給牠美味的大骨頭了。

被楚修明一收拾，小不點的毛更加蓬鬆，看來格外的漂亮，楚修明也徹底平靜下來，趙嬤嬤這才說道：「將軍、夫人，飯菜已經準備好了。」

沈錦聞言笑道：「夫君走吧。」

楚修明點頭，拍了拍小不點的頭，沈錦扶著安寧的手站起來說道：「夫君先回去更衣，我走回去。」

「好。」楚修明這下也明白了，恐怕沈錦每日需要走動的目標還差一些完成。

等沈錦慢悠悠走回屋中時，就見楚修明已經換了一身常服，正在淨手。今日廚房備了小砂鍋，裡面燉著菜和酥肉，最適合配著米飯來用了。

飯剛用完，就有人送帖子給沈錦，沈錦看了竟是沈琦的。「咦，姊姊有急事找我？」

楚修明開口道：「怕是為了永樂侯世子的事情。」

沈錦點點頭，看向楚修明問道：「夫君要見嗎？」

楚修明說道：「見吧。」

沈錦就應下來，回了帖子給沈琦。楚修明把沈錦送回房中，這才叫趙管事到書房，沈錦覺得楚修明心底有股怒氣，也不知到底是誰惹惱了他。楚修明其實最記仇了，讓楚修明這般的人，恐怕只有誠帝了，可是……當初就算被誠帝派到閩中，楚修明也沒有生氣啊。

書房中，楚修明把誠帝自以為聰明的安排說了，趙管事臉色一變，冷笑道：「這簡直是笑話。」

楚修明沒有說話，最憤怒的時候已經過去，想到自家小娘子的眼神，楚修明平和了許多。趙管事氣得在屋中走來走去。「他安排那麼多人過去，五萬兵士到底聽誰的話！還有那麼多世子權貴，甚至還扔了皇子進去……」

越想越氣，趙管事咬牙說道：「沒人反對？」

「五萬的將士和一千的逆賊，」楚修明沈聲說道。「就算覺得不妥的人，也沒把這千人當一回事。」

趙管事開口道：「其實這事情……對我們有利。」誠帝派去的那五萬將士，都是他手下的人馬，他不過把這件事當成一場練兵，可就算如此，趙管事也覺得心中說不出的憤慨。「他們把這當成什麼！扮家家嗎？」軍隊中最忌諱的就是有不同人的命令，那五萬將士是要聽皇子的還是聽世子的？再說那些權貴又能做什麼，這些人都需要分出多少人來保護，此戰怕是不妥，這五萬將士的性命還不知能活下來多少。

楚修明都不知道自己是怎麼忍下來的，除了他之外，還有些經歷過戰事的武將看出來，所以那些人面露猶豫，只是誠帝明顯是想提拔自己的人。不過這些武官轉念一想，五萬士兵對一千賊子，只要不是傻子，都不會敗的，所以他們並沒有主動請命，反正誠帝也不會用他們。

趙管事看向楚修明問道：「將軍覺得勝負如何？」

楚修明備了紙筆，隨手畫出蜀中的大致地形，整個天啟的地圖他都記在心裡，楚家為這圖花費不知幾許，怕是誠帝宮中的地圖都沒有他們的齊全。「地動後還不知變得如何，到時候還要重新派人測量。」

楚修明畫得粗糙，可是大致情況卻一目了然。「蜀中的情況，比別的地方都要複雜，不僅是地形，還有……真的只有千人嗎？誠帝自以為是地隱瞞，卻已經讓他們扎根更牢了。蜀中有多少兵力？這千人早已不是當初的千人了。」

趙管事心中一驚，他剛剛只是憤怒，覺得此戰怕是會慘勝，犧牲不少兵士，可是聽著楚修明的意思，怎麼像是要敗了？

誠帝至今沒有立太子，好不容易有個立功機會，這些皇子哪裡會放過，自然會格外表現自己，把其他人給踩下去。

楚修明接著說道：「更何況，這其中……說不定還有別的手筆。」

「將軍是擔心，英王那邊要做手腳？」趙管事咬牙問道。

楚修明沒有再說話，將地圖扔進炭盆，看著它燒盡。「誰知道呢？不過受苦的都是百姓而已。」

沈琦是永樂侯世子親自送來的，而且世子也沒急著離開，在永樂侯下朝與他說了蜀中的事情後，世子心中一喜。可是當知道有那麼多皇子的時候，難免有些猶豫。誰承想沈琦忽然派人叫他去瑞王府，永樂侯以為瑞王有什麼交代，也催著他過去了。

等到了才知道，並不是瑞王找他，而是瑞王妃，瑞王也把事情與瑞王妃說了，瑞王妃雖然不懂戰事的事情，不過卻問了請命的都有何人，然後又問了去的名單。等瑞王說完後，瑞王妃心中就覺得不妥，因為此次請命的雖然有武官，可當初真正上過戰場的那幾位一個都沒有站出來。

誠帝任命的那個將領，能壓住這些皇子、世家子嗎？瑞王妃又問了楚修明的神色，瑞王只說楚修明沒有開口，瑞王妃當即就叫沈琦把永樂侯世子叫回來，然後讓沈琦給沈錦送了帖子。誠帝雖然說不讓人打擾楚修明靜養，可是沈琦和沈錦是姊妹，兩個人不是外人，來往親密些，就算是誠帝也無話可說。

瑞王見瑞王妃的樣子問道：「妳覺得有什麼不對嗎？」

瑞王妃搖頭說道：「不過是想著女婿第一次出門，到底刀槍無眼的，還是問問三女婿的好。」

瑞王說道：「也是。」

瑞王妃又笑著說了幾句，瑞王就不再管了，索性到書房去，沈琦這才看向瑞王妃問道：

「母妃，可是有什麼不對？」

「我也不知道。」瑞王妃開口道。「妳與女婿走一趟的好。」沈琦抿了抿唇，點頭應下來，瑞王妃說道：「妳下去準備吧，等女婿來了，你們就直接出門。」

因為瑞王妃的話，這才有了永樂侯世子和沈琦走的這一趟；因為有了楚修明的話，所以世子直接被引到書房中楚修明那裡，倒是沈琦和沈錦兩個人坐在一起說起了話。

世子在路上也聽了沈琦的話，心中難免有些不安，直接問道：「妹夫，這次蜀中之行可不妥？」

楚修明開口道：「姊夫可知蜀中的情況？」

世子搖頭說道：「所知不多。」

楚修明開口道：「姊夫非去不可嗎？」

世子說道：「皇上已經點了我的名字，若是不去的話……想來也要給家父一個交代。」

楚修明也明白，說道：「若是去了，姊夫記得，莫要開口，莫要爭功，莫要靠前。」

世子皺眉，問道：「可是會有危險？不是說那邊反民不足千人嗎？」

「當初蜀中有多少官員兵士？」楚修明反問道。「如今呢？」

世子心中一緊，問道：「不是說這次派了五萬人前往？」

楚修明不再說什麼，畢竟大多是他的猜測，並非他不信任永樂侯世子，而是這些話，他回去定是要與瑞王妃和永樂侯說的。

世子見此也不再問，點了點頭說道：「我知道了。」

楚修明應了一聲，面色絲毫不變，世子說道：「我那兒還有不少滋補的藥材，晚些時候讓人給妹夫送來，妹夫多多注意身體才是。」

沈琦本正在與沈錦說著鄭府的事情，沒承想世子竟就打算走了，愣了一下說道：「改日我再來與三妹說話。」

沈錦扶著安平的手站起來說道：「姊姊如今身子重，若只是說話，不如讓府上的人傳遞信箋。」

世子正在外面等著，面上明顯有心事，打了招呼後就接沈琦走了。在回瑞王府的馬車上，忍不住把剛剛楚修明說的話與沈琦說了，沈琦看著世子的神色問道：「夫君可是不信？」

「也不是。」世子有些猶豫地說道：「總覺得……會不會是……」

沈琦微微垂眸，雙手輕輕撫著肚子說道：「會不會是妹夫因為自己不能帶兵，才故意如此說？」

世子面上有些尷尬，沈琦卻看向他，沈聲說道：「夫君若是真這般想，那就太小看永甯伯，太小看楚家，也太小看我母妃。」

「我不是這個意思。」世子第一次見沈琦這般神色，趕緊說道：「我只是覺得會不會是妹夫太過小心了？」

沈琦厲聲問道：「夫君，永甯伯從幾歲開始帶兵？楚家一直鎮守邊疆，經歷的戰爭又有多少？只論戰功的話，如今的爵位卻是委屈了。」

世子面色一肅，也明白過來，說道：「剛剛是我以小人之心度君子之腹了。」

沈琦搖搖頭，開口道：「母妃會讓夫君來請教永甯伯，想來也是覺得有些不對了。」

世子聽沈琦提到瑞王妃，又想到那時候瑞王妃對自己的照看，說道：「我先送妳回王府，拜見一下岳母。」

沈琦點頭，沒再說什麼，世子輕聲哄道：「夫人莫要生氣，是我剛剛有些小心眼了，本想著好歹弄些功勞，也讓夫人風光一些。」

「也是我太過急躁了。」沈琦放柔聲音說道。「妹夫在京城地位尷尬，如今還沒出戰，肯對你說這些，也是擔了責任的。」

「我一會兒回去就備禮與妹夫賠罪。」世子說道。

沈琦靠進世子的懷裡說道：「嗯，正巧今日莊子上送了不少新鮮的食材，到時候送與妹夫就好。」

永甯伯府中，沈錦看著急匆匆離開的永樂侯世子和沈琦，又看了眼楚修明，問道：「這是怎麼了？」

楚修明沒有瞞住沈錦的意思。「蜀中出了反民，皇上要用兵，點了一些權貴之子和皇子前去。」

沈錦皺眉問道：「那帶兵的是誰呢？」

楚修明說了一個名字和官職，沈錦更加疑惑了。「那這樣……士兵聽誰的？」

「不知道。」楚修明開口道。

沈錦就算知道楚修明不會拿這樣的事情開玩笑，還是忍不住去看了看楚修明的神色，也算明白了為何楚修明回來的時候會那般壓抑憤怒了。

楚修明低頭看向沈錦問道：「夫人，覺得此戰會敗嗎？」

沈錦抿了抿唇，有些惆悵地說道：「會死很多人吧。」

楚修明只覺得誠帝那些人，竟然還沒有自家娘子看得清楚。

楚修明扶著沈錦往屋內走去，恍若不經意地問道：「為什麼？」

沈錦開口道：「一根釘子和一盤散沙，哪個更傷人？」

「就算釘子人數不足千人，而散沙有五萬人？並且糧草輜重充足？」楚修明問道。

沈錦想了想說道：「我不知道，不過換成是我，是不願意去的。」

沈錦湊到楚修明的身邊，看著那幅畫像一點點被渲染上色彩，忽然說道：「我不喜歡打仗。」

「我也不喜歡。」楚修明聞言說道。「怕是沒有人喜歡。」

永樂侯世子和沈琦回了瑞王府後，沈琦顧不得休息，就與世子一併去見了瑞王妃。此時瑞王並不在屋中，只有瑞王妃一人，瑞王妃把屋中的人打發出去，只留了翠喜伺候，問道：「可是說了什麼？」

世子這才把事情細細說了一遍，因為在馬車上被沈琦說過一頓，倒是沒了那種想法，格外誠懇地問道：「岳母，您覺得女婿該如何？」

瑞王妃緩緩嘆了口氣，說道：「若不是琦兒與錦兒關係好，怕是永甯伯也不會與你說這些。」

世子想到沈琦的話，不禁臉一紅，低下頭沒說什麼，沈琦有些詫異地看向母親，卻見瑞王妃像是沒發現一般，接著說道：「去請王爺。」

「是。」翠喜恭聲應下來。

等瑞王也過來了，瑞王妃才說道：「王爺可還記得，我剛剛問了王爺，此次蜀中之行都有誰請命嗎？」

「記得。」瑞王有些疑惑地看向瑞王妃。「不是說無事嗎？」

瑞王妃搖了搖頭說道：「只是不敢肯定，畢竟我對外事不瞭解。」

瑞王看了看世子後，又看了看瑞王妃，問道：「怎麼了？可是三女婿說了什麼？總不會……三女婿覺得會有危險吧？」

瑞王妃開口道：「王爺，此次您說的請戰人中，武將都有何人？其中真正上過戰場帶過兵的又有何人？」

瑞王仔細想了一下，說道：「並無一人，難道是看不上？」

「軍功誰會嫌多呢？」瑞王妃的聲音輕柔。

瑞王沒有說話，瑞王妃接著又說：「王爺，一個四品武官如何壓得住皇子和那些世家子，到時候那些士兵到底聽誰的？」

「可……反民不足一千，而這次卻帶了五萬人過去。」瑞王有些猶豫地說道。

瑞王妃說道：「可是就這一千人，讓蜀中那麼多官員士兵無可奈何。」

世子此時已經心服口服了，說道：「岳母，那我該怎麼辦？」

瑞王妃嘆了口氣說道：「如今你卻不能不去了，記著永甯伯與你說的那三句話，想來保命是無礙的。」

「不會這麼嚴重吧？」瑞王底氣不足地說道。

瑞王妃沒再說什麼，瑞王想了許久問道：「王妃，妳說我要與皇上提個醒嗎？」

「王爺以為永甯伯為何不在朝堂上開口？」瑞王妃反問道。

想到誠帝的性子，瑞王張了張嘴，最後也閉上了。誠帝自詡聰明，根本不會聽他的，萬一蜀中真的讓誠帝吃了大虧，反而會被記恨。

瑞王妃看向世子說道：「這事情……若不是關係親近的，最好在看見蜀中情況之前不要主動開口。」

世子看著瑞王妃說道：「請岳母指教。」

瑞王妃溫言道：「並非別的，就怕傳到皇上的耳中，你也落不得好，而且聰明人不可能只有我們，在路上你仔細觀察一下，再小心選個圈子融進去。」

世子明白了瑞王妃的意思，點頭說道：「是。」

沈琦有些擔心地看著世子，又看向母親問道：「不如讓世子告病？」

瑞王妃搖了搖頭。「若是女婿不走這一趟，等真出了事……反而會被牽累。」

世子臉色一變，恭聲說道：「岳母放心，小婿知道了。」

「夫君準備告訴公公嗎？」沈琦看著他問道。

世子想了一下說道：「這件事，誰也別說。」

沈琦有些疑惑地看著世子，他並沒有解釋什麼，只是說道：「夫人聽我的就是了。」

蜀中平亂這件事對京城中的人來說倒是件大事，並非這件事多嚴重，反而因為去的都是皇子和世家子而引起人們注意，倒是有些人疑惑為何不選永甯伯去，漸漸地倒是流傳出永甯伯舊病纏身的消息。

等大軍真正出發的時候，已經到二月初，被誠帝選中的三位皇子一時意氣風發的。那些世家子不管實力如何，穿著特製的銀甲騎在馬上的時候，看著都是極其俊挺，看得不少百姓歡呼，和當初楚修明離京不同，這次誠帝是親自去送，聲勢浩大。

不過這些都和楚修明沒有關係，他此時正按照誠帝的要求閉門靜養。

按照沈錦的月分來算，沈錦該是三月中發動的，不過趙嬤嬤已經把產房一類的準備好了，還每日都放了炭盆進去先暖著。瑞王妃和陳側妃還特意來看過一次，誰知道次日，瑞王妃就送兩個小丫鬟過來，是翠喜親自送來的，說道：「王妃說這兩個丫鬟的八字比較旺三郡主，產房還是多些人氣的好，而且這兩人是陳側妃親自選的。」

沈錦聞言看向兩個小丫鬟，見兩個人臉上並沒有勉強的神色，這才點頭說道：「幫我謝謝母妃了。」

翠喜笑著說道：「是，王妃說等郡主生產後，把她們打發回去就是了。」

沈錦問道：「嗯？」
翠喜解釋道：「到時候就到陳側妃院中伺候。」
沈錦點頭沒再說什麼。
留下兩個瞧著十三、四歲的小丫鬟和沈琦的信箋後，翠喜就離開了，沈錦說道：「安寧拿了紅包給她們。」
「是。」安寧恭聲應下來，兩個小丫鬟被調教得極好，進來後眼神很穩，並沒有亂瞧亂看的。
沈錦說道：「到時候我再給妳們封個大紅包。」
兩個人跪下道了謝，安寧把紅包遞過去，兩人接過後，又給沈錦磕了頭。
趙嬤嬤說道：「是老奴疏忽了。」
沈錦搖頭說道：「只是邊城沒這些規矩而已。」
趙嬤嬤笑了笑，沒有說什麼，沈錦如今已經八個多月，她生產的時間大概在三月中。
「對了，奶娘的房間準備好了嗎？」
「已經備好了。」趙嬤嬤開口道。「夫人真的要親自餵養？」
「嗯。」沈錦摸著肚中的孩子說道。
趙嬤嬤開口道：「老奴選了兩個穩重些的小丫鬟給奶娘使喚。」
沈錦拆開沈琦寫給她的信，字數不多，倒是說了有些擔心永樂侯世子，又說了如今才知道沈錦那段時日有多難熬。沈錦看出沈琦的擔心並非因為她真的喜歡永樂侯世子……想了想，回信道：「多想想肚中的孩子就好了。」

其實沈錦不知道該怎麼與沈琦說，他們之間又與自己和夫君不一樣，她是相信夫君說過的會平安回來，又因為肚中的孩子，這才撐下來，可是這樣的話卻不能對沈琦說。

這日晚上，沈錦剛感覺肚子一抽一抽的疼，還沒等她伸手去抓楚修明，就見楚修明已經起身，看了沈錦一眼，就見她有些虛弱地睜著眼，臉色發白地哼唧道：「有些疼。」

楚修明伸手摸了下沈錦的額頭，那裡滿是汗水，問道：「可是肚子疼？」

「嗯。」沈錦聽著楚修明的話，只覺得肚子一抽一抽，疼得更厲害。「有些不舒服……」

楚修明直接叫道：「安寧去喊趙嬤嬤，把產婆也給我叫來。」

雖然離沈錦生產還有段時日，可是趙嬤嬤早就準備好了，剛聽見聲音沒多久，就邊繫著扣子邊出來，就連產婆也來了。等到了正房中，就見楚修明正在給沈錦擦汗，趙嬤嬤神色也有些緊張，說道：「可是要生了？」

產婆上前摸了摸沈錦的肚子，然後道一聲得罪了，就把手伸進被子裡面摸了摸，說道：「確實要生了，不過羊水還沒破，把夫人抬到產房。」

「可是還不到日子……」沈錦疼得咬了咬唇，滿臉迷茫無措地說道：「還差一個月啊……」

「夫人放心，無礙的。」產婆趕緊安撫道。

產房離正屋不遠，很快就到了，裡面的炭盆一直沒有斷過，甚至比正屋還要熱些，楚修明把沈錦放在床上。

趙嬤嬤問道：「夫人可要用些東西？」

「還要等一會兒呢，讓夫人吃些東西比較好。」產婆勸說道。

沈錦此時肚子又不疼了，聞言說道：「真的沒事嗎？」

「老奴保證。」趙嬤嬤開口道。

沈錦這才說道：「給我下碗麵吧。」

趙嬤嬤應下來，趕緊去廚房準備，而安平和安寧她們也有條不紊地準備著產房的東西，產婆看向楚修明說道：「將軍您……」

「我留下。」楚修明開口說道，他從安寧手中接過布巾，親手給沈錦擦著臉上和脖子上的汗。

產婆還想說什麼，可是看著楚修明的樣子，最終什麼也沒有說，而沈錦聞言心中一安，不知怎的忽然想到產婆當初與她說的事情，生孩子時候的狼狽樣子，整個人愣了一下，忽然說道：「不行，你出去。」

楚修明看向沈錦柔聲說道：「別怕，我陪著妳。」

「不要。」沈錦邊說還伸手去推楚修明。「出去。」那樣的姿勢實在太羞人，而且……

楚修明見沈錦不像作假，安撫道：「我餵妳用了東西就出去。」

沈錦這才安靜下來說道：「一定要出去，不許偷看。」

「好。」楚修明保證道。「我就在外面等著妳，妳只要叫我，我就進來。」

沈錦點頭，趙嬤嬤很快端了麵來，還叫廚房煮上粥蒸了龍眼大小的包子，一時間整個永甯伯府都忙碌起來。

趙嬤嬤忽然想到瑞王府中的奶娘，趕緊讓人去通知瑞王妃沈錦發動的事情。

楚修明接過麵碗，親手餵沈錦用完，這才被沈錦趕出去，他並沒有走遠，就在門口的院子裡。瑞王府得了消息，瑞王妃就讓人去喊了陳側妃，兩個人親自送了奶娘過來，此時也陪在裡面。

沈錦知道楚修明就在外面，而且身邊還有瑞王妃和陳側妃陪著，此時倒是不再害怕。

瑞王妃看著正在吃東西的沈錦，問道：「參湯可備好了？」

「都已經備好了。」趙嬤嬤開口道。「大夫也在外面備著了。」

沈錦吃到一半，忽然痛呼了一聲，安寧趕緊把東西端到一旁……

楚修明站在門口，握緊了拳頭，他好像聽見了沈錦的哭聲，剛剛差點沒有忍住就這樣闖進去。此時就見安寧急匆匆地跑出來，說道：「將軍，夫人說您絕對不能進去！您要進去她就不生了。」

「我知道了。」楚修明的聲音有些低沈。「告訴夫人，我就在這裡陪著她。」

楚修明只覺得挺了許久，從日出到日落，就見那些丫鬟進進出出，雖然動作很快，可是臉上不見慌張，楚修明不知道自己此時竟然也能如此的冷靜。不知過了多久，就見趙嬤嬤滿臉笑容地跑出來說道：「恭喜將軍，母子均安。」

聽到這個消息的時候，楚修明身子竟然晃了晃，猛地看向產房，趙嬤嬤說道：「將軍還請稍等一會兒，房中正在收拾。」

大夫也是滿臉笑容地說道：「恭喜將軍。」既沒有用上大夫也沒有用上參湯，想來是無事的。

楚修明沒有說話，再也顧不得別的，直接往裡面走去，卻被趙嬤嬤攔住了，不讓他進內室，說道：「將軍先烤烤火，去去身上的寒氣才是。」

「好。」楚修明知道此時應該聽趙嬤嬤的，當即就站在炭盆邊，可是眼神還是衝著內室。「孩子在哭。」

趙嬤嬤笑道：「都是如此的，小少爺很健康，四斤二兩，長得俊秀漂亮，像個仙童一般。」

誰知道趙嬤嬤的話剛落，楚修明就聽見沈錦的聲音——

「東東怎麼這麼醜啊……」

第四十六章

屋中產婆已經幫沈錦收拾好了，她躺在床上側臉看著洗乾淨抱在陳側妃懷裡的孩子，眼神有些糾結，陳側妃聽了一怒。「瞎說，多漂亮的孩子。」

瑞王妃也嗔了沈錦一眼，說道：「不許胡說。」

沈錦委屈得要命，這孩子紅紅皺皺的不說，鼻子還塌塌的，雖然有些醜，可是沈錦覺得她還是很喜歡這個孩子的。「我給孩子餵奶。」

瑞王妃聽了，有些詫異地看了沈錦一眼，陳側妃倒是沒有阻攔的意思，讓安寧把沈錦扶起來靠坐著，解了衣服，沈錦小心翼翼抱著孩子，剛把孩子的嘴對上，那孩子就張嘴含著吃了起來，格外的賣力。

楚修明身上再無一絲寒氣的時候，這才進來，沈錦見到楚修明就說道：「都怪你！」「怪我。」楚修明都不知道怎麼回事，聞言趕緊應了下來。

瑞王妃和陳側妃見到楚修明進來，兩人就要先出去。楚修明注意到了，心裡是感激的，可是卻沒有多說什麼，只是點點頭，瑞王妃笑了一下，陳側妃心中鬆了口氣。

趙嬤嬤和安平送兩人出來，瑞王妃說道：「陳妹妹，妳留下來照顧錦丫頭，我先回府與王爺說這個好消息。」

陳側妃沒有推辭，說道：「妾等錦丫頭睡著就回去。」

「妳多留幾日。」瑞王妃說道。「小四那邊我會照顧，晚些時候我讓人把妳的東西送來。」

陳側妃雖然知道如此有些失禮，可是到底沈錦是她唯一的女兒，就恭聲應下來，瑞王妃這才看向趙嬤嬤說道：「妳晚些時候再與永甯伯說一聲即可。」

趙嬤嬤恭聲應下，和陳側妃一併送瑞王妃上馬車，陳側妃就問了小廚房的地點，親手去給女兒做吃食，趙嬤嬤本想留下，卻被陳側妃拒絕了。「他們兩個小年輕，又是第一個孩子，嬤嬤還是去看著些。」

「是。」趙嬤嬤這才應下來，留了安平給陳側妃打下手，自己回了產房。

產婆已經離開，倒是奶娘留在裡面，安寧就站在奶娘的身邊，奶娘是個二十多歲的女人，長得眉清目秀的，看著乾淨老實。

沈錦換了個胳膊抱著東東，讓他吃另一邊的奶，楚修明走過去，看著沈錦懷中紅彤彤的小傢伙，沈錦說道：「東東為什麼有點醜？」她真的不是嫌棄兒子，不過好像和她期待的有些不一樣。

「是有點醜。」楚修明此時都順著沈錦的話。

誰知道這話一出，沈錦瞪圓了眼睛看著楚修明，淚珠子開始往下落。「你不喜歡東東？」

趙嬤嬤進來正好聽見這句，又見沈錦哭了，急得說道：「我的祖宗啊，不能哭啊！」

楚修明說道：「喜歡。」

「你說他醜。」沈錦更加委屈了。

趙嬤嬤再顧不得別的，瞪了楚修明一眼，趕緊哄沈錦說道：「不醜，小少爺最漂亮。」

楚修明哭笑不得，伸手擦去沈錦臉上的淚說道：「不哭，東東是妳辛辛苦苦給我生的兒子，我自然喜歡的。」

孩子吃飽了，在沈錦的懷裡睡著了，趙嬤嬤趕緊把孩子抱到懷裡。楚修明親手幫沈錦整理衣服，柔聲說道：「疼嗎？」

「疼。」沈錦不哭了，說道：「渾身都疼，還餓了。」

楚修明看向趙嬤嬤，趙嬤嬤說道：「陳側妃已經在廚房了，怕是馬上就把東西端來了。」

聽著沈錦的話，楚修明只覺得心疼得很，瞧著沈錦臉上掩不住的憔悴和疲憊，低頭吻了她的眉心一下，說道：「我很喜歡。」

趙嬤嬤見沈錦被哄好了，說道：「將軍，讓大夫給小少爺檢查一下嗎？」

楚修明點頭。

趙嬤嬤讓人把屏風擺好，這才叫一直等在外間的大夫進來，把孩子抱過去讓大夫檢查一下，大夫恭聲說道：「將軍、夫人放心，小少爺很健康。」

楚修明和沈錦這才真正鬆了一口氣，楚修明說道：「麻煩大夫了。」

大夫恭聲道不敢，然後退了下去。陳側妃也端了東西過來，她給沈錦弄了紅糖小米粥，裡面還打了雞蛋，本想親手餵沈錦，可是看著在旁邊的楚修明，還是把碗遞過去。勉強吃完了一碗粥，沈錦的眼睛都有些睜不開了，楚修明說道：「睡吧。」

「我再看看孩子。」沈錦小聲要求道。

趙嬤嬤把孩子抱過來，沈錦看了看，覺得孩子越發的順眼起來，這才打了個哈欠，被楚修明扶著重新躺下閉眼睡覺了。

楚修明看向陳側妃說道：「岳母，您去休息吧。」

「你一個男人哪裡會這些。」陳側妃開口道。「我在這裡就可以了。」

楚修明搖搖頭，趙嬤嬤低聲說道：「前段時日，永甯伯特意找產婆，老奴都學過了，側妃放心吧。」

陳側妃沒想到楚修明竟然特地和人討教過這些，說道：「那好。」

趙嬤嬤說道：「麻煩側妃照顧下小少爺。」

陳側妃聞言滿臉喜悅，這是她的親親外孫，若不是她一貫小心，早就忍不住把孩子要過來抱著了，點頭說道：「好。」

沈錦醒來的時候，就看見房中的楚修明，還有他正抱著的那個孩子。發現沈錦醒了後，楚修明就把孩子抱過去，趙嬤嬤扶著沈錦坐起來，然後端著紅糖水餵沈錦喝了一些，裡面還煮了小鴿子蛋。沈錦發現楚修明抱孩子好像很熟練，起碼比她要熟練一些。

「你吃飯了嗎？」沈錦問道。

楚修明應了一聲，等沈錦餵完孩子，楚修明就把東東抱起來，輕輕撫著後背，等東東打了個奶嗝後，這才把東東放在沈錦的身邊。沈錦也吃完了一碗紅糖鴿子蛋。「咦？東東好像漂亮了不少。」

「嗯。」楚修明手指輕輕碰了碰東東的小嫩臉，眼中帶著笑意說道：「我們的孩子。」

「是啊。」沈錦也好奇地打量一會兒，陳側妃端著東西進來了。

趙嬤嬤把孩子抱起來說道：「夫人再用些湯。」

東東洗三的時候，雖然有不少人送禮來，可是楚修明根本沒請什麼人，瑞王和瑞王妃倒是來了，沈琦還在丫鬟的幫助下，小心翼翼地抱了抱孩子。「只希望我的孩子也能和東東這般可愛。」

小孩子簡直是見天長，沈錦總覺得每次見到兒子，他都變得漂亮許多，聽見沈琦的話，沈錦開口道：「大姊，我發現孩子剛生下來的時候，越醜就會長得越漂亮。」

「真的？」沈琦一臉詫異地看著沈錦。

沈錦嚴肅地點了點頭。「東東剛出生的時候，很醜的。」

兩姊妹的話，聽得瑞王妃在一旁笑了起來。「胡說，東東生下來就很漂亮的。」

瑞王和瑞王妃並沒有在永甯伯府停留太久，用過午飯後就離開了，陳側妃也跟著一併走了，能照顧女兒這麼幾天她也滿足了，而且有楚修明在，照顧沈錦的事情就連趙嬤嬤都有些插不上手。

沈錦雖然捨不得母親，可是也沒有說什麼，她現在還不能出房門，所以是楚修明去送的人。瑞王其實挺喜歡東東的，畢竟是他第一個外孫，還抱了一會兒，不過因為瑞王不會抱孩子，弄得東東不舒服，被瑞王妃給搶走了，此時還說道：「東東一瞧就是個聰明的孩子。」

楚修明笑了一下，沒有說什麼，瑞王感嘆道：「我瞧著這孩子眼睛像我。」

瑞王妃嗔了瑞王一眼，其實那孩子太小，實在瞧不出更像誰，不過怎麼也不可能像瑞王。但是看著瑞王的樣子，瑞王妃也沒說什麼，瑞王感嘆了一句，又看向沈琦說道：「也不知道琦兒的孩子會像誰？」

沈琦聞言一笑，說道：「要是能像父王就好了。」

在很久以後，沈琦無數次後悔說出了這句話，其實瑞王長得不差，可是再不差，一個女孩長得像瑞王也不是什麼好事情。也因為這點，使得瑞王格外喜歡自己的外孫女，就連親孫子都要退居一射之地。

送走瑞王一家後，楚修明就回了屋，沈錦已經睡著了，孩子躺在旁邊的小床上，睡得正香，小手握成拳頭，身上帶著一股子的奶香。

楚修明伸手給沈錦整理了一下臉上的碎髮，沈錦下意識地在楚修明的手中蹭了蹭，楚修明眼中帶著笑意，又看了沈錦一眼後，就看向趙嬤嬤，壓低聲音說道：「若是有事了，就去喊我。」

「是。」趙嬤嬤恭聲應下來。

楚修明才回房洗個澡換了衣服去書房，趙管事正在書房幫著處理事情，見到楚修明就笑道：「恭喜將軍了。」

「嗯。」楚修明應了一下說道：「事情安排得怎麼樣？」

趙管事說道：「已經讓人去查，蜀中的事情確實有英王世子的手筆在裡面。」

英王正是當初勾結蠻夷，最終差點兵變成功，不過被太子帶人給斬殺了。不管是太子和英王都沒有想到，最後竟然是誠帝漁翁得利，若非如此……這個皇位怎麼也輪不到誠帝。

其實真說起來，英王人雖然不怎麼樣，可是帶兵很有一手，在誠帝為了坐穩皇位全力剿殺太子遺留的人手時，英王世子帶著英王殘餘的勢力躲了起來，一直在暗中行動，誠帝天天把楚家視為眼中釘，根本忽略了英王世子這些人。

先帝當初身體一直不好，很多事情和勢力都轉交到太子手上，若不是英王之事，先帝就已經退位了。楚家也是先帝留給太子的，可是先帝也沒料到誠帝狼子野心，竟然做出這般事情，弒兄殺父……

誠帝一心想要剿殺清洗太子的遺留勢力，卻不知英王遺留的世子才是真正需要警惕的，起碼楚修明他們這些人都是以天啟為重，以天啟百姓為重的。而英王世子根本不管這些，為了皇位，英王能與蠻夷合作，英王世子又會比英王差到哪裡。

英王世子足足隱藏了二十五年，暗中發展了多少勢力，就連楚修明都不知道。誠帝又一直打壓楚家，楚家更是只剩下楚修明一人，能力著實有限，能做的就是不斷安排人暗中留意和打探，特別是英王當初的屬地。

楚修明心中計算了一下。「恐怕他們已經到蜀中了。」

趙管事應下來，楚修明說道：「四月初走。」雖然大夫說沈錦早產卻沒有傷到身子，可是楚修明還是想讓沈錦坐足四十天的月子，趙嬤嬤說過女人若是月子裡落了病很不好。

「是。」趙管事恭聲說道。

楚修明看向趙管事說道：「到時候先護送夫人他們離開，等晚些時候我會追上去。」

趙管事明白楚修明的打算，他是暗中先送沈錦和孩子離開的，就打著讓他們到莊子裡休養的名義，而他自己留在京中，隱瞞誠帝的眼線，沒了沈錦和孩子在，楚修明脫身也更容易一些。

「屬下明白了。」趙管事恭聲應道。

以後的局面怕是楚修明一直不想看到的，不過也早有準備了，不管為了誰，都不能讓英王世子真的如願，因為他們眼中根本沒有天下百姓，只有自己。

東東是個很乖的孩子，並不大哭鬧，整天不是吃就是睡，小胳膊小腿像是藕節一樣。

此時的東東已經睜開眼睛，沈錦也排乾淨了惡露，看著東東稀罕得不得了。楚修明過來的時候，就看見沈錦正抱著東東餵奶，東東小手握成拳頭，吃奶吃得小臉通紅。

等餵飽了孩子，也不用趙嬤嬤，楚修明就把東東抱起來，趙嬤嬤幫著沈錦整理一下衣服，沈錦道：「嬤嬤，我怎麼覺得東東越長越像夫君，一點也不像我？」

楚修明也聽見了，低頭看著東東，說道：「東東有酒窩。」

沈錦皺了皺鼻子說道：「可是眼睛不像我。」

趙嬤嬤聞言開口道：「夫人，少爺是男孩，長得更像父親一些也是常事。」

沈錦想了想點頭，忽然笑了起來。「我都沒見過夫君小時候的樣子，正好可以看東東。」

趙嬤嬤笑著點頭，沈錦忽然問道：「我怎麼覺得夫君抱孩子很熟練呢？」

「當初二將軍被帶回府中的時候，將軍已經大了，二將軍幾乎是將軍一手帶大的。」趙嬤嬤溫言道。

沈錦點頭說道：「怪不得他們感情如此好呢。」

楚修明看著沈錦抱著東東，從身後摟著沈錦。

沈錦小聲說道：「別離我這麼近，我都好久沒洗澡了呢。」

楚修明輕輕親了沈錦頭髮一下說道：「我家娘子不管什麼時候都是又乾淨又漂亮的。」

沈錦雖然知道楚修明說的是假的，心中也是高興，不過忽然想到自己這麼久沒洗頭，而楚修明……於是嬌聲說道：「你好髒啊……」她頭髮那麼髒，楚修明也親得下去，怕是唇上都又髒又油了。

被沈錦嫌棄，楚修明也沒有生氣，反而湊到沈錦的耳邊輕輕笑了起來，沈錦耳朵癢癢的，不自覺縮了縮腳趾頭，臉頰紅潤了起來。

就像洗三一樣，東東的滿月也沒有請太多人，不過此時也沒多少人在意了。因為所有人的注意力都被轉到蜀中的事情上，不斷有勝利的消息傳來，不管怎麼說倒是開了個好頭，就連瑞王的神色都放鬆了。

誠帝得到消息後心情也是不錯，李福乘機說了永甯伯府的人都去了莊子上的事情，誠帝臉色一變，李福趕緊說道：「不過傍晚的時候，永甯伯就回來了。」

「哦？」聽見楚修明回來，誠帝倒是放鬆了一些。

李福恭聲說道：「倒是永甯伯夫人和孩子留在莊子上。」

誠帝皺眉說道：「這個楚修明是想弄什麼？」

李福低頭沒有說話，誠帝接著問道：「聽說那孩子早產？」

「是。」李福恭聲說道。「就連洗三和滿月都沒有大辦，只請了瑞王一家過去。」

誠帝想了一下說道：「派人盯著，主要盯著楚修明。」

李福應下來，誠帝說道：「去蘭妃宮中。」

「是。」李福當即派人去通知蘭妃。

到蘭妃宮中的時候，誠帝就看見不僅蘭妃在，常妃和自己的小兒子也在。見到誠帝來，幾個人行禮後，這才坐下，誠帝看著兒子聰慧乖巧，兩個愛妃也不吃醋，反而相處融洽，心中得意，道：「這是幹什麼呢？」

蘭妃聲音輕柔說道：「我與常姊姊正在聽小皇子背書呢。」

「哦？也給朕聽聽。」誠帝看著兒子笑道。

常妃滿臉笑容，也不多說什麼，自己兒子越得皇帝喜歡就越好。等背了兩首詩，誠帝誇獎一番又當場賞賜東西後，常妃就讓人把兒子帶下去了，蘭妃親手泡了茶，常妃陪著誠帝說話。「皇上，今日可是有什麼喜事？」

誠帝笑著把蜀中的事情說了一遍，常妃滿臉喜悅崇拜地看著誠帝，蘭妃端了茶給誠帝和常妃才說道：「恭喜皇上了。」

「哈哈哈。」誠帝自然意氣風發的，忽然想到常妃育了兩子，把楚修明和沈錦的事情隱了姓名說了一遍，問道：「妳們說這是為何？」

常妃皺眉說道：「怕是那孩子不大好吧。」

蘭妃並沒有說話，誠帝看向常妃問道：「為何如此說？」

常妃解釋道：「皇上都說了是嫡長子，若不是身子不好，妾還真想不出，會這般委屈孩子的原因。」

誠帝眼睛瞇了一下，常妃接著說道：「還有那孩子早產，不知是早了多久？妾聽人說，孩子七活八不活的，若是孩子七個月生下來的話，反而能活；若是八個月的話……」

「當真？」誠帝看著常妃問道。

常妃說道：「妾也是聽經驗豐富的老嬤嬤說的。」原本孩子就容易早殤，這也是為什麼一般子嗣都等三歲以後才會取名。

誠帝看向李福，李福說道：「回皇上的話，應是八個月多一些。」

「那為何會忽然去莊子上？」誠帝接著問道。

常妃聞言也不知道怎麼回答了，正在為難，就聽見蘭妃說道：「莫非是想給孩子祈福？」

誠帝皺眉，說道：「去查查。」

「是。」李福恭聲應下來。

常妃也開口道：「若是離寺廟近一些也說得過去，也可能是要讓那婦人散心，或者大夫覺得住在莊子上對孩子更好一些。」

誠帝心思已經不在這邊，只是敷衍地點點頭。常妃和蘭妃對視一眼，蘭妃微微垂眸說道：「皇上，可是有什麼煩心事？」

其實誠帝只是在想要不要派人偷偷把沈錦和孩子擄走，畢竟出了京城，他們身邊也沒有多少人護著，可是換作是他……若是皇后和一個不知道能不能長成的長子被擄走，他會妥協嗎？

肯定不會，所以誠帝又覺得有些無用，這才有些猶豫起來，聽見蘭妃的聲音，只是說道：「沒什麼。」

蘭妃就不再問了，常妃起身走到誠帝的身後，幫他揉著肩膀。誠帝又想起了沈錦的性子，最終還是覺得只要盯緊楚修明就好。誠帝是留在蘭妃這邊用飯的，最後卻是跟著常妃離開，靜喜只覺得格外不滿，在伺候蘭妃就寢時不禁說道：「常妃怎麼這個樣子啊？」

「無礙的。」蘭妃柔聲說道。「好了，以後不要再提。靜喜，我這輩子都生不了孩子，再多的寵愛又有什麼用？」

楚修明把沈錦送到莊子的時候，就與沈錦說了目的，沈錦只問了一句話。「你會平安嗎？」

「會。」楚修明依舊這般回答。

誠帝讓人加強了對楚修明的監視，而且李福也證實了，那個莊子附近確實有間寺廟，而且每天早上，就見沈錦的貼身侍女都會去那寺廟待上一個時辰，不管風雨從不間斷。

過了十幾日，不說被誠帝派去監視的人，就是誠帝也漸漸放鬆了對莊子的監視。

很快當蜀中的消息傳來的時候，誠帝簡直不敢相信，厲聲問道：「再說一次。」其實不僅是誠帝，就是朝中的大臣都不願意相信。

「二皇子被俘……戰敗……」跪在大殿中間的人低著頭，雙手還捧著一封信。「這是那些反民提的要求……」

其實二皇子被俘這件事，只能說二皇子活該，他為了和兄弟爭搶戰功，帶兵直接追擊那些人，根本不聽任何人的勸阻。誰承想本來軟弱不堪的反民，前段日子那些敗仗都是故意引誘他們的，等救援的部隊趕來，已經來不及了。而二皇子已經被人擄走了，拿著二皇子，這些反民要了不少糧草。

其實就算二皇子被抓，這些人也沒把那些反民當一回事，只覺得都是二皇子疏忽大意了。

二皇子是皇后所出，雖不是長子，卻是嫡子……他們只希望這些人能一不小心失手把二皇子弄死就好。

瑞王低著頭，想到前幾日還懷疑楚修明的話，心中倒是一陣汗顏，也不知道大女婿如何了，他可不想讓女兒年紀輕輕就守寡了。

誠帝如今再也沒有心思去關心沈錦的事情，厲聲質問：「那些人是怎麼保護我兒的！」

拆開反民的信，就見這些人的要求，其實並不過分，只要求誠帝不追究他們的責任，處置那些蜀中的官員。

誠帝把信摔在地上，怒道：「不可能，回去告訴高昌若是我兒有絲毫損傷，我就要了他的命，讓他把我兒平安救出！」

瑞王覺得這事情難，不過他對那個姪子沒什麼感情，當初自家的長子就是在和這個姪子出去後，被滿身是血地送回來的。

因為蜀中的事情，誠帝心情不佳，等退朝後瑞王就回到府中把事情與瑞王妃說了。瑞王妃微微垂眸沒有說話，卻是想著沈錦住到莊子的事情，又連想了一下蜀中的事情，忽然臉色一白，說道：「都下去。」

瑞王被瑞王妃的聲音嚇了一跳，扭頭看向瑞王妃，卻見瑞王妃的臉色難看得很，瑞王小心翼翼問道：「王妃……妳這是怎麼了？」

確定屋中沒有人了，瑞王妃才說道：「王爺，你覺得蜀中真的只有一些反民嗎？」

「除了反民還能有什麼？」瑞王反問道。

瑞王妃開口道：「王爺覺得反民能做到這些？」

「不是說二皇子疏忽大意嗎？」瑞王看著瑞王妃，有些弄不懂瑞王妃的意思。

瑞王妃手指蘸著茶水寫了三個字，分別是太子與英，誠帝至今沒有立太子，所以這個太子指的是誰，瑞王只愣了一下就明白了，而那個英……只可能是英王，瑞王臉色都變白了，說道：「不可能吧。」

「我不知道。」瑞王妃開口道。「只有不足一千的反民和皇上派出的五萬大軍……」

瑞王搖頭。「不可能。」雖然這麼說，可是心中卻有些相信了。在瑞王心中那些百姓都愚昧得可以，若不是後面有人，就算二皇子再魯莽，也不會這麼簡單被俘虜了。「怎麼辦？」

「王爺，起碼現在京中是安全的。」瑞王妃反而冷靜下來，柔聲說道：「更何況這也只是我的猜測。」若不是楚修明的態度，瑞王妃也聯想不到這裡。

瑞王咬牙說道：「把熙兒送到軒兒那兒。」

瑞王妃開口道：「王爺，我想讓熙兒跟著永甯伯去邊城。」

「啊？」瑞王看向瑞王妃。

瑞王妃說道：「當初我們不是說好了嗎？」

「可是現在不一樣。」瑞王壓低聲音說道。「妳難道不知道，楚家當初是我父王留給先太子的人。」

瑞王妃只是看著瑞王說道：「不管出什麼事情，我們總歸都要保住一個兒子的。」起碼把一個孩子送到邊城，到時候京城有什麼變故，他們也不至於全府的人都折進去。

瑞王愣住了，然後看了瑞王妃許久說道：「妳說得對，那麼就不能讓楚修明再留在京城，若是他不回邊城，邊城就太危險了……」雖然誠帝和瑞王是親兄弟，可是瑞王更喜歡太子這個兄長，太子對他們這些小的弟弟格外和善，瑞王還記得太子當初親手教過他習字拉弓的，其實有時候瑞王也會想，若是太子還在……他也不會像現在這般吧。

「王爺，你如果插手的話……」瑞王妃沒想到瑞王會說出這樣的話，有些擔心地問道，而且瑞王妃也擔心瑞王好心辦了壞事。

瑞王想了一下說道：「妳放心。」

瑞王妃看著瑞王越發的不放心，問道：「王爺是想做什麼呢？」

「我去求母后。」瑞王開口道。

瑞王妃有些不知道說什麼好，還是問道：「求太后？」

瑞王點頭，瑞王妃看著瑞王認真的神色，說道：「王爺不如與太后說蜀中之事，你得了消息是英王後人所為。」

「可是我沒得消息啊。」瑞王說道。

瑞王妃微微垂眸說道：「太后問起，你只說因為蜀中地動的事情被責罰了，心中不甘，特派人去關注了一些，才偶然得了這個消息，還見到了蠻夷……」

瑞王問道：「那如果皇上問起來，知道了這事情，怕是我也落不得好啊。」

「所以王爺只能去與太后說。」瑞王妃說道。「太后是王爺的母親，自然會護著王爺，記得一定要提蜀中地動的事情，那時候太后就會明白為什麼王爺要去與她說，而非與皇上說了。」

瑞王也明白了，點頭說道：「那我現在就進宮。」

瑞王妃應下來，親手伺候瑞王更衣送了他出去，然後看向翠喜說道：「把我剛剛的話與永甯伯學一遍。」

「是。」翠喜恭聲應下來。

若是有瑞王的幫忙，永甯伯就不需要偷偷出京了，反而可以大大方方離開，不過瑞王妃也沒想到瑞王肯幫這個忙。

楚修明聽完翠喜的話，只是點了點頭說道：「告訴王妃，我定會好好照顧妻舅的。」翠喜剛剛把瑞王和瑞王妃之間的話都與楚修明說了，其中就有瑞王妃的打算，準備送一個兒子到邊城，楚修明此時說也是為了讓瑞王妃安心。

翠喜應下來，又趕緊回瑞王府了。

瑞王肯這樣幫他們也算是意外之喜，可是楚修明卻沒有去接沈錦，畢竟現在情況如何還不得而知，莊子已經布局許久，若真的有變動，再把人接回來也是一樣的，不過瑞王妃這算是孤注一擲了？瑞王想來還不明白，這件事情後，怕是就再也脫不開關係了。難道……那樣的話，到底誠帝是怎麼得罪了瑞王妃這個女人呢？

楚修明想到趙嬤嬤對瑞王妃的評價，說瑞王妃這樣的人，現在的位置著實可惜了。

第四十七章

太后就誠帝和瑞王兩個兒子，就算平時沒有表現出來，對這個兒子太后心中還是有偏愛的，所以一聽瑞王來了，就從佛堂出來，還讓人備上瑞王喜歡的糕點。

瑞王臉色有些不好，太后也知道蜀中的消息，以為是擔心他大女婿，就說道：「我與皇上說，讓永樂侯世子先回來吧。」

「母后，不是這件事。」瑞王開口道。「我有些事情想與母后說。」

太后看著瑞王的神色，就把屋中的人都打發出去，就連甄嬤嬤都沒有留下來，瑞王附在太后的耳邊說道：「母后，您也知道我生辰那日蜀中地動，皇兄還讓人打了我，把我關起來。」

「都是自家兄弟。」太后知道那件事是誠帝不地道，可是也沒有辦法，說到底大兒子是皇帝。

「我知道。」瑞王趕緊說道。「我來並不是因為這個。」想到瑞王妃的話。「我就是心裡不舒服，派人去了蜀中想關切一下地動的事情，還想偷偷弄點東西充當……咳咳……」

不用瑞王說明白，太后已經瞭解他的意思，是想找些東西來充當祥瑞之物，太后輕輕拍了瑞王手一下，並沒有責怪他的意思，畢竟這樣做出來不僅洗刷了身上的污水，對誠帝那邊也算有個交代。

「可是不想發生了那麼多事情，我派去的人都失去了聯繫。」瑞王會選擇附在太后的耳邊說話，也是害怕被太后看出他臉色不對。「我以為都被反民殺了，沒想到竟然有個人逃回來還送了信。」

太后知道事情不對了，問道：「怎麼回事？」

「那些人探到……蜀中那邊的事情好像有英……的後人……還見到了兩個蠻夷……」瑞王說得吞吞吐吐的。

太后臉色一變，瑞王繼續說道：「母后，怎麼辦？」

「人呢？」太后問道。

瑞王說道：「我讓人把他給殺了……」

太后鬆了一口氣說道：「是你王妃讓你來找我的？」

「嗯。」瑞王說道：「我本想找皇兄的，可是王妃讓我先來找母后。」

太后眉頭這才鬆下來。「這件事你就當作不知道。」

「可是……」瑞王猶豫地問道：「母后，我挺害怕的。」

太后沒有責怪瑞王的意思，只是叮囑道：「回去後就當作什麼都不知道。」

瑞王問道：「那皇兄那邊？」

「我來安排。」太后心知自己大兒子的性子最是多疑，而小兒子就有些……若是讓誠帝知道是瑞王發現的，恐怕會懷疑瑞王準備圖謀不軌或者對他心有不滿，對瑞王一點好處也沒有。恐怕因為這個，瑞王妃才會讓瑞王來找自己，也多虧被瑞王妃攔住了，若是瑞王真的直接去找誠帝，恐怕誠帝第一個要收拾的就是瑞王了。

瑞王有些猶豫地說道：「母后，若真是英……怎麼辦？京城安全嗎？」

「還有比京城更安全的地方嗎？」太后反問道。

瑞王有些尷尬地說道：「我想把熙兒送到茹陽那裡去。」

太后皺起了眉頭，瑞王說道：「我……茹陽一定會照顧好熙兒的。」

「也好。」太后開口道。「不過先不急。」

瑞王疑惑地看著太后，太后卻沒再說什麼，直接把瑞王給趕走了，心中卻一直思索著瑞王的話，太后並不覺得瑞王會騙她，畢竟瑞王的性子，太后最是瞭解，想到當初英王做的事情，太后只覺得心中一寒。

一連三天都沒有任何消息，瑞王有些坐立不安，倒是瑞王妃神色沒有絲毫的變化，就連楚修明也和往常一般，每隔一日就往莊子去一趟，陪陪沈錦和孩子，與沈錦說了瑞王的事情，沈錦也是吃驚說道：「父王怎麼會……」

楚修明搖了搖頭說道：「我也不知道。」

沈錦想了想說：「怕是為了沈軒和沈熙。」

瑞王對這兩個嫡子格外重視，這麼一想沈錦就覺得有可能了。「當初英王到底做了什麼？」她覺得除了為兩個兒子外，可能是英王太過凶殘把瑞王給嚇住了，這才覺得京城都不安全，早早給兒子們安排地方，為了讓楚修明出力護著兒子，還願意出頭冒險一次。

楚修明看向趙嬤嬤問道：「嬤嬤，妳知道瑞王妃當初和太子妃有什麼關係嗎？」

趙嬤嬤仔細想了許久才說道：「這老奴倒是真的不知道了。」

沈錦在一旁聽著好奇，把手指伸進東東的手裡，讓他抓著問道：「那除了我父王外，當時還有與我母妃年紀相仿的皇子嗎？」

趙嬤嬤愣了一下，想了起來說道：「有，其實瑞王妃年紀比瑞王大一些……老奴想到了一件事，當初劉妃剛產下六皇子就沒了，六皇子就被先太后抱養到宮中，那時候太子已經娶了太子妃。先太后身子不好，六皇子雖說是養在先太后名下，可都是太子和太子妃照顧的，六皇子也很孺慕太子……真要說起來，六皇子的年紀倒是和瑞王妃更合適一些，在出事前太子妃還特地召了瑞王妃進宮……」

沈錦忽然問道：「那六皇子人怎麼樣？」

趙嬤嬤開口道：「六皇子是太子親自教導出來的。」

「母妃一定很憋屈。」沈錦動了動手指，感覺東東的手軟綿綿的。

楚修明在一旁沒有說話。

沈錦又問道：「趙嬤嬤，妳說如果太子妃想要把母妃嫁給六皇子，會讓他們提前見面嗎？」

趙嬤嬤開口道：「會，太子和太子妃並不是那種死板的人，特別是太子妃一定會讓六皇子和瑞王妃先接觸的。」

怪不得不管瑞王怎麼樣拈花惹草，瑞王妃從來沒有管過，因為她本身就不在乎。而且瑞王妃會恨誠帝是理所當然的，按照趙嬤嬤的說法，六皇子和太子的關係格外親密，那麼誠帝怎麼會留下這麼個人。

東東不舒服的哼唧聲引起沈錦的注意，沈錦趕緊去看了看，才發現東東尿了，沈錦剛想動手，就看見楚修明已經接手了，說道：「我來吧。」

等換好尿布，東東也不鬧了，沈錦不再去想這些事情，楚修明也不再提，問道：「東東晚上鬧人嗎？」

「還好啊。」沈錦笑著說道。「東東很乖的。」

楚修明看著沈錦眼底淡淡的青色，沒有說什麼，只是應了一聲，碰了碰東東的臉。「這幾日太后就該有動作了。」

「嗯。」沈錦點頭。「我們快能走了嗎？」

楚修明點頭說道：「很快。」

沈錦聞言就笑起來，親了親東東的小臉說道：「東東，我們快回家了。」

楚修明坐在沈錦的身邊，沈錦伸手推推他，小聲說道：「我好久沒洗澡了。」說完還瞪了楚修明一眼，本來她問過母親，不用這麼久的。

「委屈娘子了。」楚修明溫言安撫道。

楚修明握著沈錦的手，沈錦只覺得有什麼東西被套在手上，低頭去看，卻見自己的手被楚修明遮得嚴嚴實實的，感覺了一下，沈錦說道：「鐲子？」

「嗯。」楚修明把手鐲給沈錦戴上後才鬆開手，沈錦就看見是個木質的手鐲，只有一指粗，是圓形的，上面沒有什麼雕花，只有木頭本身的紋絡，不過被細細打磨過了，沒有一點粗糙的地方。

沈錦舉著手看了半天說道：「我喜歡！漂亮！」這個鐲子本就是楚修明照著沈錦的手腕弄出來的，她戴上很合適。

東東正在啃著自己的小拳頭，楚修明拿了布巾給東東擦了擦口水，東東睜著眼睛看著楚修明，也不知道到底在看什麼，楚修明捏了捏他的小拳頭。

等沈錦坐足了四十天的月子後，誠帝才得了蜀中的消息，看著承恩公說道：「此話當真？」

「老臣絕不敢拿這般事情欺騙皇上。」承恩公也是臉色蒼白說道。「千真萬確，若不是……只憑著那些反民怎麼能成如今氣候。」

英王後人讓誠帝亂了心神，而且竟然還有蠻夷，誠帝沒有絲毫的懷疑，畢竟當初英王就做過這樣的事情，他的後人再與蠻夷聯手也不令人訝異。

「你先下去。」誠帝沈聲說道。

承恩公說道：「是。」

誠帝想到那個失蹤的英王世子，當初在英王後人和太子後人之間，他選擇了全力清剿太子那一脈，畢竟太子才是真正的名正言順，而英王那一脈，可謂是遺臭萬年，可是如今誠帝卻有些後悔了，英王一脈為這個皇位可是毫無顧忌的。

想了許久，誠帝只覺得一團亂，說道：「去見太后。」

太后宮中，聽到宮人的通傳，太后沒有絲毫的驚訝，只是嘆了口氣。誠帝見到太后，鬆了口氣說道：「母后，蜀中……」

太后打斷誠帝的話，說道：「甄嬤嬤，帶人下去，這裡不用人伺候了。」

「是。」甄嬤嬤帶著人給太后和誠帝行禮後，就先退下了。

太后這才坐下看著誠帝說道：「蜀中可是出了什麼事情？」

誠帝說道：「母后，蜀中之事是英王世子推動的，還有他們竟然又與蠻夷聯手了。」

太后身子一震，像是剛知道這個消息，皺著眉頭說道：「這消息可準確？」

「是承恩公剛打聽出來的。」誠帝沈聲說道。「想來不會錯。」

「二皇子那邊如何了？」

誠帝其實還是很看重這個正宮嫡子。「朕讓人交涉著，倒是性命無礙。」

太后思索了一下說道：「茹陽那邊呢？」

誠帝搖頭道：「茹陽和駙馬去邊城時日尚短，雖然進展還可以，可到底……」

太后開口道：「皇帝，現在最重要的是不能讓蠻夷攻破邊疆。」

誠帝臉色變了變說道：「母后，就這樣讓楚修明回去？」

太后看出誠帝的不甘心，心中嘆了口氣，說道：「我只問你，如今哪件事更重要？或者……和英王後人相比，哪個對你的威脅更大？」

「英王後人。」誠帝沈聲道。

太后開口道：「若英王世子真的勾結了蠻夷，茹陽他們可抵擋得住？」

誠帝不再說話，也明白若真如此，茹陽和駙馬絕對沒有楚修明可靠。

太后緩緩吐出一口氣說道：「皇帝，英王世子準備了二十多年，蜀中這件事，不過是借機行事，他別的底牌我們誰也不知道，我一直是不贊同你對付楚家的。」

「可是楚修明……」

「你自己想想吧。」太后搖搖頭，沒再說什麼。

誠帝覺得英王世子那邊的威脅更大，若真的與蠻夷聯手兵臨城下，誠帝想到那時候的情況，他雖然不覺得自己比……差，可是想到那時候的情景，誠帝還是仍心有餘悸。

「那就讓楚修明回去。」誠帝想了許久最後決定道：「把沈錦和孩子接到宮中，陪伴母后。」

太后看著誠帝，說道：「皇帝，你覺得有用嗎？」

誠帝開口道：「朕瞧著他倒是挺在乎妻兒的。」

太后反問道：「皇帝，你覺得永甯伯會缺妻子嗎？」

誠帝問道：「母后的意思……」

太后說道：「皇帝，你現在要做的是拉攏永甯伯，而不是讓人覺得被猜疑，永甯伯是絕對不會投靠英王世子的。」

「朕知道了。」誠帝緩緩吐出一口氣。「朕下旨封永甯伯為永甯侯。」

太后點點頭，聲音輕緩地說道：「我這一生就你與瑞王兩個兒子，總歸是想讓你們都好，為母者都是有私心的……」

「母后，您放心，我一定會照顧好弟弟的。」誠帝保證道。

太后笑了下，點了點頭沒再說什麼，誠帝心中有了主意，也沒再說什麼就離開了。

甄嬤嬤進來後看著正在撚佛珠的太后說道：「太后，要不要用些東西？」

「不用了。」太后微微垂眸說道，心中卻思索著，想辦法讓瑞王一家離京的事情，誠帝是她的兒子，她最瞭解不過，在沒事的時候，誠帝自然會照顧瑞王，可若是有事……就像是因為一個猜測，就把瑞王的女兒嫁給永甯伯，不願意下罪己詔，就把責難都推到瑞王身上。

當誠帝封楚修明為永甯侯的聖旨送到楚修明手中時，不管京中眾人心中是怎麼想的，都送上了賀禮。而楚修明接旨後，神色也沒有絲毫的變化，只是上了謝恩的摺子。

莊子上也得了消息，沈錦正拿著金鈴鐺逗著東東，聞言說道：「還有別的嗎？」

趙嬤嬤開口道：「倒是沒有別的了。」

沈錦說道：「那我們快要回邊城了吧？」

趙嬤嬤恭聲說道：「是。」

沈錦想了想點頭。「那嬤嬤先把行李收拾一下吧。」

趙嬤嬤看著沈錦的神色說道：「夫人好像並不高興？」

「因為沒什麼用啊。」沈錦開口道。「夫君雖然升了爵位，可是我們回邊城了，這個爵位的用處不大。」

沈錦把金鈴鐺放到一邊，伸手把兒子抱起來，親了親他的小臉說道：「還不如給些賞賜實在呢，不過想來以後俸祿會多一些，也算是意外之喜了。」
瑞王府中，瑞王妃正在打點沈熙的行李，既然爵位下來了，那麼楚修明也差不多時候該回邊城了。「翠喜，把熙兒叫來。」
「是。」翠喜恭聲應下後，就親自去請沈熙過來。
邊城並不比京城，在那邊說不好聽點，沈熙就是寄人籬下。雖然瑞王妃知道，不管是楚修明還是沈錦都不會虧待兒子，可是瑞王妃到底有些不捨。沈熙很快就過來了，見到瑞王妃就笑道：「母妃。」
「來。」瑞王妃看著兒子，眼神柔和了許多，招手讓沈熙過來後，問道：「看看喜歡嗎？」
沈熙這才看向一旁丫鬟捧著的東西，瑞王妃說道：「換上給我看看。」
「好。」沈熙應下來。
瑞王妃給沈熙準備的是一套騎馬服，正適合現在穿，沈熙換好出來後，就笑道：「母妃，我很喜歡。」
「嗯。」瑞王妃親手幫兒子整理了一下，說道：「合身就好。」
瑞王妃輕輕拍了拍兒子的頭道：「好了，換下來吧，我有幾句話要與你說。」
「是。」沈熙下去重新把衣服換下來。瑞王妃讓沈熙坐在自己身邊，沈熙問道：「衣服是母妃做給我的嗎？」

「嗯。這幾日你回去收拾下，想來過不了多久，你三姊夫他們就要回邊城了，到時候你與他們一起走。」

沈熙眼睛亮亮的，臉上滿是喜悅，瑞王妃看著兒子的樣子，笑了一下，沈熙臉一紅叫道：「母妃，我會給您寫信的。」

「好。」瑞王妃柔聲應下來。「我今日與你說幾句話，你要記在心裡知道嗎？」見到瑞王妃的神色，沈熙也收起笑容，一臉嚴肅地點點頭說道：「母妃放心。」

瑞王妃看著兒子的樣子，說道：「到了邊城後，不管看見什麼，都不要送信回京城，知道嗎？」

「為什麼？」沈熙一臉疑惑問道。

瑞王妃說道：「等到了那邊，你可以問你三姊夫或者三姊。」

沈熙點了點頭說道：「我知道了，那我能寫沿途的景色和趣事給母妃嗎？」

「可以，不過寫完後，要去問問你三姊夫或三姊。」瑞王妃叮囑道。「到邊城後，不要與茹陽他們親近。」

「兒子不用去拜見一下堂姊他們嗎？」沈熙一臉疑惑。

「要問過你三姊夫或者三姊。」

沈熙開口道：「母妃的意思是不管我做什麼，都要先問過三姊夫或者三姊嗎？」

瑞王妃點頭。「有任何疑惑都可以問他們，要聽他們的話。」

沈熙第一次覺得離開家好像並不是什麼好事。

瑞王妃說道：「熙兒，你大哥去閩中之前，我曾與他說過，若是楚修明無事，那麼除非我寫信與他，否則就不要回來，這句話我今日也與你說，除非我寫信叫你回來，否則你就在邊城，所有的事情都聽你三姊夫和你三姊的。」

沈熙猶豫了一下說道：「我知道了，母妃。」

瑞王妃拍了拍兒子的頭。「要記在心裡，你以後就會明白了。」

「嗯。」沈熙說道：「母妃放心，我知道母妃是為了我和哥哥好，一定會聽話的。」

瑞王妃露出笑容。「母妃這輩子最高興的就是有你們三個，母妃和你姊姊以後會如何，就靠你們兄弟兩個了。」瑞王妃幫兒子整理了一下衣領，這才說道：「好了，回去收拾東西吧。」

「母妃，那我要帶誰走？」沈熙問道。

瑞王妃開口道：「誰也不帶，你三姊會派人照顧你的。」

沈熙聞言點點頭，心中思量著要帶什麼東西走。

第二日誠帝就召楚修明進宮，在書房中開口道：「愛卿，這幾日愛卿就收拾下東西去邊城吧。」

楚修明恭聲領命，並沒有多問什麼。

誠帝猶豫了一下，說道：「愛卿可知蜀中之事？」

「臣略有所聞。」楚修明開口道。

誠帝嘆了口氣，倒是沒有隱瞞英王世子的事情，畢竟這世上最恨英王的怕就是楚修明了，當初英王出賣了布防圖，為了驅逐這些蠻夷，楚家可是死了不少人，楚修明的兄長就是因為這事情戰死的。

果然誠帝見楚修明臉色變了。「怪不得臣一直覺得這段時日那些蠻夷竟然沒有任何舉動。」

開始誠帝也沒想到這點，此時聽見楚修明的話，也反應過來了，往年這些時候，邊疆總是磨擦不斷，而如今竟然這般安生。「愛卿覺得如何？」

楚修明搖了搖頭，說道：「臣足有大半年沒有回邊城了。」

誠帝開口道：「邊疆的安穩，就靠愛卿了。」

「臣領命。」楚修明沈聲說道。

誠帝問道：「若是有什麼需求，愛卿儘管說。」

楚修明眼睛瞇了一下說道：「臣請皇上召茹陽公主與駙馬回京。」

誠帝怎會願意功虧一簣，聞言說道：「忠毅侯也有幾分本事，朕會下旨讓忠毅侯聽愛卿的，放心吧。」

楚修明皺了下眉頭，沒再說什麼。「那糧草輜重戰馬之事……」

誠帝聞言，雖然有些不情願，還是說道：「這些愛卿放心。」

楚修明回去後，就親自帶人去接沈錦和東東回府，然後開始準備離京的事情，本來是準備偷偷離京的，所以需要輕車簡從，如今要大大方方離開，那就不需要這些，沈錦還派人去採買了不少物品，特別是藥材一類的。

在誠帝當朝說出楚修明離京的事情後，瑞王就下帖子請楚修明一家過府。沈錦抱著東東來，瑞王妃去了手上戒指一類的，把東東抱在懷裡稀罕一會兒，就交給陳側妃看著。

「母妃，我把東東放在這裡，去瞧瞧大姊。」沈錦因為月子裡養得好，看著胖了一些，臉色白裡透紅的。

「我與妳一道去吧。」瑞王妃聞言笑道。

陳側妃因為養了孩子在身邊，身上本就沒有戴什麼飾品，正看著東東和瑞王的小兒子一起在床上玩，這麼小的孩子其實也玩不了什麼，不過兩個白白嫩嫩的孩子躺在一起，看著格外讓人喜歡。

瑞王妃與沈錦並肩往沈琦住的院子走去，瑞王妃開口道：「錦丫頭，我就把熙兒託付給妳了。」

「母妃放心。」沈錦是知道瑞王妃讓沈熙與他們一起走的事情。「我會照顧好二弟的，不過母妃……真的要讓二弟上戰場嗎？」畢竟刀槍無眼的，就算楚修明安排得再好，若是真出了意外，她怕瑞王和瑞王妃反而怪了他們，而且沈錦覺得這件事，恐怕瑞王妃都沒告訴瑞王。

瑞王妃何嘗不知道沈錦話裡的意思，只說道：「雛鷹總是要學飛的，就算真出了什麼事情，也怪不到你們身上，這是熙兒自己的選擇。」

沈錦其實還有些猶豫，雖然瑞王妃這麼說，到時候怎麼想就不好說了。

瑞王妃自然明白，笑了一下說道：「錦丫頭，富貴險中求，熙兒雖小，可也是男孩，男人自當頂天立地，否則以後如何成為家中的支柱，如何庇護妻兒？」

「母妃。」沈錦叫了一聲。

瑞王妃說道：「妳知我為何一直沒給軒兒說親事嗎？」

沈錦很誠實地搖了搖頭，試探地問道：「因為沒合適的？」

「因為軒兒還護不住妻兒。」瑞王妃開口道。「不過如今倒是可以了，他也長大了許多。」

不知道為什麼，沈錦聽著瑞王妃的話，心中有些酸澀。

沈錦應了一聲，瑞王妃卻不再談這些，只是說道：「除了熙兒，過段時日我娘家的子弟也會陸陸續續到邊城的。」

「母妃……」沈錦不知道說什麼好。

瑞王妃伸手拍了拍沈錦的手。「妳回去告訴楚修明，就說人啊有時候最容易忽略的就是眼前，燈下黑不過如此。」說完以後，也不管一臉迷茫的沈錦，就進了沈琦的院中。

沈琦正靠在軟墊上，見到瑞王妃和沈錦，就問道：「東東呢？」

「東東留在屋中。」瑞王妃開口道。「妳如今也不方便，就沒有帶來。」

「我還想多瞧瞧東東呢。」沈琦笑著說道。「三妹，我讓人給妳備了些東西，晚些時候直接送到妳府上，若是還需要什麼，就直接寫信來知道嗎？可別委屈自己。」

「嗯。」沈錦毫不客氣地應下來說道：「放心吧大姊。」

沈琦多少有些感嘆，說道：「總覺得妳剛回來就要走了。」

「大姊，以後有機會時，記得與姊夫一併來找我玩。我給孩子準備了些東西，就先送與大姊了。」畢竟孩子的洗三和滿月，沈錦都參加不了了。

沈琦笑著說道：「好。」

第四十八章

瑞王書房中，瑞王看著楚修明說道：「我就把兒子交給你了。」

「岳父放心。」楚修明開口道。

沈熙站在一旁並沒有說話，瑞王有些尷尬地咳嗽了一聲。「對了，熙兒年紀小，戰場那個地方刀槍無眼的，就不讓他上去了。」

「父……」沈熙剛想開口，就見瑞王瞪了他一眼。

「我與你姊夫說話。」瑞王沈聲說道。「一邊站著。」

沈熙還有些不服氣，可是到底沒有再說什麼，楚修明聞言卻是一笑。「岳父放心就是了。」

瑞王滿意地點頭，又說道：「只是女婿你也知道，軒兒是王府世子，熙兒至今還沒什麼爵位……」

沈熙的臉都紅了，瑞王就差沒直接說，不讓他上戰場，倒是要有戰功了，楚修明也聽明白，還是說道：「岳父放心，小婿明白。」

果然瑞王眉開眼笑，自覺保護了兒子，又讓兒子混到了戰功，等以後沒事了，他再去母后那邊走走，怎麼也要給二兒子弄個爵位來。

瑞王又交代了幾句，就滿意地讓楚修明和沈熙去聯絡感情了。等出了書房門，沈熙才說道：「三姊夫，你別把我父王的話當真了。」

楚修明聞言說道：「是不是覺得被小瞧了？」

沈熙沒有說話，楚修明拍了拍沈熙的肩膀說道：「天下沒有不愛子女的父母，岳父為你做了很多。」

沈熙點了點頭，說道：「母妃讓我都聽三姊夫和三姊的。」

楚修明應下來。「我知道了。」

瑞王妃並沒有留他們在府中用晚飯，畢竟他們馬上要離京，還有許多事情要做，除了給他們準備的東西外，瑞王妃也讓人把給沈熙備好的行李送過去。

三日後——

瑞王府中，瑞王妃坐在銅鏡前看著鏡中的自己，問道：「熙兒他們已經出京了吧。」

「回王妃的話，是。」翠喜開口道。

瑞王妃打開首飾盒，裡面整齊地擺放著一些首飾，都是瑞王妃常用的。她看著其中一支玉蘭簪，這支簪子她雖然放在這裡，卻從沒有戴過，伸手取了出來，手指輕輕撫過。

那一年，她見到了那個一身錦袍笑容燦爛滿身風華的少年，不識愁滋味。

那一年，她知道等他們再長大一些，她將要嫁給這個少年，情竇初開時。

那一年，他們相約在東宮的花園裡，他塞了這支簪子給她，說想要娶她。

滿腹經綸的少年在見到她時，紅了臉磕磕巴巴解釋，等到成親的時候，要送她一支親手雕就的玉簪，而非手上這支，那時候她才得知，少年看見兄長給嫂子準備的首飾，只說覺得這玉色適合她，就厚著臉皮要了來。

只是她到底沒有等到，沒有等到她想嫁的少年，甚至至今都不知道，她該到何處去拜祭那個少年。

那些燒焦的屍體，哪一具才是她一直等著的少年？

其實認不出也好，不知道也好，起碼在她記憶裡，少年還是那一身錦袍，而不是那面目全非的樣子。

她是真的不在乎瑞王這個丈夫的，因為她在乎的、她想等想嫁的少年，已經不在了。

其實她已經很久沒有想起這些事情，甚至連少年的面容都模糊了，不過是看到沈錦腕上的那個木鐲，想來那是楚修明親手做的，才會讓沈錦這般珍惜。

瑞王妃看著那支玉簪，輕笑了一下。

「等我們成親了，我就與皇兄說，我帶妳出京，我們去遊遍天啟朝的每一個地方。」

「那時候我們到西北縱馬、到江南看煙雨濛濛……」

「嫂子說，她希望我能娶個知心的媳婦，我要做個有擔當的人，要一輩子護著妻子護著孩子，不讓他們受絲毫的委屈。」

「我是想娶妳的，我喜歡看著妳笑，那樣的驕傲，我會好好對妳的，讓妳一輩子快快樂樂。」

「皇兄說了，不會有事的，再說我會護著妳的，就算是英王真的來了，我也會護著妳，哪怕死也要死在妳前面的……」

瑞王妃把簪子重新收起來，她這輩子都等不到那支只屬於她的簪子了。

「騙子。」瑞王妃小聲說道。

明明說好的，卻不想那一次竟然是最後一次見面。她還記得那個穿著一身銀甲，偷偷翻牆來的少年，天不怕地不怕的樣子，她把親手做的外套遞給他，他笑臉燦爛，猛地用力抱了她。

那唯一的一個擁抱。

「王爺。」翠喜的聲音從外面傳來，瑞王妃閉了閉眼睛，恢復了平日的模樣，端莊溫婉。

瑞王問道：「王妃呢？」

瑞王妃合上首飾盒，起身走出去，說道：「王爺。」

瑞王看著瑞王妃問道：「咦，妳眼睛怎麼紅了？」

瑞王妃溫言道：「不過是想到熙兒。」

「我也是。」瑞王感嘆道：「孩子們都長大了。」

「是啊。」瑞王妃說道，都長大了……

馬車上，沈錦抱著東東，另一手拿著蜜汁肉脯啃著，坐月子那麼久，每天吃的都十分寡淡，這肉脯簡直想死她了。

楚修明上車的時候就看見沈錦吃著，東東乖乖在沈錦的懷裡，鼻子微微抽動著，小嘴不停地嚅動。

看著他們母子兩人，楚修明笑了起來，伸手把東東接過來，拿了細棉布仔細給兒子擦了擦口水，就算在楚修明的懷裡，東東也要扭著小腦袋盯著沈錦。沈錦又吃了兩塊就停下來，這東西雖然好吃，可是吃多了容易有火氣，她還需要餵孩子，自然不能多吃。

「夫君覺得二弟能堅持多久不上馬車？」沈錦擦了擦手，然後用手指輕輕點了點兒子的臉頰問道。

楚修明算了一下說道：「兩、三日吧。」沈熙是第一次出來，不肯上馬車，一定要騎馬。

沈錦點了點頭。「那今晚需要給他送藥嗎？」

「嗯。」楚修明看著沈錦說道。

其實趕路的時候很無趣，這次也不像是來的時候那般經常停下來玩樂一番，如今大部分時間都用在趕路上，就算是休息也是掐著點的，沈熙在過了最初的新鮮勁後，就上了馬車。

當誠帝知道瑞王竟然讓沈熙跟著楚修明走的時候，當即就把瑞王叫來罵了一頓，瑞王一直低著頭聽誠帝怒罵，誠帝怒斥道：「你到底怎麼想的？」

「我就想讓熙兒混混軍功。」瑞王比誠帝還委屈，說道：「軒兒是世子，熙兒還沒爵位呢。」

誠帝被氣笑了。「難道你不知道邊城危險？」

「我給茹陽寫信了。」瑞王實話實說。「要不皇兄你也給茹陽寫封信？千萬不能讓我家熙兒上戰場。」

「那怎麼混軍功？」誠帝看著瑞王，心中的猜測少了一些。

瑞王低著頭又開始裝鵪鶉了。

誠帝說道：「滾出去吧。」

瑞王很順從地滾了，順便滾到太后的宮中，去找自己的母親。瑞王曾問過太后，如果誠帝問起沈熙的時候他該怎麼說，這話就是太后教他的。

而誠帝知道後也沒再說什麼，晚上翻了蘭妃的牌子，最近因為蜀中的事情，誠帝每日都累得要命，每晚只想躺在床上好好休息，倒是沒心情做別的事情，蘭妃最善解人意。

「這個瑞王，簡直朽木不可雕。」誠帝摟著蘭妃撫弄著。

蘭妃微微垂眸道：「想來王爺是信任皇上，才會如此直言的。」

誠帝聞言哼了一聲。「一點本事都沒有，成日裡就會給朕找事。」

蘭妃沒說什麼，若是瑞王真的有本事，怕也活不到現在了。

「不過愛妃說得也有道理。」

蘭妃在外面並沒有親族，她本是宮女出身，因為樣貌出眾才被誠帝看上，所以此時說話倒是沒有顧忌，說道：「王爺這般總比那些心懷不軌的人好。」

誠帝想到蜀中的事情，氣就不打一處來，說道：「朕知道那些人當初爭著去蜀中是什麼心思，可是一點用處也沒有，連朕的二皇子至今都在那些反民手中，丟盡了臉面。」

「皇上息怒才是。」蘭妃的聲音輕緩。「二皇子洪福齊天，定會無礙的。」

英王世子這件事，誠帝並沒有與朝臣說，他也怕人心不穩，而承恩公又不能經常進宮，皇后因為兒子的事情一見到他就會哭，太后整日禮佛都不是說話的人，誠帝沒忍住，低聲說道：「愛妃不知道，這裡面可是有英王世子的……」

蘭妃驚呼了一聲。「那二皇子可會有危險？皇上該多擔心啊。」話裡滿滿是對誠帝的擔心。

誠帝哼了一聲，說道：「這次朕得了消息，早做了安排，定不會像……」先帝那般無能，讓人兵臨城下的。

後面的話誠帝並沒有說出口，蘭妃聞言說道：「還是皇上消息靈通呢。」

誠帝剛想說話，忽然想到這件事並非他的人發現，而是皇后的娘家人，承恩公發現的，他都沒有得到的消息，承恩公府竟然得到了。這麼一想誠帝心中就覺得不舒服了，再想到那日自己母后說的話，直接起身道：「愛妃先休息，朕想起來還有公事沒辦。」

「那妾伺候皇上。」

誠帝居高臨下地看著蘭妃卑微的樣子，忽然想到當初那個一直高高在上的女人，他會如此寵蘭妃，並非只是因為蘭妃的樣貌，更因為蘭妃與那個女人有幾分相似，那時候那個女人是後宮默認的下一任皇后，而他只是一個不受寵的皇子……

畢竟是帶著孩子，就算楚修明要趕路也快不到哪裡去，到邊城的時候，已經近七月分了，中途他們收到瑞王府的家書，沈琦平安產下一女，也算是喜事。可惜的是蜀中的事情還沒能緩解，恐怕誰也沒想到只有千人的反民竟然使得朝廷五萬大軍難以攻克，甚至損失慘重。

其實蜀中的戰事會拖這麼久，還真怪不得別人，反民手中有二皇子在，朝廷這邊多有顧忌，特別是誠帝還下令必須讓二皇子完好無損地救回來。

永樂侯世子和其他幾個交好的權貴之子因為不往前湊，並沒有什麼危險，可是也不能回京，就算再心急也沒什麼用。

楚修明他們歸來，楚修遠親自帶人來接，一年未見，楚修遠又長高了不少，整個人也曬黑許多。見到楚修明的時候，就快步走過來叫道：「哥，嫂子。」

「壯了。」楚修明開口道，伸手摟了摟弟弟說道。

沈錦上下打量楚修遠一番，直接把懷中孩子塞到他手裡。「還沒見過你姪子吧，趕緊親熱親熱，熙弟你幫著點。」

楚修遠手足無措地抱著姪子，求救地看向楚修明，可是楚修明反而牽著自己小娘子的手往府裡走去，還是沈熙低聲指點了幾句，這才讓楚修遠抱好孩子。「謝了。」

「我三姊實在讓人操碎了心。」沈熙一路上可看見沈錦怎麼被楚修明寵著了，沈熙都覺得若不是有楚修明這個姊夫在，自家三姊丟了都不知道自己是怎麼丟的。

「姪子好小好軟，根本抱不住啊。」楚修遠雖然抱著東東，可是動也不敢動，看向沈熙說道：「這位兄弟，快點把孩子接過去啊。」

「我也不會啊！」沈熙撓了撓頭說道。「趙嬤嬤、安寧，快點把孩子接走。」

趙嬤嬤聞言動都沒動，說道：「二將軍和三少爺，你們還是往裡面走吧，想來一會兒將軍見不到二將軍……」

楚修遠說道：「萬一摔了怎麼辦？」

趙嬤嬤眼中帶著笑意說道：「夫人會哭的。」

這話一出，楚修遠臉色變了又變，如果自家嫂子哭了，自家兄長……

回到將軍府，不管是楚修明、沈錦還是趙嬤嬤他們，都輕鬆許多，臉上難免有些疲憊的神色，等回了房間，沈錦就開口道：「嬤嬤，妳們先去休息，這幾日讓別的丫鬟先伺候著就好。」

趙嬤嬤也不逞強，聞言說道：「老奴謝過夫人了。」

安平和安寧對視了一眼，安平說道：「奴婢和安寧輪換著休息，夫人身邊若是沒個熟悉的人也不方便。」

安寧也開口道：「我先留在身邊伺候夫人。」

沈錦點了點頭，趙嬤嬤帶著安平去收拾東西，安寧留在沈錦身邊伺候著。沈錦讓安寧先看著東東。沈錦被趙嬤嬤補得太好了，奶水充足得很，東東一個人都吃不完，時常要擠出來些。

楚修明倒是沒在書房停留多久，就回來房中和沈錦一起用飯。東東因為來到陌生的地方，像是不適應般，醒來後就一直要沈錦抱著，把他放在床上就哭個不停。沈錦一直抱著東東，輕聲哄著他，等楚修明一回來，就委屈地看著楚修明說道：「夫君，東東哭了。」

從沈錦懷裡接過兒子，本來在睡覺的東東就睜開眼睛，像是認出楚修明，哼唧了兩聲，他剛剛開始哭的時候，就算是在沈錦懷裡，也要哄半天才好，現在已經好多了。

「沒事了。」楚修明這話是對東東說，也是對沈錦說的。

沈錦笑著應了一聲，很快丫鬟就把飯菜擺好，楚修明因為要抱著東東，所以單手吃飯，沈錦給楚修明盛了湯放在他手邊。「咦，東東是不是想吃？」

楚修明也低頭看去，就見東東睜大眼睛小嘴不停嚅動，像是在吃什麼東西似的，口水也流了出來，沈錦拿了細棉布給他擦去口水。「不能吃喔。」

「咿呀。」東東無辜地看著母親。「咿呀咿呀。」

「吃不了喔。」沈錦點了點東東的小鼻子。

「咿呀？」東東扭動著小腦袋。

楚修明簡直哭笑不得，輕輕搖動一下兒子，然後繼續吃起飯來，東東眼巴巴地看著，也沒哭，只是不時委屈地叫一聲。

等楚修明和沈錦吃完飯，東東已經又睡著了。

因為回到了邊城，就連楚修明都放鬆不少，選了奶娘出來幫沈錦照顧孩子，使得沈錦晚上終於能睡個囫圇覺（注）。

和楚修明與沈錦相比，蜀中的情況就嚴峻多了，那些反民開價越來越高，甚至要求誠帝給反民中帶頭的人封王，蜀中為其封地，不受天啟朝統治。如今就連大臣們也忍不住了，無數次上疏要求嚴懲，甚至不少人心中暗罵，二皇子若是真有些骨氣，自殺了也好。

將軍府書房中，楚修明看著王總管和趙管事說道：「我準備帶兵重新巡下邊疆，此次會帶著修遠一併前往。」

「那邊城之事？」王總管皺眉問道。

「我準備交給夫人。」楚修明把早就想好的事情說出來。「你們來輔佐夫人。」

趙管事聞言說道：「也好。」

王總管想到當初蠻族圍城時沈錦的表現，猶豫了一下也點了頭。

楚修明看向兩個人說道：「我下個月才離開，這段時間先做一些安排。」

沈熙是第一次來邊城，他生於京城長於京城，還從來沒見過如此景色，第一次和楚修遠出門，看見街上來來往往的人，心中滿是震撼。「怪不得京中都說邊城民風慓悍呢。」

楚修遠聞言笑道：「因為不慓悍不行。嫂子特別喜歡這家的餛飩，你也嚐嚐。」

楚修遠帶著沈熙找了空位子坐下，點了兩碗餛飩。「一會兒回家還要用飯，嚐嚐鮮就好。」

沈熙點頭，老闆也是認識楚修遠的，很快就把他們的餛飩端上來，看見沈熙笑道：「這就是夫人的弟弟吧？好俊的模樣。」

楚修遠笑道：「是啊，我特意帶他來你這裡嚐嚐。」

注：囫圇覺，整夜不被驚醒的睡眠。

「哈哈哈，夫人就愛吃我家的餛飩，不知道小少爺怎麼樣了？」老闆樂呵呵地說道。

楚修遠開口道：「嫂子這幾日還念叨著呢，不過因為孩子太小離不開身，這才沒能出來。」

老闆聞言說道：「我一會兒給夫人裝點餛飩和湯底，二將軍拿回去，煮好了就能吃。」

「晚點我讓府裡的人來拿吧，我今日沒帶人出來。」楚修遠笑道。

看著沈熙震驚的眼神，楚修遠解釋道：「嫂子和這些人也很熟的。」

沈熙點頭，開口道：「還是這邊自在。」若是沒有蠻夷的威脅，他都想把母親和姊姊接過來了。

回去的路上，楚修遠才說道：「其實這邊風氣會如此，也是因為等真的打仗時，不管男女老少都是要殺敵的。」

沈熙覺得好像顛覆了他這十幾年來的所有認知。

楚修遠開口道：「你知道為什麼這些人這麼喜歡嫂子嗎？」

「不知道。」沈熙也發現了，見到他們時常有人會問起沈錦的事情，那眼神裡面的尊重和親近作不得假。

楚修遠低聲說道：「怕是嫂子也沒有告訴過你，那是嫂子剛嫁過來的時候，我哥領兵在外，當時蠻族圍城，我們抵抗了很久，守城的士兵幾乎死傷殆盡，是城中的所有百姓一起上去殺敵，我受了重傷……是嫂子當時站了出來。」楚修遠指著遠處的城牆。「就站在那裡，後來我們都以為等不到我哥了，府中有一處避難之地，嫂子就讓城中的孩子們躲進去，還把自己郡主的印章等信物交給孩子……」

這些事情才過去沒多久，所以此時說起來還歷歷在目，楚修遠的語氣並沒有什麼跌宕起伏，只是很直白地敘述了一遍，可是沈熙聽得目瞪口呆，完全無法想像當時的危險還有沈錦的樣子，楚修遠接著說道：「那時候城中的糧草剩不多，那些容易下嚥的都留給傷患，嫂子跟我們一起吃糠一類的東西，每日都要去照顧傷患……最後生生撐到我哥回來。」

回到將軍府門口的時候，就見一個小廝正在等著，他說道：「二將軍，將軍請您過去一趟。」

楚修遠點頭。「我先去找我哥了，你……」

「我去見三姊。」沈熙道。

沈熙見到沈錦的時候，就看見沈錦正看著趴在毯子上的小不點和東東，小不點尾巴對著東東，東東伸手去抓的時候，小不點就晃動一下，讓東東抓不到，沈錦笑個不停。

看著這樣的沈錦，沈熙總覺得沒辦法和楚修遠口中的沈錦放在一起。

沈錦也看見了沈熙，笑著說道：「二弟快來看，可好玩了。」

沈熙有些哭笑不得，趙嬤嬤看出沈熙有事，所以主動說道：「夫人，少爺怕是也累了，老奴抱他回去休息會兒。」

「好。」沈錦笑著應下來。

趙嬤嬤把東東抱起來，沈錦拍了拍小不點的大狗頭說道：「好了，我一會兒和廚房說明天給你煮根牛骨頭。」

「嗷嗚。」小不點叫了一聲，搖了搖尾巴後，就離開了。
沈熙這才說道：「三姊，我有些事情想要問妳。」
「好啊。」沈錦扶著安平的手起身，然後穿了鞋子說道：「我們去外面坐會兒吧，屋裡有些熱呢。」
沈熙點頭，兩個人走到外面的涼亭，沈錦問道：「有什麼事情？」
「母妃說讓我有什麼不知道、不懂的來問三姊和三姊夫。」沈熙開口說道。
沈錦端著冰過的酸梅湯喝了一口，說道：「嗯，問吧。」
沈熙卻不知道從何問起，直到一杯酸梅湯喝完，這才說道：「當初朝廷沒有派援兵來嗎？」
沈錦愣了一下，有些疑惑地看著沈熙，沈熙見此說道：「就是那時候三姊剛嫁過來沒多久，蠻族圍城。」
「喔。」沈錦這想起來。「沒有呢。」
沈熙問道：「為什麼？」
「因為皇上不想救我們啊。」沈錦很理所當然地回答。
可是這樣的答案讓沈熙愣住了，他其實隱隱猜到了這些，卻沒有想到沈錦會這樣直接地回答，整個人臉色都白了，還是有些無法接受地說道：「可是這不是天啟的邊疆嗎？若是真的城破了，等於那些蠻族就長驅直入了啊。」
「是啊，恐怕在皇上心中，除掉夫君比蠻族破城更重要一些吧。」

「功高震主……」沈熙喃喃道。想到離開前母親說的話，好像明白了一些，可是讓他有點無從接受。

沈錦聞言笑了一下，並沒有說話，其實沈錦一直覺得用功高震主這樣的理由去殺功臣，是一種很怯懦的行為。

沈熙抿了抿唇說道：「那三姊夫……」

沈錦很肯定地說道：「不會的。」楚修明對皇位並無覬覦之心。

沈熙這才鬆了口氣，他長於瑞王府，多少知道一些事情，不會問為什麼三姊夫不交出兵權這般的話，若是真的交了，怕是誠帝也不會允許楚修明活下來，更何況除了楚修明外，沈熙還真想不出誰能來守著邊疆。「對了，茹陽堂姊呢？」

「你要見他們嗎？」沈錦看向沈熙問道。

沈熙想了想，點頭說道：「我想見他們一面。」

「那明天我讓人帶你去吧。」沈錦並沒有阻攔的意思。

沈熙應了一聲，他現在心裡很亂，整個人比來的時候還要暈乎。沈錦看了半天，發現沈熙在發呆，就看向安寧說道：「找個人守著吧，我要回去陪東東了。」

第四十九章

沈錦晚上與楚修明說了沈熙的事情，楚修明第二日一早就安排了岳文帶著沈熙去見茹陽公主他們。等見過茹陽公主一群人回來後，沈熙把自己關在房中好幾日，這才重新去見沈錦，問道：「三姊，妳可知茹陽堂姊他們的情況？」

「知道啊。」沈錦不知道沈熙為什麼會問這樣的問題，說道：「是我吩咐遠弟這樣做的啊。」

沈熙目瞪口呆地看著自己這個一臉疑惑的三姊，特別是三姊那雙杏眼中明明白白地在問他，這有什麼問題嗎？

沈熙猶豫了一下說道：「這樣不大好吧？」

沈錦問道：「為什麼不好？」

沈熙說不上來了。

沈錦再次問道：「那些人，每天都有人送吃的、送衣服，還給他們送書籍呢，我聽人說都養胖了不少，難道他們還有什麼需要嗎？」

這樣理所當然的態度，竟然讓沈熙覺得自己再為他們提什麼要求，就太過分了，沈熙深吸了一口氣說道：「我明白母妃的意思了，三姊我想通了。」

「哦？」沈錦更加疑惑了，都不知道沈熙到底想通什麼。

沈熙說道：「三姊放心！我絕對不會出賣三姊夫！也不會給京城通風報信，更不會辜負三姊對我的信任。」

沈錦眨了下眼睛。「哦，我從來沒擔心過啊。」

沈熙滿臉感動地說道：「三姊，我這就去找三姊夫，我準備跟著士兵一起訓練。」

「喔。」沈錦應了一聲，看著沈熙跑走了，莫名其妙地看向趙嬤嬤。「二弟到底是來做什麼的？不過他去多操練一下也是好的。」

「夫人真的沒有擔心過嗎？」趙嬤嬤問道。

沈錦點頭說道：「沒有啊，沒有夫君的同意，他根本就沒辦法送消息到京城，為什麼要擔心？」

晚上時沈錦就把這件事告訴楚修明，說道：「我覺得這個弟弟有點傻乎乎的。」

楚修明聞言說道：「不是誰都如我家娘子這般聰慧的。」

「說得也是。」沈錦滿意地說道。

楚修明開口道：「對了，明日起妳與我一起去議事廳吧。」

沈錦撐著身子疑惑地看著楚修明，說道：「為什麼啊？」

「我準備帶著弟弟離開段時間。」楚修明把沈錦摟回懷裡。

「很遠嗎？」沈錦皺眉問道。

楚修明輕輕摸著她的背。「我不確定。」

沈錦皺著眉頭沒有說話，楚修明接著說道：「我想把邊城的事情交給妳。」

「有王總管和趙管事在呢。」沈錦有些不樂意，這樣的責任太重。「我還要照顧東東啊。」

「帶著東東一起。」楚修明溫言道。

沈錦鼓著腮幫子沒有說話，楚修明倒是沒有生氣也沒覺得失望，因為他知道，就像是在京城那樣，沒有他在身邊的時候，沈錦有足夠的能力來保護自己和孩子，可是楚修明知道沈錦並不喜歡這樣……

就像當年的事情一樣，楚修明也是個人，做不到戰無不勝攻無不克這樣的事情，沙場上的意外多不勝數，楚修明只想努力多給沈錦和孩子一些保護，就算他出了意外，沈錦和東東也能好好地活下來。

沈錦動了動唇，抓著楚修明的手指咬了一口，說道：「你要去哪裡？」

楚修明的聲音有些低沈。「蜀中的事情確實是有英王世子在後面。」

楚修明摟著沈錦，讓她趴得更舒服一些才說道：「英王世子潛伏了二十多年，這期間天啟並非一直安穩，可是英王世子卻一直隱藏著沒有動手，如今蜀中的事情，他怎麼會選擇插手？」

「因為他已經準備好了。」沈錦也明白了楚修明的意思。

楚修明應了一聲。「當初英王能為了皇位，暗中和蠻夷聯合，把天啟邊疆的布防圖出賣給蠻夷。」

沈錦第一次從楚修明這邊聽到當年的事情，為了把那些蠻夷趕出去，死了那麼多的人，楚修明兄長的屍體至今都沒能找回來，埋在這邊的都是衣冠塚。

「你說要帶我去江南，是因為發現了什麼嗎？」沈錦忽然想到他們剛去完互市，楚修明在見過那些給他們送貨的人後，就下的決定。

楚修明應了一下說道：「我懷疑英王世子也與蠻族那邊有聯絡。」

「你準備自己帶人去？」沈錦抿了下唇說道，帶著楚修遠去巡邊疆，不過是楚修明的藉口，因為他知道，王總管他們不會同意，可是不管因為國仇還是家恨，楚修明與英王一脈之間都是不死不休的局面。

楚修明沒有否認。「我家娘子果然聰慧過人。」

沈錦只覺得心裡揪著疼，低頭狠狠在楚修明的肩膀上咬了一口，楚修明一點阻擋的意思都沒有，還放鬆了肩膀的肌肉，手輕輕撫著沈錦的後背。「我會回來的。」

其實沈錦想聽的不是這句，很想說讓楚修明派別人去，可是心裡也明白，在邊城中最適合的只有楚修明了。

怪不得誠帝會在知道英王世子和蠻夷勾結的時候，願意讓楚修明回來，因為誠帝有自信，楚家和英王一脈之間是不死不休的關係。

「誠帝的打算……」楚修明的聲音溫和。「不過也方便我們以後行事。」

沈錦疑惑地看向楚修明，她不相信楚修明願意和英王世子聯手，更不可能和那些蠻族合作，那就只能按著誠帝的意思來？楚修明開口道：「現在我們要做的就是等。」

猜不出來的沈錦就直接問道：「你是準備去哪裡？」

「京城。」楚修明開口道。

沈錦皺眉說道：「你是去找東西？」

「嗯。」楚修明沒有否認。「妳還記得瑞王妃與妳說的話嗎？」

「燈下黑？」沈錦想了一下說道。

楚修明應了下來，沈錦覺得能讓楚修明這般冒險，還選在這種情況下去京城，那一定是很重要的東西，甚至關係到未來的情況。

其實沈錦有些疑惑，按照瑞王妃和楚修明告訴她的事情，若真的有太子遺孤，年歲應該不小了，按照楚修明的性子，重要的人他反而會放在身邊妥善安排，不會把人遠藏起來，因為這樣是沒辦法掌控的。還有趙嬤嬤、趙管事……

「太子妃姓什麼？」沈錦忽然問道。

楚修明開口道：「趙。」

沈錦愣了愣。「除了趙嬤嬤、趙管事，還有趙什麼？」

「很多。」楚修明知道自家娘子已經猜到了，就說道：「不僅在我們身邊。」

沈錦想了想，點頭說道：「我知道了。」

直系除了兒子外，還有孫子，若是這樣的話，楚修遠的歲數也對得上了。

以前不問，並非沈錦覺得不該問，而是因為她知道問過會更加麻煩，畢竟不管是楚修明還是趙嬤嬤他們都沒有瞞著的意思，就像是趙嬤嬤在京中的謹慎和不輕易見人的態度，而如今既然楚修明都願意把邊城的事務託付給她，這些事情沈錦就必須要問。

「先帝為太子娶正妃趙氏，側妃楚氏。」楚修明把這一段幾乎塵封的前事說了出來。

沈錦開口道：「不會是楚家嫡系吧？」

「嗯。」楚修明回道。

沈錦不再開口，聽著楚修明把事情說了一遍，其實楚修明知道的也不多，畢竟這不是他經歷過的事情，等楚修明說完了，沈錦才道：「也就是說，當初太子側妃有孕，所以家裡的某個長輩因為和側妃關係極好，正巧到京城，就去探望……然後出了英王的事情，為了安全就留在京城，這位有一兒一女，兒子和太子妃的次子年齡相仿，最後用自己的兒子換出了太子的次子？」

「嗯。」楚修明說道。

沈錦不喜歡楚修明的這位長輩，她是作出選擇，可是承擔這個後果的是她的孩子，那個男孩當初有沒有選擇呢？

楚修明接著說道：「那時候誠帝剛登基，楚家因為英王和蠻夷勾結的事情，也元氣大傷，所以家中長輩就帶著太子次子一直藏在外面，太子次子因為當初的事情，身體一直不好。」

「他娶的是你家這位長輩的女兒？也就是姑姑？」沈錦問道。

「嗯。」楚修明在提到這些事情的時候，情緒很平靜，甚至有點淡漠的味道。

沈錦此時全都明白了，也確定了楚修遠的身分，他確實是楚修明的表弟，不過這位表弟的身世有些坎坷。「修遠知道嗎？」

「知道。」楚修明開口道。「我們從來沒瞞著他。」

沈錦點頭應了一聲，其實還有很多楚修明沒有說的，可能他也不知道，比如這位長輩的夫君又如何了？當初的事情，除了當初東宮的驟變外，是不是還有別的事情？那時候太子次子年紀也不大，可是面臨的卻是全家都沒了，東躲西藏的日子，那位長輩後來有沒有後悔過？

楚修明發現了沈錦的沈默，低頭在她的髮上吻了下說道：「我不會這樣對你們母子的。」

沈錦抿了抿唇，搖了搖頭並沒有說什麼。

「沒有人可以強求別人去犧牲。」楚修明聲音很平穩，卻讓人覺得很可信。

沈錦應了一聲。「我去看看東東。」

「我陪妳去。」楚修明先起來，拿了外衣給沈錦披上後，這才與她一起到旁邊的房間，安寧正守在東東的床邊，除此之外還有個奶娘時刻照顧著東東，見到楚修明和沈錦，她們兩個人都愣了一下。

沈錦說道：「沒事的，妳們下去吧。」

「是。」安寧恭聲應下說道：「在半個時辰前，小少爺剛剛醒了用過奶水。」

東東的作息被調得很好，此時睡得正香，小臉紅撲撲的，握著小拳頭，也不知道是作夢還是怎麼了，還蹬了幾下小腳丫。

楚修明和沈錦兩個人看著東東的樣子，忽然開口說道：「其實在有東東之前，我並沒覺得那樣做有什麼不妥。」

沈錦點了下頭，楚家一直守護著天啟的邊疆忠君護民，會這樣想也不意外。其實真說起來，沈錦覺得自己眼中、心中最重視的都是自己的小家，可能是一直接觸的都不一樣吧，就像是剛嫁到邊城的沈錦，根本沒辦法想像有一天她會站在城牆上面對那些凶神惡煞的蠻夷。

「你要去京城找什麼？」沈錦忽然問道。

楚修明愣了一下，才低聲在沈錦耳邊說道：「我要去找傳國玉璽。」

沈錦臉色變了變，緩緩點了點頭，不再問了。

第二天沈錦抱著東東一起跟著楚修明去議事廳，此時楚修遠、王總管和趙管事他們都到了，還有一些沈錦不熟悉的人。見到楚修明一家三口過來的，除了早已知情的王總管和趙管事，就連楚修遠都有些疑惑。

楚修明讓人在身邊安置了座位，先扶著沈錦坐下後，這才在沈錦的旁邊坐下，看向眾人說道：「坐。」

「是。」楚修遠不會質疑楚修明的決定，率先在位子上坐下。

東東是醒著的，可是並沒有哭鬧，這裡很多人都沒見過東東，此時也都有些好奇，只有楚修遠往後面躲了躲，果然就見沈錦正盯著他看。「嫂子……」楚修遠底氣不足地叫道。

沈錦一手抱著孩子，一手對楚修遠招了招手。楚修遠看向楚修明，就見楚修明眼睛瞇了一下，楚修遠不敢反抗，乖乖上前從沈錦懷裡把東東接過來。

這段日子只要一有時間，沈錦就讓楚修遠抱著東東，楚修遠抱孩子也熟練了許多，不會像第一次見到東東那般緊張了，其實楚修遠也很喜歡這個姪子。東東咬著自己的拳頭無辜地看著楚修遠，坐在楚修遠身邊的王總管也是第一次見到東東，難免有些好奇，湊過去看了看，東東也不哭。「咿呀。」

王總管如今就剩下一條胳膊，伸手去碰了一下東東的小手。「咿呀！」

因為東東的樣子，倒是使得剛剛因為沈錦到來一時有些僵持的氣氛緩和許多。沈錦也沒有準備一直讓楚修遠這樣抱著孩子，等楚修明他們開始談正事的時候，就讓趙嬤嬤去把東東從楚修遠那兒接了過來。

沈錦第一次接觸這樣的事情，其實很多事情都不明白，比如糧草的儲備和調動，還有那些稅收一類的……聽得沈錦滿臉的迷茫，不過並沒有插嘴去問。

聽了一會兒，沈錦都覺得有些昏昏欲睡了，東東更是打了個小哈欠，舒服地趴在沈錦懷裡睡著了，看得沈錦滿心的嫉妒，她也想睡覺啊。

沈錦都覺得自己是好不容易熬到議事結束的時候，先回去給東東餵了奶，把東東交給奶娘照顧，這才換了衣服重新到飯廳，楚修明和楚修遠已經到了。

楚修遠笑道：「嫂子真是高招。」果然孩子才是最能緩和氣氛的，有東東在，那些人也更好接受楚修明讓沈錦代管邊城的事情。

沈錦得意地笑道：「把東東帶過去才是最對的，不過遠弟我發現你懂得很多。」這是沈錦第一次看見楚修遠在議事廳的樣子。

楚修明聽著這兩個人互相吹捧的樣子，盛了兩碗湯分別放在他們手邊，沈錦和楚修遠這才停下來，開始吃飯。沈熙在主動去找楚修明後，就直接被他扔進軍營之中，跟著士兵訓練，這段時間都不在將軍府裡。

等用完飯，楚修遠就讓廚房做了點滷肉和饅頭帶著離開，去探望一下沈熙。

而此時楚修明和沈錦去了小書房。楚修明仔細給沈錦講起天啟朝的情況，逐一讓沈錦認地方，除此之外還有天啟周邊國的情況。

沈錦聽得目瞪口呆，楚修明並不是一直在說地形一類的情況，還經常說些特產和民俗，使得沈錦能具體把地點和情況聯結起來。

足足花費了三日才讓沈錦把所有的事情記清楚，每日早晨議事的時候，沈錦也從最開始的一點也聽不懂到後來的似懂非懂。

這日議事廳中，楚修明面色陰沈卻沒有說話，只是把手中的信件先遞給沈錦。沈錦自從第一日後就沒再帶東東過來，畢竟有些事情過猶不及，既然已經打開了局面，剩下的都要沈錦自己努力了。她拆開信看了起來，如果說楚修明的面色是陰沈的話，那沈錦的已經是目瞪口呆，滿臉不敢相信和驚嚇。

沈錦看完以後還給楚修明，楚修明讓人給了楚修遠，楚修遠看完整個臉色都變了，看向楚修明，楚修明點了下頭，楚修遠把信遞給王總管，讓他們挨著傳閱，而他自己猛地灌了幾杯茶水，這才壓住心中的憤慨。

這信上的字並不多——蜀中以二皇子為質，坑殺士兵八千，某伯世子一人。

坑殺……

因為二皇子被俘的事情，已經死了萬人，如今再加上這八千……不提這些，就是光送給那些反民的糧草輜重都不知多少，這還真是讓反民拿著他們送的糧草兵器來殺他們的士兵。

「不知朝廷有何反應？」王總管皺眉問道。

這次死的不僅僅有普通士兵，還有個伯爵世子，這樣的事情是瞞不住的，就看誠帝要怎麼安撫了。

楚修明沒有說話，趙管事冷笑道：「還能有什麼反應，最多是把那些皇子權貴之子都給召回去，命人救出二皇子。」

「英王一脈的事情已經證實了。」楚修明沒有再說這件事，反而開口道：「下個月我將和修遠出去一趟。」

楚修遠早就知道這件事，所以並沒有驚訝。眾人看向楚修明。「不管別處如何，畢竟保證邊疆安穩，重新布防。」

眾人也知道這是正事，那次的慘劇才過去不到三十年，都還記憶猶新。

「邊城的事務都交給我夫人。」楚修明看著眾人說道。「你們輔佐。」

不少人皺起了眉頭，倒不是他們不信任沈錦，而是邊城格外重要，沈錦根本沒有接觸過這樣的事情。雖然在第一次楚修明帶著沈錦來議事廳的時候，眾人心中就有了猜測，可是沒想到這麼快，若是楚修明能帶著沈錦一年半載，讓沈錦慢慢接手，他們也不會如此猶豫了。

趙管事第一個站出來說道：「是，屬下定會竭盡全力輔佐夫人。」

王總管隨後也應下來，楚修遠開口道：「嫂子，那後方就麻煩妳了。」

見此情況，剩下的人也都不再沈默，都應下來。

沈錦起身朝眾人福了福，說道：「到時候就依靠各位了。」

這話一出，不少人心中舒服了許多。這麼多年來，邊城很多事情已臻完善，雖然不像朝廷那樣有明確的官職，卻也有著自己的分職，誰管哪裡都是自有默契的。所以當初楚修明敢離開一年多，這次同樣敢帶著楚修遠離開，把這裡交給沈錦，而沈錦只要不胡亂插手自作主張，邊城也是亂不了的。

等到次日，眾人發現楚修明和沈錦的位置變了，議事時主事的人變成沈錦，而楚修明坐在一旁並沒有多說一句。因為楚修明和楚修遠要帶兵離開，這幾日討論的都是糧草的事情，沈錦並不指手畫腳，就看眾人有條不紊地商量和安排。

楚修明輕輕握一下沈錦桌子下面的手，感覺到沈錦的手已經濕透，可見她心中還是緊張的，可是面上卻一副認真聽人說話的樣子。

時間一天天過去，就算他們兩人再珍惜這段能在一起的日子，也到了楚修明和楚修遠離開的日子。沈錦從楚修明的懷裡接過東東，看著小廝給楚修明換上一身盔甲，然後親自送楚修明出城門。

楚修明看著沈錦和東東，忽然開口說：「我給東東取了名字。」

沈錦聞言並沒有問，只是說道：「你答應過我的。」

「嗯。」楚修明伸手握了東東的小手說道：「我會回來，到時候我再告訴妳東東的名字。」

「好。」沈錦抿了下唇露出笑容，可是眼睛卻紅了。「我等你回來。」

楚修明點頭，又看了沈錦和東東一眼，就翻身上馬。

楚修遠開口道：「嫂子，我們走了。」

楚修明擺了一下手，就策馬直接朝著軍營的方向前去，楚修遠也追了上去。

沈錦低頭看著什麼都不明白的兒子，說道：「嬤嬤，我們回去吧。」

「是。」趙嬤嬤恭聲應下來道：「夫人放心，將軍和二將軍一定會平安歸來的。」

沈錦聞言說：「是啊，我就是有些……不習慣。」

其實楚修明離開後，沈錦每日的生活變化並不大，就是身邊沒了那個人罷了。每天早上都要去議事廳，坐在當初楚修明的位置上，聽著下面的人說著各種消息和處理辦法，然後點頭用印一類的。

直到這日忽然傳來京中的消息，誠帝下了旨意讓楚修明派兵去蜀中救二皇子，此時宣旨的使臣已經離京了。

趙管事皺眉，看著眾人討論怎麼應對，他想到了京城中沈錦做的那些事情，說道：「夫人覺得此事應該如何？」

其實這段時間因為沈錦不輕易開口，開口大半都是詢問眾人的意思，所以不少人倒是都疏忽邊城此時作主的人是沈錦，並非他們不尊重沈錦，不過是沒認可沈錦的能力罷了，此時聽到趙管事的話，都停下來看向沈錦。

沈錦理所當然地說道：「到了自然是要接旨啊。」

王總管皺眉說道：「那真的要派兵去蜀中？」

「不派。」沈錦開口道。「除非誠帝捨棄二皇子，否則要救出二皇子難。」沈錦可捨不得邊城的這些將士去送死。

趙管事說道：「那怎麼回覆使臣？」

「只要使臣到不了，那就不用回覆了。」沈錦說道。

趙管事眼睛一亮，明白沈錦的意思。確實如此，他們現在還不能明著反抗誠帝，聖旨到了的話，楚修明不在，這點就不好交代，就算是糊弄過去，領旨後是派人還是不派人？

王總管眼睛眯了一下，說道：「這樣的話，不如就安排這裡……」

「喔，你們討論吧。」沈錦端著酸梅湯喝了一口說道：「殺人的事情我不大懂，不過我聽夫君說，禹城那裡不是有一夥強盜嗎？」

王總管想了一下禹城的位置，當初為了牽制邊城，誠帝特地在禹城安排親信，那時候閩中還不是他們的地盤，自然無所謂，可是自從席雲景暗中掌握閩中後，禹城這個位置就有些讓他們不舒服了。

「是的，那一夥強盜窮凶極惡的。」趙管事笑著說道。

等沈錦走了，才有人問道：「趙管事，我怎麼不知道禹城有什麼強盜？」

「夫人說有自然是有。」趙管事聞言笑了一下，說道：「這些強盜還真是膽大包天，竟然連皇上的使者都敢殺……」說完還嘆了口氣。

子翻個身。

沈錦回去後就去看東東，東東已經學會翻身，不過卻不愛動，除非沈錦來逗他，才給面

趙嬤嬤這才笑道：「今日夫人怕是讓他們都刮目相看了。」

沈錦輕輕咬了一下東東的小手才說道：「他們就是喜歡把事情想得太複雜了呢。」

趙嬤嬤說道：「誰說不是呢。」這段時間這些人對沈錦的忽視，讓趙嬤嬤格外不舒服，不過見沈錦不驕不躁的樣子，心中倒是更加驕傲。

「其實我覺得有些奇怪。」

趙嬤嬤看向沈錦問道：「夫人覺得哪裡不對嗎？」

「誠帝讓人從京中送旨到邊城，路上快馬加鞭也要走十數日，邊城這邊再派兵過去，最少需要五日準備，邊城到蜀中也要數十日。」沈錦皺眉說道：「誠帝是真的想救二皇子嗎？」

趙嬤嬤聽沈錦這麼一說，心中也覺奇怪，二皇子是誠帝嫡子……

沈錦其實也有些想不通，所以在剛剛沒有提出這點，因為她覺得解釋不通，說誠帝不在乎二皇子麼，也不是，畢竟為了二皇子已經付出了不少。「莫非是覺得邊城的士兵更英勇善戰一些……誠帝定不會這樣覺得。」沈錦很肯定地說，在誠帝眼中最好的士兵應該是他的親兵。「而且誠帝知道蜀中的事情有英王一脈的推動，若是夫君真的派將領去，妳覺得邊城將領會為了顧忌二皇子，而束手束腳嗎？或者說為二皇子一人，讓數千士兵被坑殺？」

「絕對不會。」趙嬤嬤很肯定地說道。

沈錦點頭。「所以我覺得很奇怪。」

趙嬤嬤也皺起了眉頭說道：「老奴去與趙管事說說。」

沈錦開口道：「提個醒就好，我覺得蜀中肯定是個陰謀！所以我們不沾就好了。」

趙嬤嬤聞言鬆了一口氣，笑道：「還是夫人聰明。」

任誠帝有再多的陰謀詭計，他們就是不過去，誰又奈何得了他們。

沈錦點點頭，趙嬤嬤吩咐安平和安寧好好伺候沈錦後，就去找趙管事。

第五十章

瑞王府中，沈琦坐完月子，就回到永樂侯府，永樂侯世子已經回來了，在家待了一天後，特地帶著沈琦和女兒過來，瑞王看著瘦黑不少的女婿說道：「回來就好，以後可別冒這個險了。」

世子說道：「岳父說得是。」

「二皇子到底是怎麼被擒的？」瑞王妃柔聲地問道。「他身邊那麼多人，怎麼會忽然……」

說到這裡，世子面色有些尷尬了，朝堂上送的摺子都是修飾過的，實在是二皇子被擒的事情有些難以啟齒，他們也都沒敢在信裡寫明。「到蜀中後，那裡的官員為了保住官職減輕責任，就送了不少美女。」

沈琦挑眉看了世子一眼，世子有些尷尬地咳嗽一聲。「其中幾個絕色自然是被送到眾皇子身邊，二皇子得了一對姊妹花……也不知道那對姊妹花怎麼說動二皇子，私自去追擊那些反民……」然後落進別人的圈套，最終使得天啟這邊慘敗。

世子說道：「我聽了三妹夫的話，果然路上除了我之外，還有些別的世家子弟不願意冒頭，遇事了就往後躲還不說話，漸漸地我們就聚在一起，不過除了我們外，還有不少人聚集在幾位皇子的身邊。」死的那個伯世子就是其中一個。

「二皇子被俘後，你們見過嗎？」瑞王妃忽然問道。

世子搖了搖頭說道：「那倒是沒有，這件事是交給其他兩位皇子的，畢竟涉及二皇子，我們都不敢往前湊。」

瑞王滿臉贊同，說道：「這就對了，你這段時間就不要出門，待在府中比較好。」

「是。」世子恭聲說道。

瑞王妃說道：「一次都沒見過？」

「我是沒見過。」世子不敢保證地說道：「都是高昌和反民交涉的，然後與兩位皇子商議。」高昌正是領兵的人。

瑞王妃皺眉沒有說話，瑞王說道：「可是有什麼不對？」

「王爺不是與我說，皇上已經下旨讓三女婿那邊出兵到蜀中去平亂和解救二皇子了嗎？」瑞王妃微微垂眸說道。

「是啊。」瑞王開口道。

瑞王妃說道：「那萬一二皇子已經受傷了呢？到時候三女婿的人就算把二皇子救出來……」這話倒是沒有說完。

瑞王也明白了，說道：「那如何是好？」

瑞王妃開口道：「所以我想問問，若是真有什麼不對，給三女婿提個醒也好。」

世子忽然說道：「若是真要說有什麼不對，就是在永盛伯世子和那八千士兵死的那日……」因為他也不確定，所以說得有些猶豫。「半夜三更了吧，高昌忽然派人請了兩位皇子去書房，也不知道討論什麼，第二天的時候，他們的臉色都不大好看。」

瑞王說道：「怕是在商量怎麼和皇上交代。」

對瑞王說的，瑞王妃聽聽也就算了，瑞王妃當初與沈錦說會讓娘家人到邊城，並非一句空話，這事情也是家族裡面商量後定下來的。

在瑞王妃被指給瑞王之後沒多久，瑞王妃的父親就辭官歸鄉了，如今在京城的趙家也沒剩下多少人，不過送個消息還是沒有妨礙的。瑞王妃讓人把永樂侯世子說的話傳回本家，此時的趙家子弟已經收拾得差不多，本想過完中秋再離家去邊城，可是得了消息後，趙家如今的家主直接要他們在十日之內出發上路。

其實說到底趙家也算是先帝留給太子的，能在誠帝手下保存下來，除了趙家的嫡女嫁給瑞王外，還有趙家這些人在誠帝抽出手收拾他們之前，都一個個辭官歸鄉了，子弟至今都沒有出仕。

「我這一輩子，最對不起的就是媛兒。」瑞王妃的父親趙儒已經年過半百，看著精神到是不錯，只在提起女兒的時候，難免有些失落。

當初誠帝登基，太子一脈幾乎被趕盡殺絕，趙儒在太后剛顯出想為瑞王迎娶趙家嫡女的時候，趕緊答應下來。那時候誠帝也想穩定朝堂上還存活的大臣的心，認為趙家這般早早投誠的態度還不錯，卻不知道那時候趙家一邊敷衍誠帝，暗中卻偷偷救出不少當初太子的人，就是太子次子最後能逃離京城，都有趙家人在背後出援手。

趙儒覺得自己這輩子對得起先帝、對得起太子，唯一虧待的卻是女兒，瑞王那般的人品根本配不上他的女兒。

趙岐看向弟弟趙端說道：「富貴險中求，你這次帶著趙家子弟去邊城，萬萬要約束好他們，知道嗎？」

趙端恭聲說道：「是。」

趙儒想到女兒出嫁前，他與女兒的交談，他們蟄伏至今終於等到了這天。

趙端問道：「父親，蜀中到底是什麼情況？」

趙儒思索了一下才說道：「其實有件事，我也不確定與誠帝此舉有沒有關係。」

趙岐和趙端都看向父親，趙儒說道：「蜀中據說有前朝寶藏。」

「不可能吧？」趙岐看向趙儒問道：「父親，這件事我們怎麼不知道？」

趙儒開口道：「當初我幫先帝整理過一些早年的記載，上面寫過，太祖皇帝曾七次派人去蜀中，為的是什麼並沒有寫明白，不過有人猜測為的是前朝寶藏，因為在太祖帶人攻入皇城的時候，前朝皇帝已經帶人逃走，還帶走了大批的金銀珠寶，抓到的末帝身邊人那裡也沒找到那些理應被帶走的東西，經過推測，最有可能的是藏在蜀中附近。」

趙端滿臉驚訝，趙儒說道：「不過消息真假不得而知，因為一直沒人尋到過，漸漸地這件事就沒人再提起了。」

「若真是如此，那誠帝怎麼會下旨命永甯侯派兵過去呢？」趙岐問道。

趙儒一時也猜不到誠帝的打算，說道：「這件事，你到邊城後，就全部與永甯侯說一遍。」

「是。」趙端恭聲說道。

趙岐問道：「父親，您覺得永甯侯會派兵去蜀中救二皇子嗎？」

趙儒眼睛眯了一下才冷笑道：「不會。」

不管是為了什麼，誠帝明顯是不懷好意，楚修明怎麼會去。

「那不就是抗旨不遵？」趙岐皺了下眉頭說道。

趙儒搖了搖頭沒說什麼，倒是趙端忽然說道：「父親，兒子總覺得那個寶藏的事情有蹊蹺，更像是以訛傳訛。」

「嗯。」趙儒看向小兒子說道：「確實如此，因為當初太祖到底派人去做什麼，並沒有記載，而會這般猜測，也是因為前朝末帝奢侈成性，可是等太祖攻入皇城，不管是末帝內庫還是國庫之中所餘甚少。」

趙端點了點頭沒有再說什麼，幾個人正在談話，就見趙岐之子趙駿和趙端之子趙澈急匆匆過來，先行禮後，趙駿開口道：「祖父、父親、二叔，剛剛外面傳了消息，誠帝派去邊城的使者在禹城被一夥強盜給殺了。」

趙澈問道：「祖父，我們需不需要多帶點人？」

「禹城？」趙儒眼睛眯了一下說道：「不用。」

趙駿看向趙儒，趙儒卻是一笑，看向了趙岐。「如此一來，你所擔心的事情不就解決了？」

面。

「不過為什麼是禹城？」趙駿和趙端已經明白過來，這件事怕是有永甯侯的手筆在裡面。

趙儒看著兩個孫子說道：「都過來吧。」

「是。」眾人這才起身到趙儒的身邊，趙儒手指蘸著茶水在紅木桌上先是畫了一個圈，說道：「閩中。」

趙儒又畫了一個圈說道：「邊城。」

趙端一下子明白了，趙儒最後在兩者之間畫了一個圈說道：「禹城。」

「可是這樣一來，怕是誠帝也猜到了吧？」趙岐有些猶豫地問道。

趙儒反問道：「猜到又如何？」

趙岐愣了一下，趙端笑道：「哥，就算誠帝猜到了，難道說就有證據說是永甯侯派人做的嗎？就算有證據又如何？當初他就只敢用些娘兒們……」

話還沒說完，就被趙儒一巴掌拍到腦後。「若是你姊姊聽到，看她怎麼教訓你。」

趙端馬上認錯說道：「當初他就只敢用一些女人後宅都不用的手段來對付永甯侯，現在還有個英王一脈的威脅，他更不敢動永甯侯了，只是覺得這件事和永甯侯以往的所作所為有些差別。」

趙儒這才點頭說道：「嗯，恐怕不是永甯侯想出來的，太過直接了。」

趙儒看著他們笑了一下。「邊城有很多人才，到時候你們記得要虛心學習才是。」

「孫兒明白。」趙駿和趙澈都恭聲回答。

趙儒又交代一些事情後，就打發他們走了，只留下趙岐，說道：「你這幾日抽空回京城一趟，去見見你妹妹。」

「是。」趙岐看向趙儒說道：「需要我給妹妹帶什麼話嗎？」

趙儒說道：「不需要。到京城後，你聽你妹妹的就好。」

此時邊城的沈錦還不知道一大批幫手就要到來的事情。自從那日出了主意以後，每日早晨在議事廳，沈錦就再沒有辦法像以往那樣悠閒了，不管是王總管還是趙管事都喜歡找她拿主意。

「夫人，可知道將軍去哪裡了？」王總管開口道。

這段時日傳來消息的都是楚修遠，而且其中都沒有提到楚修明，就算剛開始不確定，此時他們也確定了，怕是楚修明和楚修遠分開走，但是至今楚修明都沒有傳回任何消息，他們心中難免有些擔心。

沈錦說道：「喔，夫君去辦事了，不過去哪裡，不讓我告訴別人。」

王總管和趙管事對視一眼，兩個人心中都有些哭笑不得。

沈錦接著說道：「你們放心吧，夫君會回來的，我和東東都在這裡呢。快到中秋了，記得讓茹陽公主和駙馬寫封信回去，再準備點禮一併送往京城。」

沈錦想了下說道：「我記得那兒不是有一座掐金的屏風嗎？還有……」連說了幾樣東西，都是沈錦不大喜歡的，東西很大看著華貴，卻不適合他們。「除此之外，再讓茹陽公主做點東西，給誠帝、太后和皇后。」
王總管一一應下，沈錦看著王總管說道：「這些東西我會讓趙嬤嬤收拾出來給你。」
沈錦接著說：「記得讓茹陽公主的信中提到這裡缺藥材，糧草、輜重一類的，與蠻夷已經發生過幾次磨擦等等，記得意思稍微隱晦點，但是別讓人看不懂。」
「是。」王總管應道。
沈錦見眾人不說話了，就問道：「還有事嗎？」
「並無他事。」趙管事說道。
沈錦點頭。「那剩下的都交給你們處理，我先回去了。」

此時的皇宮中，誠帝剛得知使臣在禹城被殺的消息，咬牙說道：「怎麼會這般湊巧，去召承恩公進宮。」
「是。」李福恭聲應下，只是還沒等他到門口，就聽見誠帝讓他站著。
誠帝想到蜀中的事情，他這個皇帝還沒得到消息，承恩公那邊竟然先一步得到，可以說是皇后不放心兒子，所以特地讓承恩公那邊注意蜀中的消息，但是私心太重，果然母后說得對，為人母的總歸要為自己的孩子多打算幾分的。
「去見母后。」誠帝思索了一下說道。
李福恭聲應下來，先讓人去與太后說一聲，然後自己伺候著誠帝往太后宮中走去。
誠帝到的時候，太后並沒有在佛堂，而是在殿中專門開出來的一小塊菜地那兒，見到誠帝就笑道：「我特地讓人給你燉了湯。」

「兒子陪母后一起用飯。」誠帝笑著說道。

太后眉眼間都帶著笑意，說道：「我種的菜有些已經長成，我讓人摘些，到時候做給你吃。」

「好。」誠帝陪著太后說幾句，就開口道：「母后，兒子有事情想請教母后。」

太后看著誠帝，說道：「皇帝可是遇到什麼為難的事情？」

誠帝開口道：「朕派人前往邊城送聖旨，讓永甯侯派兵去蜀中平亂，不過使臣在禹城被殺。」

太后一閉眼，道：「甄嬤嬤，妳先帶人下去。」

「是。」甄嬤嬤恭聲應下。

「皇帝，你懷疑是何人所為？」太后緩緩道。

誠帝咬牙說道：「這件事明顯就是楚修明派人做的。」

「皇帝可有證據？」太后倒是沒有誠帝這麼憤怒。

「無。」誠帝臉色更加難看。

太后開口道：「那皇帝如何得知是楚修明做的呢？」

誠帝看向太后，太后說道：「皇上，為何讓永甯侯回邊城，你可還記得？」

「可是……」誠帝有些猶豫地說道。

太后皺眉看向誠帝說道：「不過皇帝為何會想讓楚修明派兵去蜀中呢？」

誠帝沒有開口，太后沈聲說道：「這一來一回浪費的時間，皇帝你到底是怎麼想的？」

「母后可知道前朝寶藏之事？」誠帝忽然說道。

太后皺眉說道：「怎麼回事？」

「太祖帶兵攻入京城的時候，前朝末帝已經帶人……」誠帝緩緩把事情說了一遍。「太祖曾多次派人去蜀中尋找……」

「你是懷疑蜀中真有前朝寶藏？」太后看著誠帝。「那更不該讓楚修明派兵去蜀中才對。」

誠帝眼睛眯了一下說道：「朕懷疑英王世子已經找到前朝寶藏的地點。」

太后臉上神色一慌，若真讓英王世子拿到了前朝寶藏……

誠帝沈聲說道：「若是真的話，那麼英王世子一定派了重兵護著蜀中那塊地方，否則朕的五萬大軍怎麼可能……」想到接連吃的敗仗，誠帝並不認為只有千人的愚民能做到這種地步。

太后沒有說話，忽然問道：「這消息是怎麼得來的？」

誠帝低聲說道：「是二皇子那日偷聽到這個消息，後來又被高昌救了出來。」

「會這麼簡單？」太后疑道。

誠帝面色有些不好，說道：「就是永盛伯世子被殺的那日，高昌以永盛伯世子和八千士兵做餌，這才救出人來。」若非如此，他們也不用隱瞞二皇子的消息。

太后這才信了幾分，誠帝接著說道：「不過畢竟……所以都是暗中行事的，二皇子帶回來這個消息更不好大張旗鼓，高昌專門送剩下兩位皇兒與其他世子回京的時候，才把消息給帶回來的。」

「二皇子呢？」太后問道。

誠帝說道：「還留在蜀中。」

太后猶豫了一下。「那你讓楚修明派兵過去？」

誠帝點頭。「朕想讓永甯侯的那些兵馬探探路，如今二皇子被救出來，想來英王世子在蜀中會更加戒備，此時見到楚修明的人馬……」

其實說到底誠帝就是想做那個得利的漁翁，楚修明為了邊疆的安穩並不會派太多的人馬，最多五千到一萬，就算兵強馬壯又如何？和英王世子的兵馬拚殺後，還能剩下多少人？到時候高昌他們再乘機去找寶藏。

太后如今也明白，想起禹城的事，問道：「莫不是永甯侯提前察覺到什麼？」

「不可能。」誠帝開口道。「朕開始也不敢相信前朝寶藏的事情，畢竟就連先帝都沒提過，還是蜀中那邊消息送來後，朕又查了先祖那時候的史官留下的一些記載，這才敢確定的。」

太后皺著眉頭沒有說話，誠帝說道：「所以除了抗命不遵外，朕想不出別的理由。」

「還有一個可能。」太后忽然說道。「皇帝你說英王世子與蠻夷合作，想要使蠻夷成為助力，那就必須除掉永甯侯，又或者……」

「讓朕和永甯侯嫌隙更深。」誠帝也冷靜下來，想到了這點。

邊城中，趙嬤嬤正趁著日頭好和沈錦一起給東東洗澡，說道：「想來這幾日誠帝就該知道禹城的消息了。」

「嗯。」沈錦一手撐著東的頭，一手托著他的小屁股，還時不時做個鬼臉來逗東東，趙嬤嬤小心翼翼地用細棉沾水給東東洗頭。

趙嬤嬤開口道：「夫人覺得誠帝會如何？」

「會生氣吧。」沈錦想了一下說道。

「那如果誠帝再下旨呢？」趙嬤嬤覺得誠帝不是個會死心的人。

沈錦開口道：「就說夫君帶兵在外，邊城沒有作主的人。」

趙嬤嬤想了一下，說道：「怕是到時候會求見茹陽公主吧？」

「那就告訴他們駙馬是一起去的。」沈錦毫不猶豫地說道：「見公主？公主身分尊貴，不是什麼人都能見的，不給見就好了。」

此時的沈錦根本不知道，因為前朝寶藏的事情，已經讓誠帝和太后疑神疑鬼，反而沒把禹城的事情聯想到他們身上，畢竟誠帝確定，這個消息除了英王世子就只有他掌握到，楚修明不可能得知，若是得知，楚修明怕是早就請兵去蜀中了。

當誠帝和太后聯手想要瞞著一件事時，就是邊城這邊也難以得到什麼消息，所以當趙家子弟趕來的時候，帶來了這些消息，沈錦反而有些愣住。

沈錦看著趙端，愣了一下說道：「舅舅，您的意思是蜀中可能有前朝寶藏？」

趙端聞言說道：「只是有這般傳言。」又把趙儒當初說的那些事情都告訴沈錦。

王總管和趙管事心中已經信了幾分，趙嬤嬤皺眉看向沈錦，沈錦問道：「那前朝末帝是被人在蜀中抓獲的？」

「並非如此。」趙端解釋道：「不過因為末帝逃亡的沿途，蜀中是最有可能藏東西的。」

沈錦問道：「為什麼覺得是前朝寶藏呢？而不是太祖皇帝去找別的東西？」

「因為宮中不管是內庫還是國庫都很空虛，末帝是性喜奢侈。」趙端倒是沒有絲毫不耐地一一解釋道。

沈錦點了點頭，也不知道是不是接受了這個解釋，反而看向趙駿和趙澈，笑道：「不知道這兩位表弟，舅舅有什麼安排嗎？」

趙駿和趙澈其實心中有些不舒服，因為他們趙家一族雖是來投靠的，可是永甯侯卻到現在都沒有露面，趙端笑道：「永甯侯安排就好。」

「喔，夫君不在啊。」沈錦看向趙端說道：「舅舅不知道嗎？」

趙端有些無奈地看著沈錦，又沒有人告訴他，他怎麼會知道？

「岳文沒有告訴舅舅啊。」沈錦看著趙端的表情有些不好意思地笑了笑。「岳文就是不愛說話，不過若是夫君在的話，一定會親自去迎舅舅的。」

不管是趙端還是趙駿他們，此時心中都舒暢了許多，沈錦笑著說道：「對了，修遠也不在，沈熙現在在軍營訓練，因為夫君說不給特殊待遇，所以今日他還不到休息日，也沒辦法出來見舅舅。」

「自當如此。」趙端聞言不僅沒有不喜，反而覺得果然永甯侯治軍嚴謹。

沈錦笑道：「東東現在在睡覺，晚些時候醒了，就抱來給舅舅和表弟們玩。」

東東？趙端愣了一下就想到，怕就是永甯侯的嫡長子，抱來給他們玩？

趙駿和趙澈對視一眼，總覺得這個表姊有些不夠可靠的樣子。

沈錦點頭。「特別好玩，他現在會翻身了。」先是炫耀一下自己的兒子，沈錦接著說道：「舅舅對趙家子弟有什麼安排？」

趙端聞言笑了起來，他現在的笑容多了幾分真切，說道：「入鄉隨俗，既然我帶他們來了，就該照著邊城的規矩。」

沈錦想了想說道：「那想要從武的，就和沈熙一起到軍營跟著訓練，想要從文的話就跟著王總管好了，到時候再安排。」

趙端點頭，其實這般安排很合理，不管做什麼事情，若是絲毫不瞭解，那樣反而容易出事，沈錦這樣的安排，想來是永甯侯準備重用趙家子弟，沈錦又說道：「舅舅的話，就跟著趙管事，過段時間一起接手禹城事務。」

禹城？趙端看向沈錦，沈錦說道：「喔，夫君覺得禹城有一窩凶匪太過危險，想想還是先剿滅了吧。」這些不過都是為了能順理成章接手禹城的藉口罷了。

沈錦很自然地把這些事情安在楚修明的身上，因為太過血雨腥風，她還是當個嬌養的小娘子比較好。

趙端心中一喜，說道：「自然是願意的。」

沈錦點頭，忽然說道：「其實我覺得那個寶藏是假的。」

眾人一時沒反應過來，沈錦說道：「誰逃跑的時候會帶那麼多金銀珠寶，就算帶了，怎麼還能這麼悠閒地找個地方去藏起來，還不是順路藏的。」

不知為何聽沈錦這麼一說，眾人也覺得不大可能。

沈錦端著蜜水喝了一口，看著眾人問道：「難道你們覺得是真的？」

王總管和趙管事不說話了，趙端開口道：「我也懷疑過。」

沈錦開口道：「嗯，其實最重要的一點，末帝根本沒有時間把那些東西藏得太仔細，他逃命都來不及，哪裡有人手和時間？」

趙嬤嬤聞言笑道：「夫人說得對。」

沈錦瞇著眼睛笑了起來。「其實說不定太祖皇帝只是去找人或者有事，但是因為沒找到，所以就沒有記載，否則真的有前朝寶藏的話，太祖怎麼也要給後人留點線索啊。」

趙駿和趙澈對視一眼，趙澈開口道：「我覺得表姊說的在理啊。」

「只是為什麼會有這麼多人相信？」趙駿皺眉問道。

「錢財使人心動，更何況前朝歷經七世，又攢了多少好東西？」趙管事沈聲說道。「在這樣的誘惑面前，恐怕很多人都失去理智，根本沒去仔細想這些事情。」

「可是那些前朝的財寶去哪裡了？」趙澈想了一下說道：「想來應該少了許多，否則也不會有這般的謠傳下來。」

「我也不知道，可能被末帝花光了。」沈錦想了想開口道。「就算前人攢下再多的錢財，也禁不住敗家子的散財啊。」

趙端也開口道：「而且前朝末帝上面的兩個皇帝也不是什麼明主。」

王總管冷笑道：「不僅如此，末帝寵信奸佞，那些人也沒少從國庫和內庫偷取東西，反正末帝也不管這些。」

其實就像沈錦說的，再多的家業也禁不起這般的禍害，趙管事開口道：「而且在太祖皇帝攻進皇城之前，末帝已經帶著一些大臣妃子逃離了，那些被留下的宮女太監甚至一些侍衛大臣，他們怕是也要去搶奪一些的。」

這樣下來，就算金山銀海也要被拿光，所以太祖皇帝沒拿到什麼也是理所當然了。

「你們說誠帝至今沒有因為禹城的意外做出什麼事情，會不會是因為相信了寶藏的事情？」沈錦突然道。

被沈錦這麼一說，眾人都愣住了。

沈錦說道：「難道誠帝從蜀中知道這件事，懷疑英王世子得到了寶藏？然後派夫君過去，想讓英王世子對付夫君？

「誠帝不會等著英王世子和夫君同歸於盡吧？」誠帝不會這麼蠢、這麼天真吧？

趙管事和王總管對視一眼，趙端一向淡定的神色都有些扭曲了，難道誠帝真的是這個打算，這也太……

「喔，也說不定誠帝是想等著夫君和英王世子的人交戰，夫君不知道寶藏的事情，可是誠帝知道，英王世子知不知道？不會是英王世子故意讓誠帝得知這個消息吧？」沈錦看向趙端他們。「然後誠帝上當了，所以誠帝想派夫君過去，因為他想要寶藏，但是又不想和英王世子正面對上。」

「那二皇子呢？」趙駿問。

趙端面色沈下來說道：「不是死了就是已經被救出來了。」

沈錦沒有說話，趙管事問道：「夫人覺得呢？」

沈錦開口道：「東東該醒了吧。」

趙嬤嬤聞言笑道：「那老奴去看看？」

沈錦搖頭說道：「不用了，若是東東醒了，安寧她們會抱過來的。可是英王世子又想做什麼呢？」英王世子的打算沈錦是真猜不出來了，她猜誠帝那麼準，是因為有當初的許側妃來當對照，而英王世子那邊卻是沒有的。

王總管冷笑道：「怕是下一步就該有前朝餘孽出來了。」

第五十一章

京城的瑞王府中，就看見楚修明正和瑞王妃隔案而坐，瑞王妃的身邊還坐著趙岐。見到楚修明的時候，趙岐都愣住了，任他再怎麼也沒想到本該在邊城的永甯侯竟然在京城，而且還在瑞王府中。

趙岐開口問道：「不知那位可好？」

楚修明點了下頭，趙岐鬆了口氣也不再問，若是沒有那位，他們所有的謀算和努力都是一場空。趙岐也沒想到，楚修明根本不像是他想的那樣把人嚴嚴實實護起來，反而直接將人扔到戰場上去。

趙岐想了一下，就把趙儒來之前說的話，與瑞王妃和楚修明說了一遍，瑞王妃眉頭一皺說道：「莫非誠帝信了？」

「錢財使人心動，而前朝寶藏又不單單是錢財那麼簡單。」趙岐開口道。「寧可信其有，不可信其無。」

楚修明也明白趙岐話裡的意思，想到最近打聽到的事情，心中冷笑，怕是誠帝還覺得自己出了高招。

「不好，永甯侯在京城，那麼邊城之中……畢竟那位年紀尚小，萬一從我弟弟那兒得知了寶藏的事情，會不會動心去尋？」趙岐臉色大變道。

楚修明安慰道：「放心吧，邊城之中並非那位主事。」

「啊？」趙岐滿臉疑惑地看著楚修明。

瑞王妃溫言道：「如今邊城的事務是交給永甯侯夫人，也就是我三女兒。」

趙岐整個人愣住了，他看了看瑞王妃，又看向楚修明，楚修明說道：「那位帶兵重新布防了，畢竟布防圖京城中有一份。」

「那寶藏的事情……」趙岐還是擔心，萬一弟弟勸不住，那邊的永甯侯夫人會直接派人去蜀中尋那徒有其名的寶藏。他們知道寶藏是假，可是旁人不一定知道。

楚修明開口道：「夫人並不喜歡金銀之類的。」就因為是金銀珠寶，楚修明才一點都不擔心。

瑞王妃坐在一旁並沒有開口，說到底英王世子弄出寶藏的事情，不過就是為了引誘誠帝的，可是如此又有什麼好處？

楚修明沈思了一下說道：「怕是過不了多久，蜀中就會有前朝餘孽的消息了。」

邊城的議事廳中，睡醒的東東被安寧送來，此時正在沈錦的懷裡，王總管說道：「等前朝餘孽的消息傳出後，再加上之前鋪陳的前朝寶藏之事，誠帝肯定會相信，到時候誠帝不管是為了剿殺餘孽還是為了寶藏，都會派重兵過去，不僅如此，所有的視線都會集中到蜀中。」

趙管事沈思一下說道：「那麼就說明蜀中並不是英王世子的大本營？」

趙端沈思了一下說道：「那會在哪裡？」

沈錦正低頭和東東玩，等注意到眾人都看向她的時候愣了愣，然後抬頭看向眾人。「我也不知道啊。」

「夫人覺得會在哪裡？」趙管事心中已經隱隱有了猜測。

沈錦捏了捏兒子的肥爪爪，道：「要是我的話，會選江南那邊。」

趙澈皺眉問道：「為什麼會是江南？」

「因為那邊富庶。」沈錦開口道，這是一個很實際的問題，不管是養兵還是造反，都需要錢。英王世子必須弄到大量的錢，還不能引人注意，所以江南那邊比較適合。「而且離蜀中比較遠。」

其實沈錦想的就是這麼簡單，那邊錢多、離蜀中遠，所以英王世子可能會在那裡。

瑞王府中，趙岐問道：「妹妹，你們在打什麼啞謎？」

瑞王妃看向趙岐，微微一笑說道：「不過是在猜測英王世子到底藏在哪裡。」

「想來不會是蜀中附近。」趙岐聞言說道。

瑞王妃點頭。「雖然說最危險的地方是最安全的地方，可是按照英王世子的性子卻不會如此。」

「因為誠帝可不會想那麼多。」楚修明開口道。「最危險的地方就是最安全的地方這點，只能對聰明人。」

趙岐聞言愣了愣，就點了下頭。「不知永甯侯這時來京中是有什麼打算？」
楚修明開口道：「找一樣東西。」
趙岐問道：「有我可以幫忙的嗎？」
楚修明搖頭。
趙岐明白了，想來這件事需要的是瑞王妃的幫助，不過想到父親叫他來的目的，趙岐看向瑞王妃說道：「妹妹，父親說讓我來這裡找妳。」
瑞王妃問道：「父親可有什麼吩咐？」
「父親讓我聽妳的。」趙岐說道。
瑞王妃明白了父親的意思，父親想必已感覺到如今情況不對，若是邊城那邊真有什麼事情發生，多半會牽累到他們身上，抿唇道：「我知道了，你想辦法聯絡一些人，讓他們上疏請誠帝立太子。」說完後瑞王妃看向楚修明。「我過幾日會和王爺進宮去見太后。」
楚修明開口道：「好。」
兩位都是聰明人，剩下的不用說都明白了。瑞王和瑞王妃會去見太后，而楚修明要混進皇宮，目的也是在太后的寢宮，可是瑞王妃除了帶著楚修明進宮外，更多的事情卻沒辦法幫他了，都要靠楚修明自己。
等商量完後，楚修明和趙岐就離開。瑞王妃回到正院的時候，就看見瑞王正在屋中等著她。「王妃去哪裡了？」
瑞王妃聞言，笑了一下說道：「我去花園裡面轉了轉，孩子們都離開了，總覺得有些安靜呢。」

瑞王看見王妃髮間的桂花，嘆了口氣說道：「是啊，總覺得孩子們一下子都大了。」

瑞王妃應了一聲，坐在瑞王的身邊，微微垂眸說道：「王爺，你想過我們以後怎麼辦嗎？」

「嗯？」瑞王心不在焉地應一聲。

瑞王妃說道：「當初的事情……若是英王一脈真的兵臨城下了，王爺覺得皇上會怎麼做？」

瑞王愣了一下才反應過來瑞王妃口中當年的事情到底是什麼，那時候太子帶兵和英王廝殺，而誠帝就是趁這個時候，和承恩公以及一些人逼宮，這些事情其實瑞王只知道個大概，卻清楚地知曉誠帝得的這個皇位不夠光明正大，不過是仗著太子對幾個弟弟沒有防備，又一心想要擊退英王。

瑞王妃緩緩說道：「畢竟皇上……有前車之鑑，你說那時候皇上會不會以己度人從而懷疑王爺，先下手為強了？」

先下手為強這句話一出，瑞王臉色一變，嚥了嚥口水說道：「應該不會吧，我可是他親弟弟，還有母后……」可是越說瑞王自己也不敢肯定了。

「不過無礙的，反正兒子們都被送出去了，不管發生什麼事情，我都會陪著王爺的。」

瑞王妃面上帶著幾分擔憂和難受。

瑞王這麼一聽，反而更加不安了。「可是皇上至今沒有立太子，是不是因為害怕太子……太子還是皇上的親兒子，而我不過是個弟弟……」瑞王站起身來在屋中轉來轉去的。「王妃是怎麼想的？」

「妾不知。」瑞王妃看著瑞王。

瑞王咬牙說道：「我去見母后。」

「可是王爺見了太后要如何說呢？」瑞王妃有些悵然地說道：「太后畢竟也是皇上的母親。」

瑞王有些頹喪地坐在位子上，問道：「那王妃覺得本王該怎麼辦啊？」

瑞王妃緩緩嘆了口氣說道：「明日我兄長就要到了，不如到時候請兄長過府問上一問吧。」關於趙岐和楚修明偷偷見過面的事情，瑞王妃絲毫沒提起的意思。

瑞王有些疑惑地看著瑞王妃，瑞王妃抿唇說道：「琦兒生育，我寫信給父親，父親就派了大哥來，不過因為蜀中的情況，所以多做了一些準備。」

「對對，我派人去城門口接。」瑞王趕緊說道。

瑞王妃嗔了瑞王一眼說道：「王爺這是要把我兄長架在火上嗎？」

瑞王聞言沒有明白，瑞王妃開口道：「王爺也知道，皇上對我父兄……因為我嫁與王爺，為免皇上多想，父兄族人皆辭官離京，若不是琦兒，怕是他們也不會來京中呢。王爺這般大張旗鼓的，讓皇上知道了會如何想？」

「是我考慮不周。」瑞王開口道。

因為趙岐的到來，瑞王特地在府中等著，瑞王妃也周全地收拾出一個小院子，讓趙岐可以暫時住在這裡。

趙岐像是剛從外面趕來一樣，鞋上和衣襬都帶著塵土，整個人看著也有些勞累，說道：「王爺。」

瑞王趕緊請趙岐坐下，道：「大哥怎麼這般客套。」

瑞王妃也說道：「大哥叫他妹夫就好了。」

「是的。」瑞王點頭說道。

趙岐點頭說道：「我有幾句話想與妹夫、妹妹說。」

瑞王妃皺眉說道：「大哥，要不要先梳洗一番再說？」

「很重要。」趙岐一臉嚴肅地說道。

瑞王聞言說道：「那屋中伺候的都退下，守好門窗。」

「是。」

等人都退下後，趙岐才看向瑞王說道：「妹夫，你可知二皇子的事情？」

「知道。」瑞王開口道。「可是蜀中又有什麼變動？」

趙岐嘆口氣，面上露出擔憂，低聲說道：「妹夫可知道皇上讓永甯侯派兵去蜀中，為的是何事？」

瑞王搖頭，趙岐接著說：「而且朝廷的使臣在禹城被殺，妹夫可知是何人所為？」

「不是強盜嗎？」瑞王問道。

趙岐心中嘆息，面上卻凝重地搖了搖頭。「那是對外的說法，我父親因為知道這些事情後，覺得不大對，特地派人去打探，禹城之事怕是英王世子所為。」

瑞王皺眉問道：「圖的是什麼？」

「不過是為了不讓永甯侯派兵去蜀中，因為他在蜀中發現了前朝寶藏。」

「前朝寶藏？」瑞王兩眼圓睜，就連呼氣都重了幾分。

趙岐面色嚴肅地點了點頭。

瑞王說道：「那……」

「王爺。」瑞王妃叫道。

瑞王這才勉強平靜下來，說道：「這是怎麼回事？」

趙岐搖頭說道：「更多的已經打聽不出來了，不過……」像是有些猶豫又像是不知道該不該說。

瑞王妃說道：「大哥，王爺並不是外人。」

瑞王點頭。「直說就好。」

趙岐皺著眉頭，低聲道：「妹夫，皇上是把所有的皇子和世家子都叫回京了吧？」

「是啊。」瑞王很肯定地道。

趙岐這才說：「那為什麼我們派去蜀中的人說高昌一直在招待一名貴客，而那名貴客根本沒有露面？」

瑞王愣住了，瑞王妃驚呼一聲。「莫非二皇子已經被救出來了？」

瑞王的臉色變了變，瑞王妃皺眉問道：「可是如此的話，皇上為何還要讓修明派兵去蜀中呢？而且二皇子為何不露面？」

瑞王像是想到了什麼，臉色一白，見火候差不多了，瑞王妃就開口道：「大哥，你也累了，我讓丫鬟帶你下去休息吧。」

「好。」趙岐這次沒有推辭，說道：「父親這次讓我過來，除了因為外甥女產女這件事，還讓我與妹夫提個醒，早做準備比較好，畢竟……」

瑞王妃讓翠喜進來帶趙岐離開，親手給瑞王倒了杯茶，說道：「王爺，你說皇上到底是怎麼個想法？」

瑞王開口道：「皇上這是防著我呢，而且怕是皇上也知道了前朝寶藏的事情，說不得這就是當初英王世子放了二皇子提的條件，皇上糊塗啊！」

瑞王妃聽得目瞪口呆，怎麼也猜不到瑞王竟然聯想成誠帝和英王世子做了交易，這才把二皇子給換出來。「那英王世子為何還要派人去截殺皇上的使臣呢？」

瑞王解釋道：「怕是因為地動，使得前朝寶藏露出了線索，英王世子先得知了這件事，就有了反民這個由頭，為的不過是想辦法運走那些寶藏，誰知道好運抓了二皇子，就和皇上做了交易，想用修明的命來換二皇子的命。皇上早就……所以就答應了，可是皇上知道前朝寶藏的事情後，就想要寶藏，所以並不在乎二皇子的命了，下旨想讓楚修明派兵去打退英王世子，或者想圖個兩敗俱傷，他好撿便宜……」

瑞王妃忽然覺得有些不知道說什麼好了，瑞王還在低聲說自己的猜測。「英王世子怎麼可能讓寶藏落入別人之手，又有些害怕楚修明，自然不能讓楚修明得了聖旨到蜀中，就安排人在禹城殺了使臣，這樣一邊阻止了楚修明到蜀中，一邊可以讓誠帝懷疑楚修明。」

「那高昌身邊的貴客是？」瑞王妃有些猶豫地問。

瑞王低聲說道：「怕是英王世子的人，要不怎麼都沒人見過。」

瑞王妃見瑞王竟然把整件事情這樣連了起來，雖然和他們安排的想法差了很多，但是最終的目的也算是達到了。

「二皇子可是皇上的嫡子啊。」瑞王妃小聲說道。

瑞王咬牙說道：「就為了前朝……不行，京城太危險了，我必須走，要不不管是三女婿還是英王世子那邊有動作，皇上第一件事要做的一定是收拾我。」

瑞王妃看著瑞王，一臉誠懇地說道：「王爺，不管生死，妾都陪著你。」

「放心，本王一定不會讓你們出事。」瑞王開口道。「本王現在就進宮求母后，咱們全部離京，妳讓琦兒也收拾收拾，把她和女婿都帶走。」

「那二丫頭那邊？」瑞王妃有些猶豫地問道。

瑞王想了一下，說道：「不管了，我們都自身難保，讓女婿也悠著點，永樂侯府的人，除了他們一家三口外，誰都不能帶，要不我們都走不了。」

「妾知道了。」瑞王妃開口道。「就說是妾的主意吧。若是沒事了，等英王世子的事情都平了，我們再回來，讓二丫頭記恨在我身上就好。」

「王妃……」瑞王滿眼感動。

瑞王妃搖頭笑道：「王爺，過兩日再進宮吧，我們再等等消息，皇上現在一定因為禹城的事情怒火中燒，若是皇上不追究這件事了，怕是王爺的猜測就是真的；若是追究起來，我們也看看是追究哪邊的，畢竟就算王爺要帶我們離京，也要找個安全點的地方。」

瑞王點頭。「對，也要找個安全點的地方，不如我們去楚原？」

楚原正是瑞王妃娘家所在的地方，瑞王妃聞言一笑。「我也想念父親和母親他們了，若是能去自是最好，只怕皇上會不放心呢。」

瑞王一想也是，問道：「那王妃覺得去哪裡好？」

「妾只是覺得，王爺也別說封地，只說想出京走走比較好。」瑞王妃緩緩說道：「走了三年五載，想來就沒事了，我們再回來。」

瑞王想了想，點頭說道：「也好，這般的話皇上聽來更容易接受一些。不過要去哪裡？江南那邊如何？」

去江南？現在還不確定英王世子到底是在哪裡，去那邊純粹是找死好不好。瑞王妃微微垂眸說道：「妾想去閩中瞧瞧軒兒，軒兒的年紀也該說親了。」

「那個地方能有什麼名門閨秀。」瑞王也挺想大兒子的，不過還是覺得不該在閩中給沈軒說親事。

「王爺，若是軒兒能在閩中站穩，對王爺來說也是件好事，起碼……也是個退路。」

瑞王想了想，點頭說道：「還是王妃考慮得周全。」

「王爺不怪罪我膽小就好。」瑞王妃笑著說道。

邊城中，等沈熙好不容易放假從軍營出來，就見到自家舅舅，他整個人都黑瘦了不少，瞧著也健壯了些許，身上的稚氣也磨去許多。「小舅，大表哥，二表哥。」

趙端雙手抓著沈熙的肩膀，上下打量了一番，笑道：「好小子，個子都快比舅舅高了。」

沈熙早回去換了一身衣服，伸手抱了抱東東，這才笑道：「舅舅，外祖父和大舅舅可還好？」

「都很好。」趙端笑著說道。

沈錦笑著說：「對了，又多了不少人和你一道去軍營受苦。」

沈熙聞言笑道：「太好了，到時候表哥可別哭著回來。」

沈錦用完了飯，就先帶著人走了，忽然問道：「嬤嬤，這個趙家和太子妃有關係嗎？」

趙嬤嬤開口道：「並無直接關係，太子妃出身百瑞趙家，若真要說起來，也是在太祖的時候，百瑞趙家和楚原趙家是一脈的，後來因為一些事情，就分開了。」

沈錦點了點頭，那麼這算是湊巧了吧。

瑞王和瑞王妃進宮去見了太后，誰也不知道瑞王到底怎麼與太后說的，不過太后卻應了下來，只是不讓瑞王自己與誠帝開口，她想辦法讓瑞王離京，說到底太后也是想要保全自己的兩個兒子。而楚修明是留在宮中的，這點就連瑞王妃都不知道，只是早上的時候有人給翠喜送了信，只說讓瑞王妃一切如常即可。

當前朝皇室的消息從蜀中流傳開來的時候，誠帝大怒道：「胡言亂語，那些反民覺得宣揚自己是前朝皇室，就能做出這般惡行了嗎？還想分地而治？作夢！」

不僅是誠帝，就是眾多官員也是怒火中燒，如今天啟歷朝已經一百多年，怎麼可能還餘留下什麼前朝皇室血脈。

「皇上，一定要剿滅這些反賊，他們大逆不道。」兵部尚書咬牙說道。

除了兵部尚書，其他的大臣也紛紛請命要剿滅這些反賊。誠帝也無法接受，畢竟這些反賊說他的皇位名不正言不順，什麼雷閃雷鳴劈開了大石，裡面是一把前朝尚方寶劍，說什麼受命於天，是有天助的，要不怎麼誠帝五萬人馬卻一敗塗地，什麼單槍匹馬殺千人一類的，還有什麼佛像流淚、神光普照等神跡。

更可恨的是還有不少愚民聽信了這件事，反民的人數竟然不斷上升。

名不正言不順這幾個字正好戳中了誠帝的心虛之處，誠帝這次再也不輕視那些人，也動了真火氣，更是選了不少一直被他打壓的武將，讓他們帶兵去蜀中。

此時的楚修明正在蘭妃宮中，蘭妃把誠帝平日裡無意中透露出的消息都與楚修明說了一遍，問道：「將軍，何時才能給太子、太子妃報仇？」

楚修明看著蘭妃，緩緩說道：「快了。」

蘭妃這才點頭，再也沒有了誠帝面前的那種淡雅，反而神色扭曲，咬牙說道：「將軍有什麼事情就吩咐奴婢去做，宮中危險，將軍還是早點離開比較好。」

楚修明也知道蘭妃的意思，說道：「若是要有東西藏在太后宮中，妳覺得會藏在哪裡？」

蘭妃道：「若是太后要藏東西，奴婢覺得可能是在小佛堂中，因為太后每日都要去那裡誦經。」

楚修明想了一下，問道：「若是別人藏的呢？」

蘭妃搖了搖頭。「奴婢不知了，將軍可是要找什麼東西？奴婢去幫將軍找。」

「妳不要冒這個險，如今能留在誠帝身邊可信的就剩下妳一人了。」楚修明嘆了口氣說道，那時候安排了眾多釘子到皇宮，真正能存活下來的不足三成，其中還有些不知可信不可信了。

蘭妃聞言說道：「奴婢這條命本就是太子妃的，若是沒有太子妃，奴婢一家早就死了。」

楚修明點了下頭，他這次冒險進宮除了找東西外，也有和這幾個人聯絡上的想法。

「以後妳還是按兵不動，注意安全。」楚修明並不準備輕易動用蘭妃這條線。

「是。」蘭妃恭聲說道。

楚修明看向蘭妃，說道：「保重。」

蘭妃抿唇應了下來。「奴婢能問下，將軍為何會信任奴婢嗎？」

「因為妳不可能有孕。」楚修明開口道。

蘭妃一下子就明白了，笑著點了點頭，沒有再說什麼。當初她知道自己有孕後，其實掙扎過，最後才作下這樣的選擇，正巧皇后有心對付她，她就順水推舟，甚至加重藥劑使自己再沒有受孕的可能。

邊城中，睡得正香的沈錦被趙嬤嬤叫起來，灌了一碗蜜水，收拾好後就去了議事廳。趙管事等人都已經在廳裡，趙端也坐在王總管的身邊，沈錦問道：「可是有什麼急事？」

「蜀中那些反民自稱前朝皇室血脈，又弄了些騙子把戲，使得不少百姓相信了他們有天助。」趙管事沈聲說道。「還有消息，查到了英王世子所在……」

「他動了？」沈錦問道。

趙管事說道：「是。」

沈錦皺眉沒有開口。

王總管道：「晏城那邊有異動。」江南那裡不過是個幌子。

「你們有什麼打算？」沈錦問道。

「加強邊城的防備，點狼煙召二將軍回來。」趙管事開口道。「只要英王世子那邊動了，想來那些蠻夷就該動了。」

沈錦問道：「來得及嗎？」

王總管說道：「應該來得及。」

沈錦想了一下說道：「還有別的辦法嗎？」

趙管事猶豫了一下才把辦法說出，沈錦想了想說道：「就按照這個辦法吧，修遠是帶人重新布防的，若是弄完了自然會回來，如今怕是還在忙呢。」
王總管開口道：「那萬一有危險呢？」
「不是還有你們在嗎？」沈錦很理所當然地說道。
趙端聞言第一次覺得，永甯侯會把沈錦留下來做主事的人，並非只是因為這裡有足夠的文士武將，而是沈錦本身的能力。如果這個時候沈錦慌了，就算是趙管事他們再有能力，能做的也只是讓沈錦待在將軍府中，趕緊把楚修遠召回來主持大局。
沈錦接著說：「所以都按照計劃來，反正他們也不知道夫君到底離開沒有。」
趙管事開口道：「那麼就按照原計劃來。」
沈錦的作息一直很好，她覺得事情已經解決，所以又有些昏昏欲睡了。趙管事見了，便把話停下來，改說道：「其實這些都不大重要，夫人還是先回去休息吧，等我們商量好了，明日再與夫人說。」
「好的。」沈錦很快就答應下來。「你們也早點休息。」
眾人應下來，沈錦就帶著趙嬤嬤離開了，到了門口說道：「讓廚房晚些時候給他們送點湯麵一類的。」
等第二天醒來的時候，熬了一天一夜的趙端已經回房休息，王總管則精神抖擻地帶著趙家子弟去茹陽公主那邊，畢竟他們還需要茹陽公主的親筆信件和她做的東西。

第五十二章

因為楚修明隱藏在皇宮中，所以消息有些落後。可是就算是在邊城的沈錦也沒有想到英王世子會這麼快就舉兵造反，當然英王世子說的並非造反，他打著為先皇和太子復仇的旗幟，更是列舉了誠帝數十條罪狀。

其中第一條就是誠帝殺父弒兄。

說當初英王帶兵進京是得了先帝密令進京救人的，可惜失敗了，不僅先帝和太子被誠帝所害，就是英王都陷了進去。

此時邊城的議事廳一陣沈默，誰也沒有想到英王世子竟然會如此顛倒是非。

沈錦端著茶喝了一口，才說：「這個英王世子不好對付啊。」

「臉皮真厚啊。」沈錦感嘆道，對付這種不要臉的，沈錦真不擅長。

關於永嘉三十七年的事情，就沈錦知道的，如果不是英王，再給誠帝點本事他也暗算不到太子，可是如今英王世子就差沒把自己說成忠肝義膽的小白菜，還忍辱負重了這麼久。

趙管事終於沒忍住翻了個白眼，原來夫人口中的難對付就是臉皮厚。

沈錦說道：「誠帝要面子，所以邊城能發展成現在的樣子，夫君才能平安到至今。若換成是英王世子，他才不管什麼民心大義，直接下旨讓夫君回京就好，一道聖旨下來，若夫君不回去，那十道八道呢？就算夫君最後還是不回去，可是在民心上恐怕就是夫君吃虧了。而且換成了英王世子，你們覺得他還會給邊城糧草嗎？

「恐怕夫君一到京城，就算是在早朝，英王世子都敢喊侍衛來圍殺夫君，夫君武功再高又有什麼用？」

眾人已經從驚訝神情變成了無奈，就聽見沈錦還在假設現在的皇帝若是英王世子會弄死將軍的方法，而且現在已經從圍毆到下毒又到暗殺了。

夫人啊，將軍可是您的夫君，這樣和眾人描述殺死夫君的眾多手段真的好嗎？

見沈錦停下來了，王總管趕緊說道：「果然不要臉的英王世子比較難以對付。」

「夫人覺得誠帝會怎麼應對呢？」趙管事問道。

沈錦想了想說道：「要打口水仗了吧。」

趙端皺了皺眉頭才說道：「誠帝心虛，不管是先帝還是太子都死於他手。」

這話一出眾人都沈默了，卻不得不說確實如此，雖然英王當初帶兵到了京城，卻是被太子打敗了，並沒有做下弒君之事，因為他還沒來得及。

沈錦看著眾人沈重的神色，有些不解地問道：「這些都是誠帝和英王世子的事情，你們這麼擔心幹什麼？你們難道不該去想怎麼乘機得利嗎？」

沈錦捧著杯子喝了幾口，才接著說道：「而且，你們想再多也沒用，不管我們想再多，誠帝和英王世子都不會聽我們的啊。」

趙管事和沈錦相處得比較久一些，倒是有些習慣沈錦的語出驚人。「夫人說得是。」

王總管問道：「夫人覺得他們接下來會打嘴仗嗎？」

沈錦點頭。

趙管事想了想，也說道：「而且英王世子都忍了這麼多年，為什麼不等誠帝的兵馬都集中到蜀中？」

趙端猶豫了一下說道：「莫非發生了什麼變故？」

「不管是為什麼，英王世子準備不周全的話，對我們來說是好事。」王總管說道。

趙管事也點頭。「現在需要防備的是，誠帝會不會下旨讓將軍帶兵去江南。」誠帝至今都沒弄清楚英王世子的藏身之處。

沈錦說道：「那我們就先上奏摺說蠻夷異動好了。」

這也是個辦法，但是卻不夠好，趙管事問道：「若是誠帝說讓忠毅侯接管邊城的事情呢？」

王總管眼睛瞇了一下說道：「那就麻煩忠毅侯病上一場或者受了點傷，蠻夷凶殘，忠毅侯英勇抗敵，只是戰場上刀槍無眼。」

「那就給忠毅侯請功吧。」沈錦想了一下說道。「畢竟忠毅侯是誠帝的女婿，他總不好不賞賜吧？」

趙嬤嬤很想和夫人說，其實邊城沒有夫人想像中那麼貧窮，雖然比不上國庫，可是這麼久經營下來也差不了太多，互市稅收一類的可是都被邊城直接扣下，除此之外，還有在外面經商的所得。

王總管很快就應下來，還讚了一句。「夫人真是持家有道。」

沈錦笑了一下，帶著幾分得意的味道。「其實我覺得英王世子會這麼著急，說不定是因為他身體不行了。」

眾人聞言一笑，都沒有當真，就是沈錦也是隨意一說，卻不想有時候人的運道還真是很奇妙，沈錦隨口一說竟然說到了真相。

王總管說道：「那麼就看誠帝如何應對了，怕是誠帝會抓住英王和蠻夷合作的事情來回擊。」

趙管事眼睛瞇了一下，開口道：「還有英王世子說的先帝召英王入京這件事，英王世子根本拿不出證據。」

「其實你們有沒有想過英王世子根本不需要理由？」沈錦開口道。「他只要抓著誠帝的把柄來說就好，根本無須理會誠帝的質問。」

眾人沈默了。

沈錦接著說：「如果英王世子要些臉面，也不會打著先帝和英王世子的名號，所以他為什麼要在意誠帝的質問呢?他只要讓天下百姓和跟隨他的士兵相信不就好了?」

趙管事想了想說道：「確實如此，當初英王就是個不要臉面的人。」

趙端點了下頭也說：「確實如此，而且每件事都捏著誠帝的命脈。」

王總管開口道：「說不得正因為英王世子的目標是皇位，和我們沒有什麼衝突?」

「也可能是英王世子單純地看不上誠帝。」沈錦沒有把事情想得那麼複雜。

「外甥女的意思是，英王世子也算是英雄惜英雄，所以對誠帝用了這般卑鄙手段坐上皇位很不服氣？」趙端聞言說道。

沈錦疑惑地看向趙端，說道：「不是啊，我的意思是英王世子只是仇恨為他人作嫁衣這樣吃力不討好的事情，就像他覺得那皇位本該是他們一脈的，可是被誠帝玷污了。」

「玷污」這詞好像不該用在這裡……不過此時眾人也沒什麼感覺了。

趙端猶豫了一下說道：「若是真的如此，就太過兒戲了吧。」

沈錦喔了一聲。「我就是隨便說說。」

趙管事卻開口道：「其實在下覺得夫人所言很有可能。」

王總管想了想說道：「我也覺得這樣的理由太過兒戲了。」

「其實不管理由是什麼，總歸是對我們有利的。」趙管事開口道。「如今我們只要繼續潛伏就好。」

王總管點頭。「萬不可讓太子嫡孫的事情被傳出去，否則不管是誠帝還是英王世子，都不會放過我們的。」只要不曝光那位的事情，他們完全可以隔岸觀火。

趙管事準備了紙筆，說道：「那麼現在先列舉一下英王世子和誠帝之間罵戰的事情。」

「這個有用嗎？」沈錦有些疑惑地問道。

王總管解釋道：「可以根據這個來推測他們的計劃，然後先發制人。」

沈錦其實還是有些不明白，不過仍然點了點頭，也沒多說什麼，就看王總管、趙管事和趙端你一言我一語討論起來。沈錦聽了許久，發現他們都是一個人提出一條，然後三個人再一起反駁。吃了兩塊糕點又喝了點菊花茶後，沈錦發現沒自己什麼事情，就到後宅去了。

東東見到沈錦格外興奮，手舞足蹈的，他長得胖墩墩的，身上穿著紅色繡金鯉的衣服，頭上還戴著陳側妃特地給他做的虎頭帽。

趙嬤嬤等沈錦和東東玩了一會兒才說道：「夫人該回去了。」

沈錦應道：「好。」

交代奶娘和安寧仔細照顧東東後，沈錦就起身離開，誰知道剛剛還乖寶寶一樣的東東見到沈錦要離開，就開始咿呀咿呀叫個不停。

沈錦杏眼看了看東東，然後帶著期盼看向趙嬤嬤，東東對著趙嬤嬤咿呀咿呀叫個不停，然後一屁股坐在毯子上，胖乎乎的胳膊直衝沈錦伸著，小手還一抓一抓的。

趙嬤嬤只覺得心都要化了，趕緊說道：「老奴準備毯子，夫人抱著東東一併去議事廳吧，想來沒什麼重要的事情了。」

沈錦瞬間笑顏如花，趕緊過去抱起兒子，在他的臉頰親了親。

等沈錦帶著東東過去的時候，他們幾個還沒有討論完，看見東東後，趙管事和王總管都起身，等沈錦抱著東東坐下，這才重新坐好。東東剛會坐不久，只能坐一小會兒，更多的時候是在沈錦的懷裡睜著大眼睛看著眾人。

「你們還沒討論完嗎？」沈錦問道。

王總管聞言道：「已經討論一些了。」說著把他們討論的重複一番。

沈錦點頭。「那我也補充幾個。」給東東換了一個更舒服的姿勢，免得他必須伸著小腦袋去看人。「英王世子會追問太子遺物的事情，若是誠帝真如他所表現的那般對太子尊重的話，想來會把太子遺物保存得極好。」可惜的是因為誠帝心虛，早就把太子遺物都給毀得一乾二淨了。

「還有太子家人的事情。」沈錦想到楚修明與她說的話。「東宮的人的事情。」誠帝清洗了這麼多次，別說東宮中原來伺候的，就是這些宮人的家人都沒能留下多少。

「還有英王世子會不會準備有太子舊人或者太子後人？」說到最後，就連沈錦都有些猶豫了。

趙端思索了一下說道：「太子舊人有可能，不過太子後人卻絕無可能。」當初能保下一個太子次子，他們就付出了不少代價，甚至更多的是一種巧合，若不是那時候正好有楚家人在東宮作客，還有個年紀相仿的孩子，恐怕就連太子次子都逃不出來。

其實他們懷疑過東宮的那場大火到底是誰放的，若是誠帝的話，為什麼他會一直懷疑東宮中還有人存活，畢竟因為那把火，留下燒焦的屍首，這才使得換人的秘密被保護下來。

「不一定是真的。」沈錦說道。「可能就是找年齡相仿或者樣貌相似的，畢竟若是真有後人的話，英王世子也不會讓人活下來。」

眾人沈默了。

果然不出眾人所料，誠帝很快就有了反應，怒斥英王世子是亂臣賊子，當初正是因為英王才使得太子早逝，先帝被生生氣死，還質問英王世子，若是先帝召英王進京，那麼密旨在哪裡呢？

英王世子也讓人回應，質疑先帝和太子的死因，直言怒問，誠帝可出示了太子遺物或者太子的後人？當初京城和周圍的百姓都知道，英王並沒能攻進皇城。

不少官員心中都有了明悟，怕是當初誠帝與太子的死因有很微妙的干係。

皇宮之中，因為誠帝心情不好，很多人都小心翼翼的，就怕出了絲毫差錯，而楚修明並沒找到機會進入太后宮裡，不過也收拾了一些已經背叛的細作。

見到如此情況，楚修明沒有再耽誤，在某個清晨聯絡暗線偷偷離開皇宮，等到了瑞王府中，就發現瑞王和瑞王妃正在收拾行李。

楚修明想了一下，先聯絡上京中的人，得知這段時間的消息後，就直接偷偷給瑞王妃送了消息，然後由趙岐帶著去偷偷見了瑞王。瑞王見到楚修明的時候臉色大變，說道：「三女婿，你怎麼會在京城？」

「岳父，夫人知道京中的情況後，格外擔心岳父岳母的安危，特意讓我來問問岳父有沒有什麼打算？」楚修明道。

「啊？」瑞王看向楚修明，莫非京城中的情況已經如此危險了。

趙岐皺眉說道：「就算是擔心王爺，永甯侯也太過冒險了。」

瑞王也說道：「是啊，女婿，你真是太冒失了。」雖然這麼說，可是瑞王心中倒是覺得高興，畢竟這樣被人惦記的感覺極好。

楚修明露出幾分無奈。「夫人每日都要問京城的情況，還淚眼汪汪的。」說完看向瑞王。「不知岳父可需要小婿幫忙？」

瑞王想了想，說道：「我與王妃準備去閩中，不知這沿途……」

楚修明聞言，皺了皺眉頭說道：「既然岳父已經決定，那小婿就送岳父過去，不過最好在楚原多停留幾日。」

瑞王聞言說道：「這是自然，我也要拜見岳父。」

楚修明應了下來。「我送信回邊城，調些侍衛來，這般更加妥當。」

瑞王笑道：「極好。」

趙岐也開口道：「恭喜妹夫，竟然得了如此佳婿。」

瑞王也是滿臉笑容。「不過女婿萬不能被皇上知道你來了。」

楚修明應下來，瑞王妃親手端了茶點進來，正好聽見幾個人討論，就說道：「讓三女婿留在府中，到時候與我們一道出城。」

「還是不要了。」還沒等瑞王多想，楚修明就拒絕道。「岳父這般冒險，女婿心有不安。」

瑞王想到楚修明為了自己冒險來京城的事情，說道：「不用多言，就這樣定下來了。王妃給三女婿安排個妥當的住處，過兩日，讓女婿混在我們中間出城，我就不信那些守門的士兵敢攔著我。」

見楚修明還想拒絕，瑞王就開口道：「就這樣定下來了。」

楚修明這才說道：「那就麻煩岳父了。」

瑞王擺擺手，也不知道是因為馬上要離開京城的緣故，或是知道了還有閩中這個退路，瑞王倒是比往日要有氣魄一些。

楚修明把沿路的情況仔細與瑞王說了，瑞王根本不知道外面竟然嚴重成這樣，他本以為不過是誠帝和英王世子之間打打口舌之爭。「這麼說來，天啟又要……」

楚修明點點頭。「只希望百姓能安然無恙。我送岳父去閩中後也要回邊城了，蠻夷那邊……也不知道英王世子許諾了何等好處，使得他們如此拚命。」

其實就像瑞王自己說的，京城的守衛還真的不敢仔細盤查他，畢竟瑞王是誠帝唯一還活著的兄弟，又是誠帝親自下令許他出京的，誠帝更不知道楚修明進京的消息，所以楚修明就坐在瑞王妃的馬車裡面大大方方地離京。

還沒有到楚原，他們就得知一個讓眾人都驚訝的消息，英王世子竟然傳出有先帝太子嫡孫的消息。

瑞王臉色變了又變，才低聲問道：「這可是真的？」

楚修明也皺著眉頭，並沒有說話，莫非英王世子知道了楚修遠的身世？

趙岐臉色也有些難看，瑞王妃倒是一笑，說道：「誰知道他說的是真是假，為何不說是太子嫡子的消息呢？不過是因為還有人認識太子嫡子，記得當初太子和太子妃的樣貌，如今說是孫子，只要有三、四分像也說得過去了。」

楚修明也笑道：「岳父，您覺得皇上會留下這樣的把柄嗎？」

瑞王想到就連伺候過太子那些人的家人，誠帝一個都沒有放過，更何況太子的後人呢。「說得也是。」不過說完後，又驚訝地看向了楚修明。

瑞王妃給瑞王倒了杯茶，這才說道：「莫不是王爺以為三女婿不知道那些往事嗎？」

瑞王不好意思地點頭，卻真是這麼以為的，楚修明開口道：「當初太子的側妃，也是我堂姑。」

「那你……」瑞王有些猶豫地看向楚修明。

楚修明開口道：「我楚家保的一直是天啟的江山和百姓。」

瑞王有些不知道說什麼好了，楚修明微微垂眸，遮去了眼底的情緒。「當初我父兄明知是去赴死，卻還是依然去了，不過是想讓天下太平，百姓安居樂業，至死都毫無怨言。」

只是那些都是他父兄的想法，楚修明卻從來不這麼想。

提到楚修明父親的死，瑞王心中有些尷尬，畢竟那時候楚修明父親的死是有些蹊蹺的，其中有誠帝的手筆，瑞王知道得不多，還是難掩羞愧地說道：「是我沈家對不起楚氏一族。」和楚家的大義相比，誠帝的心思太過下作了，就算他們是親兄弟，瑞王也不是很喜歡這個親哥哥，小時候他更喜歡去東宮玩耍，他還記得太子妃會給他們幾個小的準備金絲卷和玫瑰糖。

那時候先帝身體不好，已經很少管他們這些年幼的皇子了，能見到的也只是太子，他們都是太子親手教出來的。太子那時候已經監國了，可是就算再忙碌，也會每日來書房教他們功課。

這也是為什麼誠帝登基後，所有的兄弟就剩下他一人，瑞王還記得那時候他五哥、六哥帶著親衛，衝進東宮，想要救出太子妃和姪子，最終卻被亂箭射死，那一夜的大火從東宮燃起……

好像一夜之間什麼都變了，瑞王那時候意氣風發，去見母后，母后讓他在內室，卻不想瑞王偷偷去聽了誠帝和母后的話。

瑞王還記得誠帝那時候的神色，猙獰而恐怖，興奮地說著父皇的死、太子的死、太子妃的死，還有那許多兄弟的死。

甚至四皇子因為怒罵誠帝，被誠帝……死無全屍。

好像也是從那一刻起，瑞王明白了，誠帝也只是誠帝了，所以小時候還被太子稱讚過聰慧的瑞王，越來越平庸糊塗，越來越荒唐。若不是小時候底子好，恐怕瑞王真的被養成了草菅人命的性子，而不是現在這般，不過是紈袴一些。

可能是因為離開了京城，也可能是因為英王世子提到了太子後人，瑞王不禁想起來那些往事。

他再一次見到父皇和太子的時候，只剩下已經收拾過的冰冷屍體，先帝和太子都是被誠帝毒死的，而剩下的兄弟……

瑞王妃也不會知道，當初是他主動與母后說想要迎娶瑞王妃的，為的是什麼，瑞王也忘記了。

可能是因為那時候太子妃滿臉笑容，柔聲對著他說——「你六哥如今也有心上人了，就等著你再長大一些，嫂子也給你相看個讓你喜歡的……」

楚修明他們看著不言不語的瑞王，對視了一眼，趙岐開口道：「那麼現在要做什麼？」

「回楚原。」瑞王妃開口道。「就算有太子後人出現，該為難的也是誠帝。」

「若是真有太子後人……」瑞王頓了頓才接著說道：「只希望不要是被英王世子養大。」那樣就算是太子後人，也廢了。

瑞王沒有再說什麼，眾人見此也沒有再問，不過楚修明卻看出了瑞王眼中的懷念，心中不禁嘆了口氣。瑞王雖然耳根子軟也糊塗，卻也比如今的誠帝好許多，當初就算是瑞王登基，也不會如現在這樣，弄得天啟這般內憂外患。

等晚上休息的時候，瑞王才低聲和瑞王妃說道：「其實太子是一個很好的人。」

瑞王妃柔聲說道：「王爺怎麼忽然想起這些了？」

瑞王嘆了口氣。「我那幾個兄長人也很好，只是可惜了，這就是所謂的運道嗎？天要亡我天啟嗎？」

瑞王妃聽到瑞王的話，心中狠狠一顫，抿了抿唇，這才讓聲音不會發抖，安慰道：「王爺莫要如此悲觀，再說還有王爺在呢。」

「本王？」瑞王開口道：「不行的，王妃妳說那個太子後人到底是真是假？」

「妾也不知道。」瑞王妃的聲音輕柔。

瑞王又嘆了口氣。

邊城中，當知道英王世子身體不好的消息時，眾人看著沈錦的眼神就有些微妙了，要是猜對一件、兩件事還能說是湊巧，可是如今不管沈錦說誠帝還是英王世子的事情，幾乎都是對的。

沈錦喝著暖暖的紅糖薑水，莫名其妙地看著眾人這樣盯著自己，趙嬤嬤直接說道：「夫人把誠帝和英王世子的心思掐得很準，他們不過是驚訝和崇拜罷了。」

趙管事也說道：「夫人到底是如何猜出的？可是有什麼規律？」

沈錦想了一下，也想起了確確實實她好像都說對了。「我就是隨便說的啊。」想了許久，她也想不出自己到底是怎麼猜出來的，好像就是這樣猜的。

王總管忽然說道：「當初夫人說英王世子身體不好……」

趙端開口道：「要不要從這方面打探下？」

沈錦愣了愣說道：「我只是隨口說的。」

趙管事笑道：「說不得夫人與他們心有靈犀呢？」

這話一落，就見沈錦瞪圓了眼睛，驚恐地看著說話的趙管事。「那樣就太恐怖了！」她一點也不想要這樣好不好！

趙嬤嬤狠狠瞪了趙管事一眼，才安撫道：「夫人莫要聽他們胡言亂語，這是因為夫人聰慧過人的緣故，他們猜不到不過是因為資質愚鈍。」

資質愚鈍的王總管和趙端對視了一眼，有些哭笑不得。

趙管事苦笑了一下，說道：「是在下胡言亂語了。」

「沒關係的，人有失手馬有失蹄。」沈錦反而安慰道。「其實我想了想，可能因為我們是親戚。」

眾人一時沒有反應過來，沈錦解釋道：「你們不是問我怎麼猜到的嗎？我覺得可能是因為我和誠帝、英王世子是親戚的緣故，所以想法比較一樣？」

有點無法反駁的感覺。

沈錦接著說道：「其實如果是我，當初就不會承認英王世子的身分，只說他是冒充的就好了。」

王總管皺了皺眉頭說道：「這樣一來，就算大臣們都知道英王世子的身分，可是普通百姓不知道。」

趙端也覺得，沈錦這個辦法雖說粗糙，卻是直接把英王世子接下來的打算都給堵死了，而誠帝這般和英王世子對罵，等於是承認了英王世子的身分，反而於自己不利。

「可是英王世子為什麼還沒動兵？」沈錦有些疑惑地問道。

這件事王總管他們也討論過了，聞言說道：「怕是在等什麼。」

「而且英王世子說知道太子嫡孫消息這件事……到底是真是假？」趙管事擔心的是這點。

趙端皺眉說道：「會不會想要嫁禍將軍？」

「其實那不算嫁禍吧。」沈錦有些猶豫地說道，因為確確實實有太子嫡孫在他們這邊，若是這次他們否認，再公布楚修遠的身分，怕是會讓人覺得不夠誠信。

確實不算嫁禍，可是他們都敢確定，英王世子不可能知道，因為就連趙端他們也是到了邊城後，才猜到那位的身分，當初他們只知道有太子後人，卻沒人知道那個後人到底是誰。

王總管眼睛瞇了下說道：「先下手為強。」

趙端開口道：「我倒覺得英王世子會把那個所謂的太子嫡孫帶在身邊，這才是正統，打著這個名義，一些大臣都會猶豫的。」

「是啊。」趙管事也說道。「就怕到時候他的那個太子嫡孫出來後，後面再出來的反而會吃虧。」

王總管點頭說道：「除非有鐵證。」他們手上一點證據都沒有，畢竟那時候為了讓誠帝相信太子所有子嗣都沒能逃出去，代表皇室身分的玉牌一類的，並沒有帶出來。

沈錦忽然想到楚修明還在這個時候進京，莫非在知道英王世子的事情後就想到了這些？

咬了咬唇說道：「不行的話，到時候就仿造一個。」

這話一出，眾人都愣住了，紛紛看向沈錦，就聽見沈錦說道：「真真假假反正也沒人分得清，再加上夫君的身分，說英王世子保了太子後人讓人覺得可信，還是楚家一家犧牲性命才保護了太子後人可信？」

這麼一說，王總管也開口道：「如此也可以解釋為什麼誠帝會對楚家這般忌諱。」

趙管事也點頭。「不僅如此，還有當初太子側妃可正是楚氏的族人，有些事情也是真的。」

趙端眼睛瞇了一下。「我那妹夫也快到楚原了，到時候把他的玉牌借來用用，找能工巧匠，我就不信不能以假亂真。」

趙嬤嬤道：「老奴那兒倒是還有幾件太子妃的遺物。」這些都可以當作太子後人的證明。

等事情商量完，眾人也就都離開，到別處辦公了。沈錦帶著趙嬤嬤往正院走去，她把安平和安寧都留在東東的身邊，只帶著趙嬤嬤。

「嬤嬤，修遠長得像太子嗎？」沈錦有些好奇地問道。

趙嬤嬤想了想說道：「不像，其實二將軍更像是楚家人。」也就是長得比較像母親，楚修遠的父親是太子妃所出的次子。

沈錦點了點頭說道：「這樣也安全。」

趙嬤嬤點了點頭，沈錦問道：「太子妃是個怎麼樣的人呢？」

「太子妃啊……」趙嬤嬤沈默了一下才說道：「其實太子妃人很好，就像是瑞王妃和夫人加在一起。」

沈錦聞言嘆了口氣。「真可惜了。」

趙嬤嬤應了一聲。「太子妃其實很喜歡笑。」

「太子妃一定又漂亮又聰慧。」沈錦感嘆道，有她的美貌和瑞王妃的聰慧，這樣的女子還真是難得。

第五十三章

沈錦回去的時候，就見東東正在和小不點玩，東東在墊得厚厚的毯子上練習翻身，等沒力氣翻不動的時候，就見一直懶洋洋趴在旁邊的小不點伸出大爪子扒拉一下，幫東東一爪子。東東坐著的時候，就整個狗身子頂在他的身後，讓東東可以靠著牠。

見到沈錦，東東拍著小手咿呀咿呀叫個不停，而小不點也嗷嗚了一聲。

其實一開始奶娘根本不願意沈錦不在的時候讓小不點靠近東東，就怕小不點不知道輕重傷了東東，還是沈錦觀察了一段時日，就直接下令不許奶娘阻止小不點和東東玩耍。因為小不點被馴養得極好，除了安寧、安平等人，根本不讓別人靠近小不點，就連奶娘靠近小不點，牠都要渾身戒備盯著。

不僅如此，東東現在沒個輕重，那次生生拽掉了小不點的毛，小不點只是疼得夾著尾巴，卻根本沒有別人擔心的那樣去掙扎或者去咬東東，反而用大腦袋蹭了蹭東東。

「小壞蛋又欺負小不點。」沈錦把東東抱到懷裡，然後笑著親了親他的臉。

聽見自己的名字，小不點就仰頭嗷嗚地叫了一聲。

沈錦伸手摸了摸小不點的大頭，笑著說道：「小不點真乖。」

趙端並沒有寫信，反而直接找來一個趙氏子弟，準備了一些邊城的特產讓他送回本家，不僅如此，還給父親趙儒帶了話，只提了瑞王的身分玉牌，想來趙儒會明白他的意思。

永樂侯世子和沈琦並沒有隨瑞王離開，而是選擇留在京中，但是派了奶娘和霜巧帶著兩人的女兒跟著瑞王一家走了。

如今更多時候，是由陳側妃照顧這兩個孩子，其實並不需要陳側妃多辛苦，畢竟這兩個孩子身邊不僅有奶娘，還有丫鬟和婆子照顧，這些人能在這時候都被帶出來，自然都是心腹，更不敢有絲毫疏忽。

陳側妃倒不覺得累，每日都帶著孩子坐在馬車裡，陳側妃和兩個孩子的馬車甚至比瑞王和瑞王妃的還舒服。

不過陳側妃心中多少有些擔心，因為楚修明竟然和他們在一起，那麼自己女兒怎麼辦？邊城安全嗎？

不管是瑞王妃還是楚修明都是細心的人，雖然楚修明沒有親口對陳側妃解釋，可也託了瑞王妃安撫陳側妃，真要算起來，還真是邊城更加安全。

趙儒對瑞王的態度倒還算溫和，他並不詢問瑞王的學識一類的，反而與瑞王談天說地，因為瑞王喜歡古董玩物的關係，也與瑞王說了不少這些事情，瑞王鬆了一口氣，心情鬆快許多。

可是英王世子像是與瑞王天生犯沖一樣，還沒等瑞王高興兩天，英王世子竟然直接點了瑞王的名字，甚至直接質問，誠帝至今沒有立太子，是不是要立瑞王為皇太弟。

英王世子可能覺得自己問得還不夠誅心，又緊接著質問，瑞王這次舉家離京，莫不是誠帝準備重新做起永嘉三十七年的事情，所以瑞王提前逃跑了？

永嘉三十七年到底發生了什麼事情，不僅在外當官的人心中隱隱有了猜測，就連很多百姓都開始疑惑起永嘉三十七年的事情，雖然已經過了二十六、七年，可是因為永嘉三十七年的事情實在太大了，不僅是蠻夷的威脅，還有英王兵臨京城、宮中的大火、先帝的喪鐘、太子的和眾多皇子的喪事、誠帝登基……

比外地人更加瞭解情況的是京城中的百姓，一時間雖然沒有人敢多說什麼，可是氣氛已經有些不對勁了。

這樣一來瑞王就被推到了人前，除了那次地動外，瑞王這算是第二次這般被眾人皆知了，可惜都不是什麼好事。

在眾人都以為英王世子會繼續說著太子嫡孫這件事時，誰知道英王世子竟然開始揪著瑞王說了起來。不僅是瑞王妃，就連楚修明都被英王世子給弄得有些不明白了。

瑞王整個人臉色都蒼白了，看著趙儒追問道：「岳父，我該怎麼辦？」

趙儒看著瑞王開口說道：「如果你現在回京，性命絕對沒有問題的。」

不過也只是會好好活著，恐怕再多就不好說了，畢竟英王世子提了一句皇太弟的事情，就算瑞王沒有這個想法，誠帝會相信嗎？

趙儒看著瑞王，他當然不希望瑞王回去，畢竟瑞王回去，女兒也必須回去，京城那個情況，瑞王回去面對的恐怕將是失去自由。

而此時太后宮中，誠帝狠狠掀翻了桌子，怒道：「都是妳，現在出事了吧！把他給我叫回來！馬上寫信給我這個好弟弟叫回來，皇弟……」

太后看著兒子，手指緊緊撚著佛珠。「你知道，你弟弟不會如此想的。」

誠帝眼神陰鷙地看著太后，冷聲說道：「我知道！我現在只知道是妳勸我讓他們一家走的！妳真是我的好母親！」

趙儒看著瑞王，接著說：「當然了，你自然可以不回去，比如說以受傷或者被刺殺一類的理由。」

瑞王剛是一喜，可是臉色很快就變了，看著一臉嚴肅的趙儒，說道：「如果沒有英王世子開始說的那個皇弟，這樣自然可以，可是如今，誠帝只會以為是我故意推脫。」

瑞王妃和楚修明也過來了，瑞王妃看了瑞王一眼，就坐在他的身邊，說道：「王爺可有決定了？」

楚修明也開口道：「岳父，您若願意，我護送您和岳母到邊城，就算到時候誠帝下了聖旨讓岳父回去，我也能保住你們的。」

瑞王眼睛亮了一下，卻又黯淡下來。「如今情況，按照誠帝的性子……除非我死或者就被他看管起來，除此之外，怕是都要牽累我母后。」

楚修明沒有說話，因為瑞王說的沒錯，誠帝那個性子，如果遇到了波折，從來不會反身自省，只會遷怒別人，那麼幫瑞王說話，讓他們離京的太后自然首當其衝。

瑞王看了眼瑞王妃說道：「我回去。三女婿，你護送王妃他們回邊城。」

這話一出，趙儒看瑞王的眼神都帶著幾許驚訝，誰也沒想到瑞王竟然會作出這般選擇。楚修明皺眉看著瑞王說道：「岳父……這般回去，怕是就再難出來了。」

「我知道。」瑞王開口道。「無所謂，反正我也不愛出門。」

瑞王妃倒是笑道：「我與王爺一起回京，讓陳側妃帶著兩個孩子去邊城，有三女婿、錦丫頭和熙兒照顧，我也放心的。」

瑞王一臉感動地看著瑞王妃說道：「王妃，京城危險，妳還是和三女婿他們走吧。」

「妾說過會永遠陪著王爺的。」

趙儒緩緩嘆了口氣，他是知道自己這個女兒的，既然已經下了決定，就不會再反悔，所以只是看著瑞王說道：「女婿啊，我就這麼一個女兒，養得驕縱了些，到京城後，你多護著點。」

「岳父您放心。」瑞王心中感動，甚至眼睛都紅了，說道：「她是我的妻，我一定會護好她的。」

趙儒笑了笑，看向瑞王妃說道：「既然妳選擇了，我也不多說什麼，只是妳要記得，妳還有兒子在等妳，還有妳的老父老母在等妳，知道嗎？」趙儒是知道六皇子的事情，而六皇子是被誠帝給害死的，若是哪天他得知女兒真捅死了誠帝，趙儒覺得自己都不會太過驚訝，他更知道女兒是屬於不鳴則已的人，忍得越久，心中的仇恨就越深。

趙儒忽然想到，如果有一日，楚修明護著太子嫡孫攻入京城，說不得城門就是女兒安排人給打開的，這麼一想，他忽然覺得這次女兒陪著瑞王回去，對誠帝來說還真是禍不是福。

瑞王妃可不知道趙儒心中所想，她只是笑了一下，說道：「那就叫陳側妃過來吧，我交代她一些事情。既然王爺決定回京，我們就宜早不宜遲，如果等誠帝的聖旨下來，意思就不一樣了。」

楚修明見瑞王和瑞王妃都決定了，也不再多勸，反正他把陳側妃帶回去後就夠了。不過楚修明想到趙家子弟帶回來的消息，說道：「岳父，我想借您的玉牌用一段時間。」

瑞王一臉疑惑地看著楚修明，楚修明開口道：「有些用處。」

瑞王妃也知道這件事情，心中贊同，卻不想楚修明會這般直接開口，不過轉念一想也明白了。畢竟是玉牌，如果瑞王發現丟了，那麼回京上報後，反而會讓誠帝戒備，甚至猜到他們的目的，而如果是瑞王主動給的就不同了。

玉牌對皇室中人來說很重要，在平常的時候，用身分牌就可以，玉牌只有在正式或者很重要的場合使用，這樣的場合也極少。

瑞王妃看了眼瑞王說道：「王爺，三女婿一直都是穩重的孩子，想來是有自己的用途的。」

不同輩分的玉牌也是不相同，太子一脈的玉牌更是與普通皇室的不同，瑞王的自然和太子他們的不同，但是相比起來已經是最接近的，糊弄人是足夠了。

瑞王猶豫了一下，才點頭說道：「好。」

楚修明開口道：「謝謝岳父了。」

趙儒此時也說道：「你回去後，除了進宮見太后外，就留在瑞王府中不要出去，知道嗎？」

「知道了。」瑞王恭聲說道。

趙儒說道：「你們在這裡等我一下。」說著就起身往內室走去。

楚修明看著瑞王說道：「岳父，如果有什麼不好辦的事情，您就讓人去京中客仙居點一份他們招牌的玉筍羊羔肉，並且用珍珠付帳。」

瑞王驚訝地看向楚修明，楚修明只是沈聲說道：「若是有什麼不好，那麼客仙居的人也會主動送密製臘肉到您府上。」

如果說剛剛瑞王還因為楚修明要玉牌的事情，心中有些猶豫的話，此時已經徹底心甘情願了。他就算再不知事也明白，楚修明他們要在京城安下這般探子，也極其不容易，特別是客仙居數十年來名聲不錯，如果楚修明不說，任誰也不會想到，客仙居竟然是楚修明的。

「我知道了，三女婿你放心。」瑞王開口說道。

楚修明搖了搖頭，沒有再說什麼。陳側妃已經過來了，楚修明在陳側妃進來的時候，主動站起來，等陳側妃落坐後，才再次坐下。

瑞王妃看著陳側妃說道：「我與王爺決定回京，妳帶著兩個孩子跟著修明回邊城。」

陳側妃聞言面色變了變，並沒多說什麼，只是嚴肅地開口道：「王爺、王妃你們放心，我絕對會照顧好孩子的。」

瑞王妃接著說道：「讓人把五丫頭和皓哥兒叫過來。」

「是。」

楚修明開口道：「岳父、岳母，那我先告辭了。」

瑞王聞言說道：「晚上我就把玉牌送去給你。」

楚修明點了點頭。

等人都走了，瑞王妃才看著瑞王說道：「王爺也給小四取個名字吧。」

瑞王想了一下說道：「單名一個晴字吧。」

「遠芳侵古道，晴翠接荒城。」瑞王妃的聲音帶著一絲悵然，此時還真有幾分貼切。

「好名字。」

瑞王愣了愣，其實他想的不過是雨過天晴罷了，不過此時聽見瑞王妃的話，也覺得如此解釋更好一些。

沈蓉和沈皓是一起過來的，自從離京後，這對姊弟幾乎不再分開，他們根本不知道發生了什麼事情，甚至連楚修明來的事情都不知道，到了楚原後，更是幾乎足不出院。

兩人給瑞王和瑞王妃請安後，就站在一旁，瑞王妃柔聲說道：「坐下吧。」

「是。」兩人這才坐下來，沈皓偷偷看了看瑞王，瑞王見到沈皓的樣子，面色緩和了許多，說道：「我與你們母妃準備回京，你們跟在陳側妃的身邊繼續前行，記得要聽話知道嗎？」

沈蓉一聽，趕緊說道：「父王，女兒想留在父王身邊伺候。」

其實如果有選擇的話，沈蓉根本不願意離京，如今讓他們跟在陳側妃的身邊，想到當初許側妃對陳側妃的欺負，還有她們姊妹欺負沈錦的情況，沈蓉如何願意。

「我不要。」沈皓叫道。「我要和父王回京城。」

瑞王妃其實早就料到了，她也不想讓沈蓉去邊城，給自己兒子添麻煩，聞言說道：「就算是京城有危險嗎？」

「女兒要留在父王身邊伺候。」沈蓉咬緊這句話。

瑞王妃說道：「也好，不過只能帶你們姊弟兩個其中一人回京，畢竟因為一些事情，我們要趕路，兩個孩子難免照顧不過來。」

沈皓眼巴巴看著沈蓉，沈蓉也看了沈皓一眼，咬牙說道：「讓弟弟跟著陳側妃走，弟弟是男孩子，自當多出去看看。」

這話一出，沈蓉自以為得體，可是就連瑞王都看出了沈蓉的真實意圖，不過是覺得邊城危險，只想留在京城享福，更別提瑞王妃了，沈蓉雖然有些心機，可是到底年紀尚小，臉上難免帶出幾分來。

「既然妳想跟著走，就跟著走。」瑞王面色一沈說道。

沈皓不敢相信自己的姊姊。「姊姊，妳也不要我了嗎？」

沈蓉說道：「我是為了你好，你年紀小，趕路的話身子撐不住。」

「我不怕，父王，讓我和你們一起回去吧。」沈皓祈求地看著瑞王。

瑞王說道：「你們出去吧，就這樣定下來了。」

瑞王妃柔聲說道：「皓哥兒你放心，陳側妃一定會好好照顧你的。」

沈皓都哭出來了，可是見瑞王的臉色，卻不敢多說什麼。沈蓉見目的達到了，趕緊拉著沈皓出去，反正沈皓年紀小，哄一哄就好了。

等沈皓和沈蓉離開，瑞王才咬牙說道：「既然她想死，就讓她去死好了，小小年紀如此心機，皓哥兒可是她親弟弟，她都敢如此。」

瑞王妃還想再說什麼，就見趙儒已經派人叫他們過去，也就不再說了。趙儒和趙岐都在書房等著他們，等他們進來，趙儒就將一把看起來有些年頭的鑰匙放在瑞王的手上說道：「趙家在京中的那個老宅，在牆角下，有一道暗門，如果真出什麼事情，你們就帶人從那邊走，能到城外一處莊子上。不過記得到了以後馬上往西走，會看見一個廢棄的義莊，進到最裡面有一口枯井，下去後就有個暗室，可以躲藏五十人左右，當初準備的東西想來如今已經不能用了，記得提前安排人準備東西。」

那個密室也正是當初能送走太子次子的關鍵，本是趙家人為自家準備的，可是他們現在已經離京，就不再需要，而恰恰是瑞王和瑞王妃最需要的。

而瑞王已經從最開始的驚訝到後面的佩服，開口道：「我記住了。」

瑞王妃想了一下說道：「請父親幫我們找幾個信得過的人，到時候去義莊那邊安排。」

趙儒聞言點了下頭說道：「也可以。」

瑞王也知道這樣更穩妥一些，說道：「謝謝岳父了。」

趙儒看著瑞王說道：「記得，到時候只能帶最穩妥的，否則在義莊那邊可是沒有別的出路了。」

瑞王咬牙點頭說道：「我省得。」

趙儒看著瑞王妃說道：「妳母親想妳，去瞧瞧她，陪著她多說一些話。」

瑞王妃看了父親一眼，這才起身說道：「好。」

等瑞王妃離開，趙儒才看向瑞王。「我有幾句話，想私下與你說說。」

「岳父請說。」瑞王態度恭順地說道。

趙儒問道：「若是永嘉三十七年的事情再重演，那麼你準備怎麼做？」

瑞王毫不猶豫地說道：「帶著妻兒和侍衛走這條路躲起來。」

趙儒看著瑞王，沈聲問道：「那麼誠帝呢？」

瑞王毫不猶豫地說道：「不能讓他知道這件事。」

趙儒並不意外，神色平靜，忽然問道：「那麼太后呢？」

瑞王整個人都愣住了，有些呆滯地看著趙儒，在知道京城有危險的時候，他真的會自己帶著人跑不管母后嗎？

太后和誠帝並不相同，瑞王不會覺得誠帝死了有多難過，可是太后呢？若不是怕牽累太后，他也不會選擇回京。

趙儒緩緩嘆了口氣說道：「如果帶太后的話，你能保證瞞著誠帝和眾人的耳目嗎？」不能，除非太后就住在瑞王府中，否則絕對不可能瞞得過去，可是太后能離宮嗎？

「你自己好好想想吧。」趙儒開口道。

瑞王點了點頭，面上滿是掙扎。

而此時的邊城，沈錦看著趙嬤嬤，都懷疑自己的耳朵聽錯了，她本趁著日頭好，正抱著東東在外面玩，可是趙嬤嬤忽然說楚修明的表妹來找，總覺得有些不大對啊。「夫君有幾個表妹？」

「如果夫人想問的是那個來投奔，後來差點與將軍有婚約，卻出賣將軍的，那就是這麼一個。」趙嬤嬤開口道。「她說手裡有英王世子寫給將軍的信。」

沈錦皺了皺眉頭，說道：「那就把信要過來，人帶給王總管，她既然能給英王世子送信，想來也知道一些英王世子的情況。」

趙嬤嬤聞言說道：「是。」

沈錦以為趙嬤嬤他們是擔心這般處理了楚修明的表妹會讓楚修明不高興，所以安慰道：「等夫君回來，就說是我的主意好了。」

趙嬤嬤看著沈錦，笑了起來說道：「夫人，其實就算夫人說要見那位表姑娘，等夫人見過，老奴也會把人交給王總管的。」

「我知道了。」沈錦顛了顛東東，如今東東被養得白白胖胖的，胳膊跟藕似的，沈錦抱一會兒胳膊就痠了，交到安寧的手裡，這才看向趙嬤嬤說道：「謝謝嬤嬤了。」

趙嬤嬤開口道：「夫人不覺得老奴多事就好。」

「不會的，我知道妳是為了我好。」沈錦開口道。

「對了，趙管事他們讓夫人放心，英王世子雖然構陷瑞王，逼得瑞王為難，只是將軍如今就在瑞王身邊，定會平安把陳側妃帶回來的。」趙嬤嬤看了看日頭說道：「夫人，也該回去了。」

沈錦點頭說道：「哈，東東也該餓了呢。」

東東聽見自己的名字，就扭著小腦袋看著沈錦，沈錦給他拉了拉帽子，然後說道：「嬤嬤，我先進去了。」

「好。」趙嬤嬤送沈錦等人進去，這才出去安排那位表姑娘的事情。

沈錦其實並不覺得能從那位表妹嘴裡得到什麼消息，如果她真知道多的話，也不會被英王世子派過來，會如此說不過是表明一個態度而已。可是這位表妹莫非有什麼依仗？否則怎麼會在做了那樣的事情後，還敢走這一趟？

想了一會兒沒想明白，沈錦也就先把事情放到一邊，抱著孩子進了內室，東東確實餓了，剛被沈錦抱到懷裡，就往她胸口拱去。

沈錦想到那位表妹有什麼依仗，卻不想她的依仗如此大，等她放出來的時候，不僅是王總管他們，就連沈錦都愣了，看著趙嬤嬤說道：「她說她有誰的遺腹子？」

「是將軍的三哥，楚修曜的。」趙嬤嬤臉色難看。「說是當初發現有孕後，就把孩子生了下來。因為知道將軍不會原諒她，她一時糊塗做了錯事，也覺得無顏，就一直沒有回來，現在那個孩子在英王世子手裡，所以她才來這一趟。」

「可是，她當初差點訂親的不是我夫君嗎？」沈錦有些弄不明白了，有些猶豫地問道，怎麼會有了楚修明三哥的孩子？

趙嬤嬤搖了搖頭，說道：「老奴也不知道是怎麼回事。」

現在這事情難辦了，如今楚修曜已經不在，是真是假誰也不知道，若是真的話，這個孩子可是楚修曜唯一的兒子。

沈錦和趙嬤嬤對視一眼，最重要的是，這個孩子還在英王世子手裡！

沈錦想了一下就點頭，讓趙嬤嬤把趙管事、王總管和那個表妹帶到會客廳。

沈錦到會客廳的時候，就看見一位穿著月白色衣裙的女子坐在靠門口的椅子上，聽見腳步聲就轉過頭。沈錦本以為她二姊沈梓已經算是難得一見的美女，可是和眼前這個女人比起來，她二姊就太過豔俗了。

細細的柳葉眉微微蹙起，帶著幾分清愁和幽怨的味道，唇色有些淡，身姿窈窕，微微側坐著，更是帶著幾分弱不禁風的模樣。那雙眼，更是含情帶媚。

愛美之心人皆有之，沈錦欣賞了一下美女，如果這個美女不是來給他們找麻煩的，沈錦覺得她能多欣賞一會兒。坐在主位上，沈錦開口道：「換衣服挺快的。」

美女眼角抽了一下，沈錦並非無緣無故這樣說，因為這位表妹今日剛到邊城，在路上也奔波了許久，到了以後又被人攔下來，還差點被趙管事他們押進牢裡審問，怎麼可能像現在這般衣裳整潔，就連頭髮都絲毫不亂，鞋面上更是沒有絲毫灰塵。

王總管臉上露出幾許笑容，美女咬了咬唇，有些委屈和無奈地說道：「我要見表哥。」

「喔，他不要見妳。」沈錦開口道。

美女眼睛都紅了，帶著哀怨地看向沈錦。「我不信，是不是妳不讓表哥見我？表哥絕不會這般對我的。」

「嗯，是啊。」沈錦毫不猶豫地承認道：「我不想我的夫君見妳。」

美女目瞪口呆地看著沈錦，她第一次遇到這樣的女人，怎麼能這般不要臉面？

沈錦忽然想到。「對了，這位表妹怎麼稱呼？」

「誰是妳表妹？」女子明明已經氣急敗壞了，可是這般說起話來，也像是嬌嗔一樣。

沈錦無奈地看了女子一眼，就像是在看不懂事的孩子。「趙嬤嬤，她叫什麼？」

「此女姓薛單名一個喬字。」趙嬤嬤恭聲說道。

沈錦點了下頭說道：「薛喬妳說有話說，現在可以說了。」

「我要見表哥。」薛喬看著沈錦要求道。

沈錦端著普洱茶喝了一口，這才說道：「夫君不在，妳有事與我說也一樣。」

薛喬瞪著沈錦道：「妳騙我，妳不過是不想讓表哥見我。」

沈錦也不再管她，而是看向趙管事說道：「英王世子寫了什麼信來？」

「那是給表哥的。」薛喬開口道。

趙管事和沈錦只當沒有聽見她說話，趙管事直接把信件交給沈錦，薛喬剛想起身，就被身後的丫鬟按住肩膀。

沈錦拆開看了看，眉頭皺了起來，然後把信放到趙嬤嬤手上。

趙嬤嬤低頭在沈錦耳邊說了兩句以後，就拿著信件往後院走去。薛喬眼神閃了閃，心中更確定了楚修明是在將軍府的，不過是沈錦不願意讓她去見罷了。

沈錦看完信，問道：「妳想好了嗎？要告訴我了嗎？」

薛喬輕哼一聲，卻不說話，沈錦無奈地看她一眼，說道：「王總管，把她關進……」沈錦想了一下。「我記得將軍府有一個小佛堂？把她關到那裡，除了送飯，誰也不要進去打擾。」

「是。」

薛喬臉色大變，說道：「我要見表哥，你們難道不想知道那個孩子的事情了嗎？」

「不大想。」沈錦很誠實地開口道。「又不是我夫君的。」

「妳是要讓楚修曜斷了香火嗎？」薛喬厲聲質問道。

沈錦平靜地和薛喬對視，說道：「反正這邊也只有楚修曜的衣冠塚，而且在妳來之前，他已經斷了香火很久了。」

薛喬簡直不敢相信，沈錦竟然會說這樣的話，難道她不怕楚修明知道後生氣嗎？莫非是有什麼她不知道的事情？

沈錦看了王總管一眼，王總管去喊了岳文來，然後把沈錦的話重複一遍，沈錦補充道：「給她幾床被褥，畢竟那邊有些陰冷，別凍壞了。」

岳文恭聲說道：「是。」

等人都走了，沈錦這才說道：「趙嬤嬤出來吧。」

沈錦示意趙嬤嬤把信給了趙管事和王總管後，又派人去請趙端來。

這封信上，主要就寫兩件事，一件事要借道閩中，另一件事約楚修明在禹城一見，這兩件事的報酬就是楚修曜的兒子。

除此之外，讓沈錦皺眉的並不是這兩件事，而是信上最後寫著，那個孩子左邊後腰處有一塊半月形的胎記。

「三哥身上也有這樣的胎記？」沈錦問道。

如果不是的話，怎麼可能會特地點出這個，楚修明身上並沒有這個胎記的。左後腰這樣的位置，很隱蔽，若不是親近的人，怕是根本不會知道，而楚修明也沒有和沈錦說過這件事。

趙嬤嬤臉色變了變，說道：「三少爺身上確實有這樣的胎記，當初老爺身上也有，而二少爺和三少爺身上同樣是有的。」

沈錦抿了抿唇，趙管事和王總管也是第一次知道這件事，趙管事問道：「這件事，還有什麼人知道嗎？」

說到底他們都不信，楚修曜的人品，會做出這樣的事情。

趙嬤嬤開口道：「楚家人都知道，我也是從老夫人那邊聽來的，所以如今也不敢確定，是不是薛喬聽說的，還是……」

可是一般情況下，楚修曜的母親怎麼也不可能和一個姑娘說起自己兒子身上隱密處的胎記。

趙管事開口道：「三少爺絕不是這樣的人。」

王總管也點頭說道：「我也覺得不會是三少爺的，如今不過是仗著三少爺已經不在了，她才會如此肆無忌憚。」

沈錦應了一聲，說道：「那孩子怎麼辦？」

這話一出，眾人都沈默了。

「這件事，還是寫信與將軍吧。」王總管開口道。

趙管事點頭，趙嬤嬤更是同意，因為如今還真不好讓沈錦作決定，並非不信任沈錦，而是不管沈錦怎麼選擇，就算是正確的，以後也難免會受到埋怨，若是牽累他們夫妻之間的感情就不好了。

趙端也過來了，王總管把信給趙端看了一下，趙端面色變了變，沈錦說道：「那孩子可能是三哥的。」

「這……」趙端嘆了口氣。

趙管事開口道：「我們準備寫信給將軍，讓他決定。」

「自當如此。」趙端想了想說道：「若那孩子是真的，那讓道也可以。」

眾人都沒有說話，幾個人都移步到議事廳，那裡早有準備紙筆。趙管事用早就約定好的暗號把英王世子的信重新寫了一番後，又把邊城現在的情況寫下來。

趙端問道：「這信你們準備讓誰去送？」

「想著讓沈熙和趙駿走這一趟。」王總管說道。

趙端聞言點頭道：「那好，我去與駿兒交代幾句。」

眾人定下來後，面色都有些沈重。

正是因為這個孩子，不管這個孩子是真是假，他們打算怎麼做，而是主動權掌握在英王世子的手上，如果他放出消息，想來誠帝肯定會懷疑，那麼誠帝會做什麼？

趙管事和王總管看向沈錦，就見沈錦也眉頭緊皺，兩人心中也有數，按照誠帝的性子，是寧可錯殺的，特別是他本就不信任楚修明。

想想瑞王的事情，莫非英王世子從瑞王那件事上得到啟發？照這樣下去，恐怕還沒等英王世子帶兵打進京城，誠帝就會因為英王世子的陰謀和疑心，弄得一團亂了。

誠帝若知道英王世子手中有楚修曜唯一留下的血脈，他會做的就是開始對付楚修明，甚至會覺得比起英王世子，楚修明更加危險一些。

而且現在的情況，他們竟是進退維谷了，英王世子這兩次出招雖然噁心人，可是很有用。「其實如果是真的話，答應了英王世子也不錯。」沈錦開口道。

因為不管真假，不管楚修明如何決定，誠帝都會開始懷疑。

議事廳的眾人，如今都像是吃了隻蒼蠅一般，說不清更希望那個孩子到底是真還是假的了。

沈錦說道：「等夫君的消息吧，英王世子那邊想來也不可能覺得一封信夫君就會相信吧？」

趙管事幾個人點點頭，不再說什麼，其實他們不是沒有辦法，如今不過是投鼠忌器罷了。

第五十四章

沈錦和趙嬤嬤到後院的時候，問道：「三哥是什麼樣的人？」

趙嬤嬤也料到沈錦會問，開口說道：「和將軍截然不同的人，將軍更像老夫人，而三少爺更像太老爺。」

沈錦有些疑惑地看向趙嬤嬤，趙嬤嬤說道：「按照老爺當初說的，將軍如果是儒將的話，那麼三少爺就是一員虎將。」

趙嬤嬤解釋道：「勇猛有餘卻智謀不足。」

沈錦明白了，說到底楚修曜就是適合衝鋒，而楚修明適合坐鎮指揮，所以趙嬤嬤他們雖然信任楚修曜的人品，可是卻有點不相信他的……若是楚修曜真的被人算計了，也是有可能的。

「那他是怎麼死的呢？」沈錦問道。

趙嬤嬤沈默了一下才說道：「是代替將軍的。」

沈錦聽著趙嬤嬤說了起來，原來那一次應該是楚修明去的，當時楚家就剩下他們兄弟兩個，如果楚修明去的話，還有一分生機，而楚修曜去的話，連那一分都沒有。只是楚修曜一輩子就算計了楚修明一次，弄暈了楚修明，代替楚修明出戰，結果就是死在戰場上，屍骨無存了。

那一日楚修曜是大笑著帶士兵走的，根本不像是去赴死，更像是惡作劇成功後的得意。

「那他與夫君長得像嗎？」沈錦問道。

趙嬤嬤聞言，點頭說道：「很像，又因為年齡相仿，特別是年幼時，他們站在一起不說話的時候，很多人都分辨不出來。倒是長大以後兩個人的氣質越來越不同，很少被認錯了。」

沈錦動了動唇說道：「會不會有一個可能，當初薛喬想要算計的人是夫君？只是三哥不知道自己被算計了？」

趙嬤嬤聞言皺了皺眉頭，思索了一下說道：「若是天黑的時候，也有可能分辨不出的，可是為什麼？那時候雖然沒有明確定下來，老夫人生前確實提過讓將軍娶薛喬的，不過因為發現了一些事情，這才沒有定下。」

沈錦皺了皺眉頭，沒有說什麼，趙嬤嬤道：「夫人，當初將軍與薛喬並不親近。」

「其實我不在意這些。」沈錦實話實說。「畢竟現在夫君是我的，以後也是我的，以前的事情，都已經過去了。我就是想不通，薛喬到底為何如此，還出賣了夫君他們。對了，薛喬失蹤是在三哥出事之前還是之後？」

「是之後。」趙嬤嬤沈聲說道：「正是因為薛喬，那次的事情才這般凶險，從而害死了三少爺。」

沈錦想了一會兒也沒明白，說道：「只能等夫君回來了。」

趙嬤嬤應了一聲，沈錦提醒道：「讓人看著點。」

「老奴明白。」

「遠弟也快回來了吧？」沈錦算了算日子說道。

趙嬤嬤想了想，點頭道：「若是一切順利，下個月初就該回來了。」

沈錦應了一聲，想了許久才說道：「我覺得三哥一定是個疼弟弟的好哥哥。」

趙嬤嬤不知道沈錦為何會忽然提起這件事，沈錦往東東的房間走去。「如果那個孩子真是三哥的，那麼他一定也是疼弟弟的好哥哥。」

不知為何聽到這句話的時候，趙嬤嬤的眼睛紅了，雖然她是太子妃身邊的人，可是在楚家這麼多年，她如何能不對楚修明忠心？

而被沈錦心心念念的楚修明，此時正護送陳側妃等人回邊城的路上。瑞王和瑞王妃早幾日就已經回京了，因為瑞王這次出來沒打算回去，瑞王府中那些古董字畫金銀珠寶一類的東西，都全被帶出來，不過他這次回京卻是輕裝簡從的，把那些東西都留了下來，只說其中六成分給兩個嫡子，剩下四成沈錦和那兩個庶子各一成，最後一成留給了外孫女。

除了沈錦外，那三個孩子成年前，所有東西都交給陳側妃代保管，還留給陳側妃不少銀子當作養孩子的花用。

雖然瑞王沒有明說，可確確實實是在分家產。在離開前還特地去找了趙儒和趙岐，讓趙岐保證如果以後瑞王妃回娘家了要好好善待她之類的，弄得聽到的人又是心酸又覺得有些哭笑不得。

陳側妃雖然知道帶著三個孩子會辛苦一些，可是想到馬上就能和女兒一起生活，心情難免高興了許多。沈皓沈默地坐在馬車裡面，而沈晴和被沈琦取名叫寶珠的孩子，正躺在一起玩。陳側妃看向沈皓，柔聲問道：「皓哥兒，你可要用些東西？」

自從瑞王和瑞王妃離開後，皓哥兒就不好好吃飯，中午的時候他們就在野外用乾糧，而皓哥兒只吃了一點點就不再用。

沈皓搖了搖頭，沈默了許多，他覺得被所有人拋棄了，先是母親，後來是父王和姊姊。

沈錦還沒等回楚修明，先等回了楚修遠，短短一段時日，楚修遠看著精瘦了許多，不僅如此，渾身帶著煞氣的感覺，只是在見到沈錦後，楚修遠就露出笑容說道：「嫂子。」

沈錦打量一下楚修遠，笑著說道：「我讓趙嬤嬤做了鍋底，廚房也片了牛肉和羊肉，一會兒你多用一些，瞧著瘦了許多。」

東東坐在沈錦的懷裡，有些好奇地看著楚修遠，顯然已經不認識楚修遠了，楚修遠笑看著東東的樣子，開口道：「好。」

沈錦笑道：「小傢伙都不認識你了，快去抱著親熱親熱。」

說著就讓趙嬤嬤把東東抱起來送到楚修遠那邊，東東瞪圓了眼睛，看了看還坐在一旁的沈錦，倒是老老實實地被楚修遠抱著。

楚修遠到底幾個月沒有抱過孩子，難免有些生疏，抱得東東有些不舒服地叫了兩聲，楚修遠趕緊調整了一下，讓東東坐在他腿上，單手抱著東東，又從衣服裡掏出一條鏈子給東東戴上。

「咿呀？」東東伸手抓，然後興奮地叫了起來。

看見東東喜歡的樣子，楚修遠的神色柔和了許多，沈錦看著沒多說什麼，只是問道：「這次可遇到了什麼危險？」

「並沒什麼危險。」楚修遠笑著說道。「不過是布防而已。」

沈錦聞言就沒有再多問。「我讓人用你的名義給軍營那邊送了一些烤全羊和數十罈的燒刀子。」

楚修遠雙手扶著東東，讓東東可以安穩地站在他身上，高興地踩來踩去。「謝嫂子。」

東東已經開始吃一些副食，可是火鍋肉這一類卻還不能吃，所以沈錦就讓趙嬤嬤把他抱下去餵飯了。

等楚修遠用完飯，兩個人就去議事廳，把趙管事、王總管和趙端給叫過來，趙端第一次看見楚修遠，他是知道楚修遠的身分，神色難免有些激動，直接要行叩禮。

沒等趙端跪下去，楚修遠就快一步扶住他的胳膊，讓他沒辦法跪下去，正色說道：「舅舅何須如此？若是沒有趙氏一族的鼎力相助，也沒有修遠的今日。」

趙端眼睛都紅了，趙氏一族從沒有後悔過，可是在聽到楚修遠的話時，趙端心中也多了幾分感慨，他們當初沒有白白犧牲。

楚修遠也紅了眼睛，繼續說道：「我父親生前就與我說過，我們父子能活下來，是因為更多人為我們付出了生命、名聲與前程，我們父子都記得，更不會忘記。」

沈錦看著楚修遠，從他身上好像看到了一些不同的東西，似乎這一刻的楚修遠不再是楚修明那個還有些青澀的弟弟，像是已經變成太子嫡孫，一個被很多人寄予希望，背負著許許多多期許的人。趙端覺得這麼長久的等待，並沒有白費，楚家把他教得很好，知事明理有擔當。「有殿下，真乃天啟之幸事。」

楚修遠開口道：「天啟有諸位也是我天啟的幸運，更是祖宗的保佑。」

「以後見面的機會還很多。」沈錦已經喝完一碗茶。「你們都先坐下，把這段時間的事情先與修遠說說，晚上修遠還要去軍營，等明日你們再一起好好商討一番。」

楚修遠聞言一笑，說道：「嫂子說得是，先坐下吧，以後共事的機會還有許多，到時候我們慢慢說。」

趙端也意識到自己的失態，說道：「殿下說得是。」

楚修遠坐下來後，趙端他們才分別坐下，楚修遠說道：「舅舅叫我修遠就是了。」

「於禮不合。」趙端說道。

趙管事笑道：「現在殿下的身分還不宜說透，不如與我們一般叫殿下為二將軍？」

趙端這才說道：「如此也好。」

王總管將這段時間的事情與楚修遠說了一遍，當說到薛喬的事情時，就見一直沈默聽著的楚修遠忍不住問道：「可是真的？」

「不知道，怕是要等夫君回來，才能辨認。」

「應該是真的。」楚修遠沈吟道。「若是沒有這些憑據，英王世子也不會如此。」

其實這點眾人也想過，楚修遠接著問道：「你們準備如何？」

「若是真的，自然是要想辦法把人接回來。」沈錦開口道。

楚修遠看向趙管事問道：「那些人可有說什麼？」

「他們並不知道什麼。」能問的他們都問了，可是英王世子派來的這些人還真是什麼都不知道。

「每隔三日都會有人去問她一句，可是至今沒有開口。」

楚修遠開口道：「那薛喬呢？」

楚修遠沈默了一會兒，說道：「嫂子，妳說若那孩子是真的，兄長會同意嗎？」

這話一出，沈錦沒有開口，倒是趙管事和王總管沈默了，楚修明會同意嗎？他們也不知道，怕更多的可能是拒絕。

沈錦開口道：「如果可能的話，夫君自然會想把那個孩子換回來，並不僅是因為那孩子是三哥的。」可英王世子那樣的人，誰也不敢保證他到底會不會按照約定行事，若是讓道以後，讓他嘗到甜頭，會不會直接扣住孩子，以後好要求更多？

眾人都沈默了，楚修遠抿了抿唇說道：「那個孩子如果是真的話，一定要保住。」為了他，楚家已經犧牲很多，現在這樣的情況，楚修遠不想再看見楚家人犧牲，更何況還是一個孩子。

幾個人都默契地不再說這件事，反而談起了別的事情，沈錦看著楚修遠說道：「既然你回來了，以後邊城的事情就交給你了。」

楚修遠有些疑惑地看著沈錦，沈錦開口道：「沒事的話，我就不來議事廳了，你們有事情就找修遠。」
「嫂子，還是妳來吧。」
沈錦笑道：「我要照顧東東，有事再來找我就好了。」
因為沈錦的這個決定，趙端高看了她許多，當機立斷毫不戀權，也怪不得他看出楚修遠是真心敬重沈錦這個嫂子的。
「好了，不要說了。」沈錦見楚修遠還要推辭，就開口道：「就這樣定下了。」
楚修遠見沈錦是真的不願意，也就不再推辭，應了下來。
沈錦只覺得心中鬆快許多，她因為這些事情累得要命，還特地讓趙嬤嬤弄了不少核桃仁來補腦。
等事情安排好，沈錦就心滿意足地離開，弄得還留在議事廳的幾個人都有些哭笑不得。
天氣漸漸冷起來，自從不用去議事廳後，沈錦覺得渾身都輕鬆了，早早開始選皮子，然後和府中繡娘商量起衣服的樣式。
「夫人還真是……」
不僅給楚修明、楚修遠、東東和沈熙他們做了，就連趙端、王總管、趙管事等人都有。
除了他們的，沈錦還選了不少東西讓人送到邊城其他將領的家中，不僅如此，還出私房買了不少的布料棉花，給邊城的所有軍士都做了新衣新鞋。
薛喬到底沒有扛得住，被關了近二十日後，什麼都說了，此時被帶出來的薛喬，再沒有開始的那種嬌豔。在那個冷森森的佛堂，雖然不缺吃喝，可是除了隔三日會有人來問一句外，根本沒有人再與她說話。

而且她也見不到人，每天的飯菜都是由小窗戶送進來的，過半個時辰後，如果她把那些東西放到小窗戶口，自然會有人來收走，可是她沒有放過去，那個人也不會說什麼。

薛喬在後來幾日，每天都要去敲門求守門的人與她說幾句話，可是沒有人搭理她。

薛喬被帶出來看見許多人的那一刻，整個人的表情都扭曲了，眼神有些呆滯。這次沈錦倒是在場，看著薛喬的樣子，讓人給她端了溫水和糕點，然後問道：「妳準備告訴我們了嗎？」

「我……」當聽見沈錦聲音的那一刻，薛喬心中又恨又怕，當初就是這個她以為軟弱可欺的女人，很淡然地說讓人把她帶進佛堂。「我說。」

沈錦看向了王總管，楚修遠倒是有些好奇，他是知道的，自家嫂子並沒有絲毫虧待薛喬。

王總管開口道：「妳當初是怎麼把消息送出去的？」

薛喬現在巴不得有人與她說話，不管說什麼都好，聽到王總管的話，開口說道：「當初，我就是被英王世子送到邊城的。」

這話一出，幾個人皺了皺眉頭。

趙管事沈聲問道：「怎麼回事？」

「當初就是英王世子救了我。」薛喬再也不隱瞞，直接說道。「那時我家被土匪闖入，全家都被殺了，在我以為要死的時候，就是英王世子救了我。他是那麼的英偉不凡，彎腰把我扶起來，那時候的我那樣的卑微渺小，可是他……」

沈錦看著薛喬臉頰霞紅、滿目春色的樣子，忽然問道：「妳有沒有想過，英王世子怎麼會來得那麼湊巧？」

薛喬看向沈錦，一臉嚴肅地說道：「因為這是我與世子的緣分，是上天注定讓他來救我的！」

楚修遠看著薛喬的樣子，都不知道說什麼好了。

沈錦看了看趙嬤嬤，這人當初也是這樣？趙嬤嬤微微搖了搖頭，趴在沈錦耳邊低聲說道：「當初瞧著很正常的。」

沈錦覺得那是因為當初這些人沒有與她說英王世子。「妳誤會我的意思了，我說的是英王世子讓人假冒土匪殺了妳全家，然後又把妳救了。」

「不可能。」薛喬毫不猶豫地反駁道。

沈錦看著薛喬，聳聳肩說道：「算了，說不清楚的。」

王總管沈聲說道：「英王世子讓妳來做什麼？」

薛喬閉了嘴不開口了。

趙管事說道：「反正當初妳的目的已經達到，這時候說也沒什麼不可以了吧？」

像是覺得趙管事說的有道理，薛喬這才說道：「世子是讓我挑撥楚修曜和楚修明之間的關係，還有傳遞一些消息。」

「接頭的人是誰？」王總管問道。

薛喬又不說話了，沈錦看著她的樣子直接說道：「既然如此，把表姑娘送回佛堂繼續休養吧。」

「我說。」薛喬身子一抖，臉色有些發白，說了幾個人名出來，這些人都是當初出事後，他們解決掉了，沒有遺漏。

沈錦看向趙管事，趙管事微微點頭，楚修遠的聲音很冷地說道：「妳對得起姨母嗎？她對妳那麼好，妳卻這般算計她僅存的兒子。」

薛喬抿了抿唇，帶著幾許難過，說道：「我也不想的，可是……我不能對不起世子，若是沒有世子，也不會有今日的我，我下輩子做牛做馬來償還。」

「妳是怎麼算計三爺的？」王總管冷聲說道。

薛喬這次倒是沒有絲毫猶豫。「因為三哥覺得我會是楚四的妻子，根本對我沒什麼防備。」

「原來妳一開始就打算對付的是三哥。」沈錦這才弄明白，不過想來也是，自家夫君心眼多得很，謹慎又會算計，而性格比較粗狂還有弱點的楚修曜自然好對付許多。

趙嬤嬤問道：「那孩子確實是三爺的？」

「是。」薛喬臉上露出幾分難過。「做那些事情，都非我所願，我怎麼會用這樣的事情來騙人？我也不想看著三哥斷了香火。」

「那孩子的母親是誰？」沈錦沒有任何預兆地問道。

就見薛喬愣了一下，臉色難看了一些，才說道：「自然是我懷胎十月生下來的。」

可是剛剛那一瞬間，眾人也都看出蹊蹺，趙嬤嬤更是明白了。「妳既然那麼愛英王世子，甚至把他當成神仙一般，為了他寧願做出那麼許多事情，怎麼可能失身給三爺！而且英王世子那個不正常的，也不會讓妳做這樣的事情，因為他好不容易控制住妳，怎麼會允許有絲毫的變故。」

在英王世子的想法中，薛喬更多會打交道的人是後院女眷，最擅長的就是後宅中女人之間的鬥爭，即那種殺人不見血言語交鋒一類的，所以才讓她過來。可是沈錦就是不和她玩，甚至不按照他們的想法走。

也不知道是血緣還是別的關係，沈錦對瑞王和英王世子的心思一猜一個準，那封信中的幾個條件，其實就是為了能讓薛喬留在邊城而提出的。

英王世子自以為得意的一箭三鵰，其一是讓楚修明束手束腳，其二是分化誠帝和楚修明的關係，其三是讓薛喬留在邊城。

「那麼後來，妳就一直待在英王世子身邊？」趙管事冷聲問道。

薛喬點頭，他們都沒有問那個孩子的母親怎麼樣了，按照英王世子的性子，定是去母留子。不僅如此，恐怕是特地算好時間，讓他們準備好的人與楚修曜發生關係，確定有孕後，就設下圈套，然後帶著人離開。

沈錦看向薛喬，問道：「值得嗎？」

薛喬開口道：「只要能留在世子身邊，不管怎麼樣都值得。」

趙嬤嬤問道：「妳給英王世子生了幾個孩子？」

生過孩子的女人和沒有生過是不一樣的，薛喬一看就是已經生過孩子的，這也是為什麼當初他們都沒有懷疑那個孩子是薛喬生的一般。

薛喬抿了抿唇沒有說話，趙嬤嬤冷笑道：「可是生了兒子？英王世子承諾等成事後，就封妳所出的兒子為太子？」

沈錦見薛喬沒有說話。「他是騙妳的，如果一個人真在乎妳，怎麼會讓妳冒險呢？」

薛喬怒視著沈錦說道：「不可能，再說世子只有麟兒一個兒子。」

「因為身體不好生不出？」沈錦彷彿不經意開口道。

薛喬滿目驚訝地看向沈錦，說道：「妳別胡說。」

「哦，看來是真的。」沈錦端著紅棗湯喝了一口，說道：「那我剛剛說錯了，既然只有那麼一個兒子，以後也生不出別的，真成事了，恐怕妳兒子還真的能當太子。只是我怎麼記得，英王世子是有別的兒子的呢？」

薛喬看了沈錦一眼，並沒有說話，沈錦繼續問道：「是不是他騙妳了？」

「世子才不是那樣的人。」薛喬有些惱羞成怒。「我知道你們想套我的話，來得知世子的情況，我是不會背叛世子的。」

沈錦有些疑惑地看著薛喬，略帶不可思議地看著薛喬問道：「妳為什麼會這麼覺得，不過我現在還會怕妳耍手段嗎？」

薛喬沈默了，到底是有些怕了佛堂，想了一下說道：「我不知道以前，反正我到世子身邊的時候，世子無兒無女，若真是藏起來了，我也不知道。」

其實薛喬在除了英王世子的事情外，一點也不傻，反而很精明，她看向沈錦開口道：「就算世子故意把別的兒子藏起來，拿我的孩子當靶子，也無所謂，只要能對世子有用就好。」

趙嬤嬤冷笑一聲說道：「妳還真是大方。」

薛喬這種為了英王世子可以犧牲一切的態度，讓人有些無法理解，不過至今為止，她所犧牲的都是別人。

沈錦卻覺得，這個薛喬其實最愛的人是自己，如果她真如表現出來的這般深情，就不可能吐露出這些，而是在被關進佛堂，發現自己無法忍受的時候就該自殺了。可是薛喬一次尋死的念頭都沒有。

趙管事問道：「以前英王世子都在哪裡活動？」

薛喬咬了咬有些發白的唇說道：「我不知道。」

「去佛堂再想想吧。」沈錦很平靜地開口道。

薛喬臉色難看。「我真不知道。」停了一會兒才說道：「世子怕不安全，就一直讓我住在江熟城的一個別院中。」

「他大概多久來找妳一次？」王總管問道。

這些問題讓薛喬覺得格外難堪，說到底，薛喬自己也知道，說好聽點是英王世子為了保護她，其實她就是英王世子養的外室，沒名沒分，當初薛家也是有些名望的，她更是好人家的女兒。

「要不要去佛堂想想？」

薛喬咬唇，趙嬤嬤說道：「表姑娘還是抬著頭開口比較好。」

薛喬也是個識時務的人，特別是現在眾人已經都知道那個孩子並非她所出，最後一點顧忌也沒有了，所以抬起頭，開口說道：「我剛到世子身邊的時候，世子陪過我一段時日，後來三年，大約每個月都會來三、四日，近幾年來得少些，不過……大概永齊二十年的時候，因為我有孕，世子曾留在江熟三個月陪在我身邊。」

其實最後一句多少帶著幾分炫耀，就像是要在沈錦這邊掙回面子一般，不過沈錦他們在意的並非這點。因為楚修明離開前的惡補，倒使得沈錦對天啟的地圖格外瞭解，所以已經在回想江熟位在什麼地方，附近又都有些什麼了。

「妳就一直住在江熟？」沈錦覺得英王世子不是一個能為了看女人，而願意跋山涉水的人，江熟那邊前不著村後不著店的，除非有什麼值得英王世子圖謀的東西，而去看薛喬不過是順路罷了。

薛喬開口道：「等孩子出生後，世子就把我們母子送到了豐曲。」

王總管又問了幾個問題，眾人心中知道了大概後，就讓人把薛喬帶下去嚴加看管起來。

第五十五章

等人走了，楚修遠問道：「嫂子，妳覺得她的話有幾分真幾分假？」

「九真一假吧。」沈錦想了一下說道。「按照時間來算，薛喬不可能在江熟住那麼久。」

趙管事也開口道：「因為江熟在永齊二十年左右，曾發生過水患，只不過因為地方偏遠和當地官員的隱瞞，消息並沒傳出去。」

其實他們知道這件事也是巧合，薛喬可能在江熟住過，卻不像她所言那般住了那麼久，這樣一來倒是豐曲這個地方有些微妙了，想來應該是在豐曲住得更久一些。薛喬沒有想到，她不過是為了面子多說了一句話，竟然就被人察覺出破綻。

薛喬所說的關於住的地方這一類的話，都是在來之前，英王世子一句一句交代的。

「莫非英王世子想要引我們去江熟？」王總管皺眉問道。

趙管事沈吟道：「我倒覺得他是想讓我們把注意力放在這兩個地方。」

趙端沈思了一下說道：「也有可能，這兩個地方都是陷阱。」

趙嬷嬷皺了皺眉，並沒有說話，楚修遠也沒有開口，沈錦想了一下說道：「薛喬知道的事情很少。」

「薛喬是棄子。」楚修遠也肯定了心中的猜測。「從一開始英王世子就沒有信任過她，畢竟不管因為什麼，薛喬都背叛過楚家，這樣的人就算是英王世子自己安排的，恐怕也不會信任。」

這樣一來，薛喬知道的事情很多應該是英王世子故意讓她知道的，所以就算她說的是真話，可利用的價值也不高。

「那薛喬怎麼辦？」趙端開口問道。

楚修遠看向沈錦，沈錦想了想說道：「還給英王世子吧。」

趙嬤嬤聞言開口道：「那不如多留幾日，總要展現一下我們的待客之道。」

「不過這樣的話，英王世子難免會注意到夫人。」王總管口氣裡帶著些許擔憂，到時候讓英王世子知道邊城是沈錦主事就不好了。

沈錦聞言開口道：「若真能如此倒也是好事，恐怕英王世子只會覺得這些都是夫君安排的。」從英王世子的安排看來，他眼中能勢均力敵的人恐怕就只有楚修明，這般早早地就開始算計，就算對付誠帝都沒有如此。

幾個人商量了一番，就決定等過一個月，再把薛喬那一幫人給扔出邊城就好，而如今就把所有人分開關著。

只是還沒等他們把人放了，楚修明就護送著陳側妃等人回到了邊城。

說來也巧，楚修明回來的時候正是冬至的前一日。

因為冬至，整個邊城都變得熱鬧許多，家家戶戶開始準備餃子等吃食。

本來還因為楚修明不在，難免有些傷感的沈錦，站在將軍府門口看見遠遠過來的人，沒有忍住，紅了眼睛，快步跑了過去。

在看見沈錦的那一刻，楚修明就翻身下馬，上前幾步摟住自家小娘子，伸手抹去她臉上的淚，然後把兜帽給沈錦戴好，溫言道：「莫要吃了風。」

「夫君。」沈錦咬著唇，吸了吸鼻子說道：「我讓人特地做了豬肉羊肉白菜的餃子給你吃。」

「岳母在車裡。」楚修明開口道。「我們先回去。」

「好。」沈錦看向馬車，她小聲問道：「那父王和母妃呢？」

楚修明牽著沈錦的手，因為離將軍府也沒有幾步路，他索性和沈錦步行。「父王和母妃回京城了。」

沈錦並沒有問什麼，而是扭頭看向馬車裡面，馬車被遮得嚴嚴實實的，後面還跟著許多輛裝行李物品的馬車，也怪不得楚修明他們一路上走得有些慢了。

馬車是直接進入將軍府，沈錦說道：「你沒有碰見沈熙他們嗎？」

「沒有。」楚修明微微皺眉說道。「想來是走岔了，可是出了什麼事情？」

沈錦點點頭。「晚些時候再與你說，遠弟在軍營，我已經讓人給他送信了。」

沈錦輕輕撓了撓楚修明的手，說道：「東東都快一歲了，認不得你了呢。」

若是換成別的人來說這樣的話，怕是有怨懟的意思在裡面，而楚修明知道，沈錦只是在告訴他這件事，並沒有別的意思。「我還想著今年冬至，怕是只能和遠弟他們一併用餃子了呢……母親來了，也不知道吃得慣吃不慣這邊的東西。」

楚修明對趙管事他們微微點頭，就讓他們先回去了，而他陪著沈錦進了內院。趙嬤嬤在剛知道楚修明他們快到的時候，就去小廚房備了溫水熱湯，此時楚修明進來後，溫水也剛準備好。

沈錦雖然還有許多話想與楚修明說，可是她也想去看望一下母親，還沒等沈錦開口，楚修明就說道：「妳先去安排一下岳母那邊的事情，等我梳洗後再去找妳。」

「好。」沈錦這才咬唇答應下來。「你梳洗完就去看一下東東吧，我一會兒就過來。趙嬤嬤燉了雞湯，你記得用些。」

楚修明嘴角微微上揚，笑道：「好。」

沈錦早早就讓人在將軍府中收拾了兩個院落，其中一個很大，只比主院略小一些，正是沈錦剛到邊城住的那個院子。

除了這個院子外，沈錦還特地給陳側妃收拾了個院子，那院子自然不比主院和瑞王那邊的院子大，可是裡面的佈置很用心，沈錦早早就開始準備，只是沒想到這次來的只有陳側妃和三個小的。

沈錦過去的時候，就看見陳側妃這邊已經開始整理了，而沈皓站在陳側妃身邊，看見沈錦時，還不由自主往陳側妃的身邊貼了貼。陳側妃見到女兒，就露出笑容，卻也沒有忽視沈皓，伸手摸摸他的頭，柔聲說道：「在馬車上不是還說想要好好泡泡溫水嗎？」

沈皓抿了抿唇，短短幾年內經歷了這麼多，就算沈皓資質再差，也長大了不少。聞言看了看沈錦又看了看陳側妃，這才點點頭，跟著丫鬟往裡面走去，不過在快要離開的時候，還是扭頭看了看陳側妃。

沈錦等沈皓走了，就上前擁了下母親說道：「太好了，和作夢一樣。」

陳側妃何嘗不是這樣想，她自從進了瑞王府就沒想到還有出來的一日。「多大的人了，怎麼還和孩子一樣。」雖這麼說，陳側妃的手卻輕輕撫著沈錦的後背說道：「這一路多虧了女婿。」

「院子可住得下？我本以為就四弟跟著母親呢。」

陳側妃聞言只是一笑說道：「足夠了，王爺給妳四弟定了個晴字。」

「沈晴？」沈錦唸了唸說道：「有些女氣。」

「瞎說。」陳側妃輕輕敲了女兒的頭一下，說道：「妳大姊的女兒叫寶珠，如今霜巧跟著照顧呢，我這邊倒也沒多少事情。」

沈錦想到當初沈琦說讓她在邊城給霜巧找個婆家的事情，她本都給忘記了，沒想到這次霜巧過來了，也不知道有沒有帶什麼話來。

「東東怎麼樣了？」

提到兒子，沈錦就笑道：「等明日，我就抱來給母親瞧瞧，現在胖墩墩的，我都快抱不動了。」

「小孩還是胖點好。」陳側妃想到小外孫，就格外的舒心，整個人像是卸掉了許多包袱般，瞧著多了幾分神采。「現在天氣冷，可不要隨意抱了孩子出門，等明日我去瞧瞧他，我還做了幾身衣服，也不知道合不合身。」

沈錦陪著母親進屋後，仔細瞧了瞧，確定沒有缺什麼東西，才把頭輕輕靠在陳側妃的肩膀說道：「母親來了就好，我叫人備了廚子，若是母親用不慣這邊的口味，就讓小廚房……」

沈錦絮絮叨叨說著邊城的事情和安排，陳側妃看著女兒，她的女兒如今和她一般高了，滿身的快活勁。陳側妃臉上的笑容一直沒有消失，這樣就好……女兒快樂就好。

因為陳側妃舟車勞頓，沈錦並沒有停留太久，確定陳側妃這邊都周全後，就先離開了。等回到院子就直接往東東的房間走去，到門口的時候，果然看見楚修明正在裡面，他懷裡抱著東東，東東雖然沒有哭，可是小臉緊繃著，眼中含著淚，就是不落下來，看起來有些嚴肅又有些可憐的樣子。聽見腳步聲，父子兩個就看了過來，在看見沈錦的那一刻，東東再也忍不住地嚎啕大哭起來。

沈錦雖然想讓他們父子兩個聯絡感情，可是看見這樣的情況，也格外的心疼，趕緊過去把東東抱到懷裡。東東的小胳膊緊緊摟著沈錦的脖子，到了熟悉的懷裡，這才止住了大哭，可還是抽噎個不停。「嗚……」

「不哭，乖喔。」沈錦趕緊柔聲哄起來，楚修明在一旁看著，心情格外的複雜，東東果然都不認識他了。在他沒離開的時候，東東最喜歡讓他或沈錦抱著了，哪裡會這般哭泣。

「壞……」東東會說的字不多，都是一個個蹦出來的，還有些含糊，可是這個字卻格外清晰，還害怕沈錦不明白，伸手指著楚修明。

沈錦輕輕親了親東東的臉頰，說道：「那不是壞人，那是東東的父親。」

沈錦的脖子。

「唔？」東東也不哭了，睫毛上還掛著淚，扭頭看向楚修明，不過小胳膊還是緊緊抱著

沈錦抱著東東往楚修明身邊走去，東東長胖了許多，沈錦要兩個胳膊才抱得住。「東東，這就是父親。」

東東一靠近楚修明，就扭頭埋進了沈錦的懷裡，可是又忍不住偷偷去看楚修明。楚修明並沒有動，只是溫言道：「東東。」

「啊？」東東又偷偷扭頭看向楚修明，他怎麼覺得這個聲音有些熟悉呢？「唔！」反正母親在……東東有些迷茫地看了看楚修明，又看了看沈錦。「父父？」

楚修明只覺得心中一暖，鼻間微微的酸意，閉了閉眼再睜開的時候，已經恢復了平和。他怕嚇住他的兒子，只伸手用手指輕輕碰了碰東東的小手，東東像是受了驚嚇一樣，趕緊把小爪子縮回來，然後盯著楚修明看。楚修明並沒有生氣，反而露出笑容，用手指小心翼翼靠近兒子的手，東東看向沈錦，沈錦說道：「東東，那是你父親。」沈錦只是重複著這句話，可能現在的東東還不懂其中的意思，可是就算楚修明離開了，沈錦也在告訴東東這件事。

東東動了動唇，微微伸出手碰了楚修明的手一下，然後馬上縮回來，見楚修明沒有動靜，這才又伸出去，然後抓住了楚修明的一根手指。「父父？」

「嗯，東東。」楚修明的手指一動不動地讓東東抓著。

東東低頭看了看他手中的那根手指，然後又看向楚修明，眨了眨眼睛，鬆開了手，趴回沈錦的懷裡。「蛋……」他哭了好久，都餓了呢，想吃蛋羹了。

沈錦柔聲說道：「那叫嬤嬤給東東蒸蛋羹吃好不好？」

「啊……」東東叫了一聲，然後頭枕在沈錦的肩膀上，看著楚修明，也不知道在想什麼。

楚修明看向沈錦說道：「妳先抱孩子進去，我讓趙嬤嬤去做些東東能吃的。」

沈錦點了點頭說道：「好。」

可是誰知道楚修明剛剛出門，一直安靜趴在沈錦懷裡的東東忽然叫道：「啊！咿呀啊啊啊！」

東東也不知道怎麼了，既不親近楚修明，卻也不讓楚修明離開，楚修明和沈錦兩個人都必須待在東東能看見的地方，否則東東就叫個不停，還會掉金豆豆。平日裡東東都乖巧得很，就算有時候沈錦離開，只要有安平她們看著就可以，誰想到今日這般鬧人，不管沈錦還是楚修明都沒有絲毫不耐，都順著東東的意思。

好不容易把東東哄睡，楚修明這才悄悄離開去議事廳，而沈錦就留在屋中陪著東東。東東睡得正香，沈錦側身躺在他旁邊，看著東東隨著呼吸一鼓一鼓的小肚子，手指輕輕碰了碰他的臉。誰說小孩子不知道事情，不過是因為表達不出來，反而容易被人忽略罷了。

楚修明在議事廳，先見過趙端，就聽楚修遠把這段時間的事情與他說了一遍，王總管和趙管事在一旁補充。當聽見薛喬的名字時，就算是一向冷靜的楚修明，面色都沈了一沈，等全部聽完才看向趙端說道：「舅舅，怕是還要麻煩您給趙老寫封信。」

趙端應下來，既然楚修明沒有遇見沈熙和趙駿，那麼就要想辦法找到那兩個人，然後讓他們回邊城來。若是真找不到，就只能等他們自己回來了，不過怕是要耽誤一些時間。

楚修遠在楚修明面前，再沒有平日的那般穩重，問道：「哥，那個孩子是不是三哥的？」

楚修明微微垂眸，說道：「十之八九是。」

「那必須救回來。」楚修遠怕楚修明為難，先一步說道，這樣就算出了什麼事情，別人也怪不到楚修明身上。

楚修明並沒有說話，心中計算著得失。「把地圖拿來。」

「是。」趙管事親自去捧著地圖出來，楚修遠和趙端兩人把地圖鋪展開來。

楚修明看著江熟和豐曲兩個地方，手指輕輕點了點後，眼神就移到這兩個地方周圍，手指沿著線劃過，最終落到離江熟較近的一處山脈附近，說道：「派人去這邊探查一下，不要靠近，安全為上。」

邊城特地養的有探子，可是培養這樣的探子極其不易不說，還必須都是可信忠心之人，他們做的事情也十分危險，而那山脈附近只不過是他的一個估測，為了這點損失人手很不值得。

楚修明在地圖上微微畫了一個圈，範圍並不大，可是真要派人探查起來，恐怕也要花費幾個月的時間。「十人組，三組。」

「是。」趙管事應下來。

楚修遠問道：「哥，你懷疑他們在這地帶？」

楚修明開口道：「那年的水患本就蹊蹺，恐怕並非天災而是人禍。」
這話一出，趙端的臉色變了變，說道：「若真是如此，那英王世子就太過喪心病狂了，只是為何還會讓那薛喬說出這個地點。」
「太過自信。」楚修明沈聲說道，說到底就是英王世子因為這麼久的勝利，難免會有一些大意，而且他這次也是真的算計到了楚修明，恐怕誠帝那邊也得到了消息。
眾人商量了一番，趙管事問道：「將軍可要見薛喬？」
楚修明面色一沈說道：「不用，就按夫人說的做。」
楚修遠這才把新製的布防圖拿出來，仔細和楚修明說起來，這還是他第一次獨自做這樣的事情，難免有些緊張。雖然在出發前大致都商量好位置，可是這些也要等到了地方再根據實際情況來重新佈置。
所以那幾處楚修遠說得更加仔細，還有自己的想法，楚修明聽著時不時點了點頭，楚修遠說完以後，楚修明笑道：「很好。」
楚修遠臉一紅說道：「還有那邊駐紮的老兵指點我的。」
「每個人都有擅長的，不可能樣樣專精，而你要做的就是知人善用。」楚修明開口道。
「是。」楚修遠面色一肅，明白這不僅是為將之道，也是為君之道。
楚修明沒再說什麼，幾個人又說了一些事情，就各自離開了，畢竟楚修明今日剛回來，也有些撐不住了。等他回去的時候，就看見明明睏得要命、不停打著哈欠，卻強撐著等他的沈錦，面色一緩，低頭在沈錦的額頭親了一下，說道：「睡吧，我一會兒就過來。」

沈錦點點頭，又打了一個哈欠，這才小聲說道：「快點啊。」

「嗯。」楚修明去一旁洗漱後，又脫了衣服，就見短短一盞茶的工夫，沈錦已經睡著了，而東東在床的中間，很霸氣地擺成個大字睡得正香。多虧這床本來做得就大，楚修明直接熄了燈，翻身上了床，動作輕柔地把妻兒摟到懷裡。

楚修明的眼睛已經適應了黑暗，看著沈錦的樣子，手指輕輕觸碰著她的臉。「給我五年時間，到時我陪妳遊遍這世間山水。」想到自家小娘子的喜好，楚修明輕笑出聲，補充道：「嚐遍這世間的美食。」

第二天沈錦醒來的時候，已經日上三竿了，不僅楚修明不在身邊，就連東東也不在了。沈錦撐著身子起來，只覺得渾身懶洋洋的。「夫君和東東呢？」

趙嬤嬤此時也是面帶喜色，將軍回來了，自家夫人就不需要那麼累了，瞧夫人今日睡到這個時候，也是因為輕鬆許多吧。「將軍正帶著小少爺和小不點玩耍。」

沈錦點了點頭，坐在梳妝檯前，讓趙嬤嬤給她綰髮，說道：「今日東東倒是肯和夫君親近了。」

沈錦到的時候，就看見東東正興奮地坐在小不點的身上，楚修明彎腰扶著東東，免得他不老實摔下來，而小不點在屋子裡面轉來轉去。

見到沈錦，東東就咧嘴叫道：「母！母母！」

沈錦以前也這樣陪著東東玩過，可惜一直彎腰，這樣走路實在太累了，而小不點又不會讓別人這般靠近，所以最多只陪東東玩一小會兒。今日看見東東興奮的樣子，想來楚修明已經陪著他玩了許久。

「東東，今日乖不乖？」沈錦走過來，伸手直接把東東從小不點身上抱下來，好讓楚修明和小不點都歇一會兒。

楚修明眼底帶著笑意，東東雙手緊緊抱著沈錦的脖子，小臉紅撲撲的。「啊！」

沈錦親了東東臉一下，說道：「真乖。」

楚修明其實已經陪東東玩了半個多時辰，此時站直身子，也覺得有些腰酸。東東撲到母親的懷裡，看向楚修明，楚修明眼神閃了閃，也過去親了他臉頰一下說道：「乖。」

果然東東高興了，楚修明是知道東東的重量的，見沈錦抱了一會兒，就主動接過來，東東看向沈錦。「咿呀！」

楚修明卻不等東東再叫，直接把東東扛在肩膀上，東東驚呼一聲，瞪圓了眼睛，小手緊緊抓著楚修明的頭髮，看著高興極了，也不再要沈錦抱了。

小不點也跟在楚修明的身邊，時不時地嗷嗚兩聲，沈錦笑道：「我都有些餓了呢。」

東東能這麼快就接受楚修明，想來他今日早上是花了大工夫的。一家三口到飯廳的時候，就看見楚修遠已經到了，而楚修遠看著楚修明的樣子，笑了起來。「哥、嫂子，東東來給叔叔抱抱。」

東東是認識楚修遠的，聞言咧嘴笑了起來，可是並不像以前那樣對著楚修遠伸著手，雖然拋高高很有意思，可是他現在覺得坐這麼高更有意思。

楚修遠看著東東的樣子，笑道：「果然是父子連心啊。」

楚修明點了下頭，等進了屋中，就把東東放下來，抱在懷裡。沒多久陳側妃也過來了，她身邊還跟著沈皓，有些抱歉地笑了一下，說道：「是我來遲了。」

沈皓緊緊跟在陳側妃的身邊，陳側妃牽著他的手，沈錦笑道：「母親、三弟，你們愛吃什麼餡的餃子？」

沈錦自然看出沈皓對她的敵意，這敵意中還帶著幾許戒備，像是怕沈錦把陳側妃搶走一般。沈錦本就不是計較的性子，也看出沈皓是真心親近陳側妃的，自然不會為難沈皓。

所以沈錦此時主動開口，沈皓看了看沈錦，低著頭不說話，陳側妃也明白，沈皓本性並不壞，只是當初被寵得有些不知分寸了。可是這一年多接連的打擊，讓他懂事許多，而陳側妃是自許側妃被關起來後對他最好的，沈皓知道他身上已經沒什麼值得陳側妃去圖謀的了，這樣的好自然是真的好，所以才更害怕失去。

沈皓也知道現在這樣不好，畢竟沈錦才是陳側妃的親生女兒，可是……沈皓咬了咬唇，又往陳側妃的身邊靠近一些。

陳側妃心中微微嘆息，沒有說什麼。楚修遠其實不大喜歡沈皓這樣的，在他看來男孩子就該有男孩的樣子，楚修明溫和一笑，說道：「岳母先坐下吧。」

「嗯。」陳側妃經過這一路，對楚修明倒是親近了不少，雖然帶著沈皓一併坐下，可是眼神卻一直看著楚修明懷裡穿著棉襖的東東。東東今日穿的棉襖是紅底繡金鯉的，頭上還戴著一頂虎頭帽，眼睛黑潤潤的看著格外可愛。

沈錦只是笑道：「母親，您看東東可愛嗎？」

「真是漂亮的孩子，還結實得很。」陳側妃讚嘆道：「養得真好。」
沈錦得意地點頭說道：「自然了。」
陳側妃嗔了沈錦一眼，也笑了起來。沈錦叫人去下餃子，趙嬤嬤並沒有跟著來，而是去廚房給東東準備吃食了。
幾個人坐在一起聊了起來，大多時候就是陳側妃和沈錦在說，而楚修明他們聽著，沈皓到現在才放鬆許多，雖然還不說話，可是卻抬頭聽著陳側妃聊天。等陳側妃聽沈錦說話的時候，摸了摸茶杯覺得溫度正好，就往陳側妃的手邊推了推。
陳側妃雖然在聽女兒說外孫的事情，卻也沒有完全忽略沈皓，此時微微側頭看了他一眼，正巧覺得口渴，就端著茶喝了幾口，然後拿了塊核桃酥放到沈皓的手上，沈皓露出笑容吃了起來。
沈錦自然注意到這些，看向沈皓的眼神更加柔和了一點。
東東坐在楚修明的懷裡，看著沈皓吃東西，白嫩的小手使勁拍打楚修明的手一下，指著沈皓。「吃！」
楚修明低頭看著東東說道：「不能吃。」
東東聽懂了「不」這個字，眼睛瞪得溜圓，想了想叫道：「父父，吃。」
這下不僅陳側妃，就是楚修遠他們幾個都看向東東。楚修明還是搖了搖頭，東東眨了眨眼，早上那個他說什麼都答應的父父呢？去哪裡了？
沈錦哈哈笑了起來，等東東看過來，也拿了一塊點心，很歡快地吃了起來。東東眼巴巴地看著沈錦，可是沈錦一塊吃完了也沒讓他嚐一下，他嘴巴一癟。「嗚……」

陳側妃哭笑不得，有些責怪地看了沈錦一眼。「哪有妳這樣逗孩子的。」

楚修明抱著東東輕輕顛了幾下，東東根本沒有落淚，只是生氣地把頭藏進楚修明的懷裡。

幾個人正在說笑，趙嬤嬤就帶著人把東西端上來。楚修明端了雞蛋羹先餵東東用飯，沈錦招呼著陳側妃和沈皓先動筷子，而她自己也先給陳側妃挾了一個。

東東看著眾人吃餃子，他吃著自己的雞蛋羹。楚修明有些生疏地餵東東吃東西，餵了兩口雞蛋羹，就舀了一些魚肉泥。東東特別喜歡那個魚肉泥，還沒等勺子到嘴邊，就伸手去抱著楚修明的手腕，往自己這邊拽。

東東已經吃飽了，坐在楚修明的懷裡看著眾人吃餃子，也不鬧人，楚修明單手用筷子也是熟練。楚修遠正和陳側妃他們說著這邊的習俗，沈錦已經吃飽了，正在喝酸辣湯。「等哪天暖和一些，我帶你們出去轉轉，其實邊城這裡有很多好玩的地方和好吃的，不過味道有些重，母親怕是吃不慣，三弟應該會喜歡。」

沈皓聞言眼睛亮亮的，他年歲不大，聽到玩的，還是很有興趣的，沈錦接著說道：「不過這段時間二弟出門了，要不讓他帶著三弟出去玩也不錯。」

「我可以出去玩？」沈皓問道。

沈錦點頭說道：「當然可以，等你對邊城熟悉了，就可以自己出去，不過要和門房打個招呼。」

沈皓看向陳側妃，陳側妃微微一笑，說道：「可以的。」

等用過飯，楚修明就帶著楚修遠離開了，而沈錦抱著吃飽了正在打哈欠的東東說道：「母親，等東東睡了，我再去找你們。」

陳側妃聞言笑道：「孩子要緊，等我回去把孩子都哄睡了，來看妳就好。」

沈錦聞言笑著點頭，說道：「等天氣再熱些，就可以讓三個孩子一起玩了。」

陳側妃點頭，帶著沈皓先離開了。

第五十六章

楚修明帶著楚修遠並沒有去別處，而是去了書房，此時書房就他們兄弟兩個人，楚修遠直接問道：「哥，你到底是怎麼想的？」

「嗯？」楚修明坐下來後，開始處理邊城的事務。

楚修遠看著楚修明，一臉嚴肅地說道：「哥，那個是三哥的孩子。」

「我知道了。」楚修明的手頓了一下，然後看向楚修遠說道：「會找回來的。」

楚修遠抿了抿唇，問道：「哥，你有什麼打算？」

楚修明開口道：「如果讓他牽著我們走，那我們永遠也別想找到那個孩子。」

「哥，你想找出一個英王世子不得不和你交換的條件？」楚修遠也明白了，為什麼昨天商量的時候，楚修明沒有回答他問題，反而說要派探子去那座山脈的事情，楚修明並非放棄那個孩子，只不過是換一種方法。

楚修明點頭，楚修遠這才鬆了一口氣，忽然問道：「那英王世子不會狗急跳牆吧？」

「呵。」楚修明冷笑一聲。「讓他連跳牆的機會都沒有。」

楚修明和楚修遠兩個兄弟在書房態度親近的時候，皇宮中的另一對兄弟之間的氣氛可就沒有那麼融洽了。

瑞王雖然主動帶著瑞王妃回到京城，可是誠帝也沒有放鬆警惕，反而讓瑞王把幾個兒子也召回來。這點瑞王表面上答應了，卻根本沒有去做，而是坐在椅子上低著頭，聽著誠帝一直在說他自己的不容易。

「是。」瑞王一直恭聲應下，並沒有打斷誠帝的話。

而瑞王妃此時到了太后宮中，在看見瑞王妃的時候，太后緩緩嘆了口氣，此時的太后竟比他們剛離京的時候蒼老了不少，甚至連身邊的甄嬤嬤也不見了，反而多出許多生面孔。

瑞王妃雖然不知道甄嬤嬤去哪裡，也不好開口問，只是給太后請了安。太后看著瑞王妃，叫人端了茶水糕點來，說：「回來就好，外面又是反民又是英王世子的，多亂啊。」

「是啊。」瑞王妃聞言，笑了一下，問道：「母后近來身子可好？」

「能吃能睡的，就是擔心我兒在外的情況。」太后微微垂眸，手指摸索了一下腕上的鐲子說道：「你們出去可還順利？」

瑞王妃揀著一些沿路的趣聞與太后說了起來，太后時不時點點頭，瞧著精神看似好了些，瑞王妃開口道：「王爺特地給母后帶了不少東西回來，等明日兒媳規整一下就給母后送來。」

「嗯。」太后對瑞王妃招了招手，說道：「我怎麼瞧著妳瘦了許多？」

瑞王妃起身走到太后身邊，太后握著瑞王妃的手上下打量了一番，說道：「確實是瘦了。」

「想來是回來時趕路有些急了。」瑞王妃柔聲道：「倒是母后瞧著才瘦了許多。」

太后笑了一下沒有說話，她如何能不瘦，自從那日誠帝來她宮中大吵大鬧過後，就把她身邊很多得用的人弄走，甚至連甄嬤嬤都被罰了十板子後打發出宮了，誠帝說都是這些人蠱惑她的，可是……

在知道瑞王回來的消息時，太后心中又是難受又有些說不出的酸澀，說到底瑞王一直是個重情義的孩子，只是可惜了……都是孽啊。

瑞王妃也不再多說什麼，太后伸手把自己的鐲子取下來戴在瑞王妃的手上，說道：「這個鐲子陪了我許久，就送妳了。」

「謝母后。」瑞王妃滿臉喜悅，還微微晃動一下看了看，她注意到那些有些面生的宮女都仔細打量了一下她的鐲子，這才收回目光。

又陪太后說了幾句話，見太后面上露出疲憊，就服侍著太后去休息了。太后也沒再說什麼，只是讓人去拎了一盒早就備好的糕點，讓瑞王妃帶回王府，裡面都是瑞王喜歡的，在知道瑞王妃今日會進宮後，太后就吩咐廚房做的。

瑞王妃出宮的時候，瑞王還沒有出來，她索性就在馬車中等著，沒多久瑞王也過來了，只是面色有些難看。

一路上誰也沒有說話，瑞王妃也看出瑞王的情緒不對。等到了瑞王府，瑞王妃就親手拿著食盒下了馬車，瑞王看見了問道：「怎麼？」

「是母后特地讓人給王爺做的。」瑞王妃柔聲解釋道。

瑞王緩緩嘆了口氣，點點頭伸手接過來，如果在書房面對誠帝的時候，瑞王還有一些後悔，可是在看見這盒糕點後，那點淡淡的後悔就消失了。

眾人伺候瑞王和瑞王妃洗漱更衣，瑞王府畢竟是瑞王妃打理的，就算有段時間沒有在府中，府中的情況也沒有亂。等兩個人換了衣服後，瑞王妃就直接打發人出去，然後親手打開食盒，把裡面的糕點擺放出來。這裡面的幾道糕點都是瑞王喜歡的，瑞王看了神色和緩許多，倒是沒有說什麼。

瑞王妃仔細看了一下食盒，確定沒有任何東西藏在裡面後，這才取下腕上太后送的那個鐲子，瑞王看著瑞王妃的動作，問道：「可是出了什麼事情？」

「母后……有些不大好。」瑞王妃用的詞還是比較委婉，可是瑞王臉色已經變了。「並非別的，而是瞧著神色有些疲憊，甄嬤嬤也沒在母后身邊伺候，母后宮中原來的幾個大宮女，也沒了蹤影。」

瑞王聞言面色變了又變。「那可是母后啊！」

瑞王妃搖搖頭，仔細打量著手中的鐲子，說道：「因為那邊很多生面孔，所以不管是我還是母后說話都有些顧忌。對了，可有二皇子的消息？」

「沒有。」瑞王說道。「皇上都沒有與我說這些，他讓我把軒兒他們都叫回京中。」

瑞王妃緩緩嘆了口氣，這個情況他們在路上都想過，只是讓瑞王應下來，先拖著就是，畢竟誠帝沒有真的下旨，他們也不算抗旨不遵，如今只說天寒地凍不適宜上路即可。

瑞王眼睛都紅了。「母后……他怎麼能這般對母后呢？」

這個他是誰就不言而喻了，瑞王妃什麼也沒有說，仔細檢查了手鐲，也沒發現什麼特殊之處後，就把目光落在那些糕點上。她覺得太后今日是有話想要告訴他們的，可是卻因為周圍有誠帝的人，不能直接說，這才用別的方式。
瑞王還在因為太后的事情傷心難過，瑞王妃已經動手把一塊塊糕點給掰開碾碎了，果然在一塊糕點裡面發現了個小紙團，上面寫了三個字。
「王爺，你看。」瑞王妃叫了瑞王。
「這是母后給的？」
「是。」瑞王妃說。「我本想著母后是把東西藏在鐲子裡，這些糕點是幌子，畢竟鐲子直接戴在我手上更安全些，可是沒想到母后竟然把東西藏在糕點裡面了。」
瑞王聞言點了點頭，說道：「這是什麼意思？」
「莫非是個地點？」瑞王妃想了一下說道。
瑞王覺得有可能。「派人去找。」
瑞王妃立刻阻止了瑞王，說道：「王爺，怕是只要出府，我們的一舉一動都會被監視著。」
「那……」瑞王猶豫了一下。
瑞王妃只是一笑，說道：「不如王爺叫些地道的京城菜來開開胃？」
瑞王明白了瑞王妃的意思，點頭說道：「也好！叫人去……」
多虧楚修明給他們在外面留了人手，否則就算有太后給的東西，他們也沒有辦法去探查了。就是瑞王想到誠帝可能會為難太后，卻沒有想到就算他們回來了，誠帝也會如此對待太后。

瑞王很快就派人去客仙居點了不少菜品，其中就有一道他們的招牌菜玉筍羊羔肉，而且直接讓客仙居的人準備好材料帶到瑞王府的廚房現做，這樣的事情客仙居經常做，有時候還接一些酒席等。

不過因為瑞王點的食材都需要提前準備，今日只有一個管事跟著過來確定一下，管事是個四十來歲的中年男人，有些胖，看著很憨厚老實。

等管事行禮後，瑞王就開口道：「明日的菜品可是有什麼問題？」

「並無問題，只是那道玉筍羊羔肉，王爺是喜歡幾個月的羊羔……」管事就著這類的問題與瑞王討論起來，然後把瑞王的要求細細記下來。

瑞王反正也無所事事，倒是對這道菜起了好奇，又仔細問了幾句，那管事看著憨厚老實，卻是個會說話的，一道菜也說得趣味橫生，到最後瑞王直接取下腰間的荷包扔給他，說道：「賞你了。」

「謝王爺。」管事大大方方地接下來，然後給瑞王行禮，等瑞王擺手後，就退了下去。

回到客仙居後，管事才打開荷包，就見裡面是一枚玉珮，而玉珮上面穿著一顆珍珠，下面是個簡單的萬事如意結，管事隨手給掛在腰間，然後把荷包拆了。就見荷包夾層處有一張小字條，仔細看過以後，管事連同荷包和字條一併扔進炭盆裡面。

皇宮中，誠帝聽著李福的回稟，問道：「他賞給那個管事什麼東西？」

「是枚玉珮。」李福把大致的樣子形容了一下。「那管事回去後，就給戴上了。」

誠帝問道：「能知道他們在府中都談了什麼嗎？」

「這倒是不知道。」李福低著頭說道。「能進正院的都是瑞王妃的親近之人。」

誠帝手指敲了敲桌子，忽然問道：「那玉筍羊羔肉？」

「是客仙居的招牌菜，他們特地在城外養了一群羊羔，肉質鮮美，那玉筍也並不是真的筍……」李福把玉筍羊羔肉這道菜大致說了一遍。「不少人就是為了吃這道菜才去客仙居的，不過這次瑞王直接點了一隻羊，還要他們弄了東西到王府廚房現做。」

「瑞王以前也去這裡用飯？」誠帝問道。

李福恭聲回道：「瑞王以往每隔十天半個月就會到客仙居一趟，後來瑞王不愛出府後，就時常讓人去買了東西來。」

誠帝這才點頭，如今冬日倒也是吃羊肉的時候。

和京城中的眾人食不下嚥比起來，邊城中的人就熱鬧多了，中午的時候只有一家人在一起吃餃子，晚上的時候，王總管他們還有很多下屬以及家眷也過來了，趙嬤嬤早就準備好了，中間的空地上廚子正在弄烤全羊，現烤現吃的羊肉又焦又香。

沈錦並沒有坐在楚修明身邊，因為他們那一堆男人正在拚酒吃肉，而沈錦和其他幾位夫人湊在一起，說得開心的時候難免多喝了兩杯，沈錦酒量一直不好，不一會兒就喝得有些多了。

等眾人散了的時候，沈錦明顯已經有些醉了，眼睛亮晶晶，臉頰紅潤地看著楚修明。楚修明倒是沒有喝醉，看見自家小娘子的樣子，眼神閃了閃，就走過來，牽著她的手說道：「我們回屋，想來趙嬤嬤已經煮好了醒酒湯。」

「不要。」沈錦毫不猶豫地拒絕道。「很難喝啊。」

楚修明雖然覺得自家娘子喝醉了很可愛，可是還是心疼她第二天會難受，說道：「就喝一點好不好？」

「不好！」沈錦再次拒絕道，然後轉了轉頭，發現周圍已經沒了外人，就不再走了。「要抱！」

楚修明輕笑，說道：「好。」彎腰直接把沈錦打橫抱起。

沈錦伸手摟住楚修明的脖子，她覺得好像不大對啊，眨了眨水潤的眼睛，想了半天也沒想出來到底哪裡不對。「不是這樣抱啊。」

「娘子要我抱，我不是把娘子抱起來了嗎？」楚修明低頭看了滿臉迷茫的沈錦一眼，柔聲說道：「哪裡不對了？」

周圍的丫鬟看到這樣的情況，都很有眼色地退後不少。沈錦看著楚修明的樣子，笑盈盈地說道：「夫君，你真好看。」

「不及娘子。」楚修明開口道。

沈錦呵呵一笑，在楚修明的身上蹭了蹭，到了門口，屋門已經從裡面打開了，趙嬤嬤果然已經煮好醒酒湯，不僅有沈錦的還有楚修明的，見到將軍把夫人抱進來，就說道：「將軍，醒酒湯就在內室的桌上。」

「嗯。」楚修明直接走到內室，把沈錦放到床上。

趙嬤嬤從外面把門給關上，廚房已經燒著水，吩咐人看著點，讓水一直溫著，等將軍和夫人要用水的時候直接拎過去就好。見沒別的事情，趙嬤嬤就端了醒酒湯給楚修遠送去，也特意吩咐小丫鬟給王總管和趙管事端去。

而屋中，楚修明把沈錦放下後，就去端了醒酒湯，自己喝了一口含著，然後餵給沈錦。沈錦就算不想喝，可哪裡是楚修明的對手，被灌了大半碗後，才滿臉通紅地趴在床上。楚修明眼中帶笑，自己把剩下的都給喝了，然後欺身壓下。

東東還不滿周歲，沈錦也沒給他斷奶，雖然在晚宴前已經餵過一次，可是這麼許久，又有些漲著難受，手軟弱無力地推著楚修明。「別……」

他們兩個人分開這麼久，昨日又因為東東等原因，根本沒有親近，此時楚修明哪裡還忍得住。沈錦在楚修明的手下嬌吟不斷，腳趾不斷蜷縮著，如果說剛嫁給楚修明的沈錦是顆青澀的果子，如今生完孩子的沈錦，已經真正成熟起來，微微扭動的時候，那纖細的腰肢和豐潤的胸都格外的誘人。兩個人衣衫凌亂得很，沈錦的身上更是只剩下裙子和肚兜，那肚兜微微勒緊……

楚修明看著那紅色並蒂蓮肚兜上暈開的奶水，低頭隔著肚兜含住了，沈錦驚呼了一聲，手不知道是要攬著楚修明，還是想要把他給推開……

趙嬤嬤給楚修遠送了醒酒湯後，就去了陳側妃的院中，東東已經被哄睡了，就在陳側妃的床上。陳側妃看見只有趙嬤嬤一個人來，笑著說道：「晚上天氣冷，就別折騰孩子了。」

「老奴就是來與陳夫人說一下的。」自從陳側妃來了將軍府後，將軍府的人管她叫陳夫人，畢竟側妃這樣的稱呼並不是陳側妃想要的。

陳側妃聞言說道：「嗯，東東今日玩得有些累，已經睡著了，乖巧得很。」

東東今日第一次見到兩個和他差不多大的小朋友，高興壞了，三個人咿咿呀呀說個不停，周圍的人都沒聽懂，不過三個小的倒是高興，而沈皓在一旁照看著這三個孩子，也累得夠嗆，陳側妃就坐在旁邊看著他們一起玩。

趙嬤嬤笑著應下來。「陳夫人可莫要累著了。」

陳側妃搖了搖頭，趙嬤嬤也沒再多留，來這一趟不過是怕陳側妃等沈錦等太久。等趙嬤嬤離開，陳側妃就讓丫鬟伺候了梳洗，就上床睡在外側。看著東東四肢大張的睡相，輕輕點了點他的鼻子，說道：「怎麼和錦丫頭小時候一樣，這麼霸道。」

第二天沈錦直到中午用飯的時候才起身，喝了兩杯蜜水後，沈錦才覺得嗓子好了一些。

楚修明進來的時候，就看見沈錦靠著軟墊端著粥吃得正香，看見楚修明的時候，沈錦就自以為凶狠地瞪他一眼，可是她眼尾還帶著紅暈，眼睛又水又潤的，更像是嬌嗔一般。

東東正坐在楚修明的肩膀上，見到沈錦就高興地亂動起來，楚修明直接把東東放到床上，自己坐在一旁。

東東繞開了炕桌就往沈錦懷裡爬去，沈錦並沒有綰髮，只是讓趙嬤嬤給她編成了大麻花辮，用繡帶繫著，身上也是淺色的常服。沈錦讓東東鑽進她懷裡後，就問道：「東東都用了什麼？」

「岳母早上特地給他做了羊乳羹，剛剛還用了一小碗排骨湯麵。」楚修明開口道。

沈錦伸手摸了摸東東的小肚子，東東習慣了這樣和母親玩，還挺了挺小肚子。

東東等了一會兒，見沈錦吃完了，就高興地想要按著沈錦，使勁蹬腿想要站起來。

沈錦只覺得腰痠背疼，根本抱不動東東這個小胖墩，所以就換了個姿勢讓東東自己趴在她身上玩，到底是楚修明心疼自家娘子，單手抓著兒子後面的背帶把他拎了起來。

「啊？」東東像隻小烏龜似的在半空中划動著四肢，高興地笑個不停。

若是換成趙嬤嬤在，怕是早就阻止了，可是沈錦這個當母親的反而笑個不停，東東仰著小腦袋看向沈錦，一臉迷茫的樣子。「啊？」

「哈哈哈！」沈錦指著東東笑個不停，開口道：「夫君拎高點！」

正巧趙嬤嬤進來給沈錦送糕點，看見了以後怒道：「將軍、夫人！」

楚修明難得有些心虛，把東東放回自己的懷裡，沈錦看向趙嬤嬤，笑道：「嬤嬤，妳看東東像不像烏龜？」

趙嬤嬤對沈錦很是無奈，把手中的點心給擺放好後，說道：「將軍、夫人，小少爺該睡午覺了。」

「嬤嬤，先讓夫君哄哄東東，妳扶我到屏風後面一趟。」沈錦開口道，她剛剛水喝得有些多。

趙嬤嬤恭聲應下來，不過還沒等她動，楚修明就把東東放到趙嬤嬤的懷裡說道：「趙嬤嬤哄東東睡覺吧，我來照顧夫人。」

沈錦臉一紅，她昨晚雖然喝得有些多，可是有些事情還是記得的。

東東眨了眨眼睛，說道：「父父？母……啊？」

趙嬤嬤聞言說道：「小少爺，嬤嬤抱你去睡覺好不好？」

「點點！」

趙嬤嬤柔聲哄道：「好，嬤嬤讓小不點來陪小少爺睡好不好？」

「啊。」東東也不鬧了，乖巧地趴在趙嬤嬤的懷裡，等被趙嬤嬤放到床上後，就自己坐著看向趙嬤嬤。趙嬤嬤叫了安平去把小不點放進來，小不點並沒有馬上上床，而是等安平給牠的爪子擦乾淨後，才輕巧地跳到床上。

「嗷嗚。」小不點張著大嘴打了個哈欠，東東也跟著打了個哈欠，東東伸出手來摸了摸小不點的爪子，又把自己的手縮回去，也不用人哄，就自己睡覺了。小不點的大狗頭枕在爪子上，尾巴悠閒地甩來甩去。

楚修明果然抱了沈錦到屏風後面，沈錦下地後，就說道：「你先出去。」

「好。」楚修明看了一眼，才應下來出去了。

等沈錦收拾好了，慢悠悠走出來後，楚修明就伸手把沈錦抱回床上，幫她按腰。

沈錦舒服地吁出口氣，問道：「對了，那個孩子的事情你準備怎麼做？」

「薛喬的處置方法按照妳說的來。」楚修明開口道。「那個孩子……」楚修明把那日與楚修遠說的事情又和沈錦說了一遍。

沈錦點頭，忽然問道：「如果那座山脈真的是你懷疑的那樣呢？」

「先把孩子換回來。」楚修明微微垂眸說道。

沈錦咬了咬唇問道：「你又要出去？」

「嗯。」如果那裡真是英王世子藏兵或者藏物之處，那麼楚修明不可能放著不管的。

「我會小心的。」

這次楚修明沒有保證自己不會有事，因為如今的情況誰也不能保證，沈錦應了一聲，忽然問道：「對了，東東的名字呢？」

關於東東的名字，楚修明也想了很久。「東東他們是晨字輩，我給他選了個暉字。」說著就抓著沈錦的手，在她的手心上，把兩個字都寫下來。「楚晨暉，妳喜歡嗎？」

「晨暉。」沈錦唸了下這兩個字，然後笑道：「我喜歡。」

沈錦伸手摟著楚修明的腰身，說道：「你還要教東東寫字唸書習武呢。」

「嗯。」楚修明明白沈錦話裡的意思。「我一定會小心的，如果探子查過，那邊確實有蹊蹺，我就直接帶人出發，邊城的事情交給修遠，和朝廷、英王世子打交道的事情，就交給妳了。」

沈錦應了下來。「我知道了，你確定下出發幾日後，我再與誠帝和英王世子那邊送信。」

楚修明應了下來，猶豫了一會兒說道：「如果需要出面的話，就讓趙管事他們去。」畢竟是要交換孩子的，如果楚修明在，自然是楚修明去和英王世子打交道更合適，可是楚修明不在的話，就必須有個人能代替楚修明。除了楚修明外，最合適的人就是楚修遠和沈錦，可是楚修遠是太子嫡孫，自然不能讓他和英王世子的人見面。

讓趙管事去也是可以，如果英王世子派的是身邊的人，趙管事確實可以應對，但如果是英王世子的兒子來，那麼怕是趙管事就不夠了。所以最好的人選是沈錦。

沈錦自然也明白了，說道：「我來吧。」

「太危險了。」楚修明也是有所顧忌的。「恐怕英王世子不會選離邊城太近的地方，最怕的就是他帶兵過去，而邊城這邊的人馬，我帶走了一部分，還要留大部分的人守衛邊疆，還要不引起誠帝的注意，最多只能帶一千人馬。」

「夫君你說……英王世子會不會直接和誠帝合作？」沈錦問得有些猶豫。「畢竟怎麼看，都是夫君比較難對付。」

等沈錦說完，楚修明竟然沈默了，其實他也想過這點，只要讓誠帝覺得他的威脅比英王世子大，那麼合作也不是不可能的。

而且誠帝這麼緊張瑞王的事情，其中也有他的關係，畢竟瑞王也是先帝血脈，誠帝不知道他們有太子嫡孫這件事，那麼在誠帝心中，楚修明若是推了瑞王上去也是理所當然的，畢竟瑞王是他的岳父，還很好控制。

所以那時候楚修明勸瑞王跟著他來邊城，也是擔了大風險的。

不僅如此，如果誠帝在覺得楚修明危險的時候，恐怕會一邊用懷柔的態度來安撫楚修明，一邊用雷霆手段處理掉瑞王。

換作任何一個皇帝，怕是都不會和英王世子這般的人聯手，可是誠帝呢？他們誰也不敢保證。英王世子能忍到如今才動手，不過是不知道楚家的態度，心中顧忌著楚家，才早早就開始算計楚家。

在楚家什麼事情都沒有做，為天啟鎮守邊疆的時候，誠帝都能小動作不斷，不是拖延輜重糧草，就是不予救援，又要用楚家又要防備楚家，甚至因為他的小動作還害死過楚家的人，誠帝如何不心虛？

沈錦見楚修明沈默，心中已經明白了一些，其實很多事情都是從周圍人的態度上推測出來的。

沈錦趴在楚修明的身上，小聲地說道：「誠帝不是英王世子的對手。」

如果誠帝想要算計英王世子和楚修明，除非英王世子故意讓他成功，否則……更多的可能是英王世子算計了誠帝，就算如此也等於他們共同對付了楚修明，所以楚修明希望那座山脈真的是英王世子藏兵之處。

「不管怎麼說，誠帝如今都是一國之君。」楚修明輕輕拍撫著沈錦的後背。

誠帝坐上皇位的手段並不光明正大，這點誰都知道，可是為何開始的時候，除了那些死忠外，更多的人都保持了沈默？因為對這些人來說，只要坐在皇位上的人是沈家的，皇室血脈沒有混淆就好。

「我去才是最合適的。」沈錦的臉貼在楚修明的胸膛上，說道：「英王世子恐怕會一邊派人來與邊城協商，一邊去找誠帝合作，畢竟和你比起來，誠帝更加容易對付。」

其實沈錦說的這些，楚修明都考慮到了，沈錦接著說道：「所以我去才最安全，就算是有埋伏，他們也不會傷了我，只會活抓我，然後用來威脅你。」

而楚修明去或者楚修遠去，就沒有這個待遇了，恐怕第一時間就要被弄死，所以只有沈錦，她的身分不會太重也不會太輕，不管是誠帝還是英王世子，都會覺得殺了她對邊城沒什麼影響，反而抓著她用來威脅楚修明，多少還有些用處。

楚修明輕輕撫了一下沈錦的頭髮說道：「難道妳放心留下東東嗎？」

沈錦微微垂眸，她能想到的，楚修明只會想得更多，可是真的像沈錦所言那般一點危險都沒有嗎？恰恰相反，沈錦沒有一點自保能力，別人當然想要活抓她，可是刀槍無眼，如果有個萬一呢？

聽見東東，沈錦抿了抿唇。楚修明要離開，她如果也離開的話，這邊就剩下東東一個人了，他還那麼小。「把東東交給我母親照顧，到時候趙嬤嬤、安平和安寧都留下來。」

楚修明還想說話，沈錦就撐起身，捂住了他的嘴。「夫君，我不過是換個地方等你。」

「不一樣。」在許多事情上，楚修明願意為沈錦妥協，可是這件事上卻不可能。

沈錦卻是笑道：「夫君，其實也不一定，萬一山脈那邊什麼都沒有呢？」

所以他們現在說這些都太早了，楚修明緩緩嘆了口氣，點頭說道：「嗯。」

這件事並沒有解決，不過都有默契地不再提了。

第五十七章

京城中，客仙居已經把瑞王要的東西準備妥當了。因為瑞王要求所有的東西都在瑞王府準備，所以天剛亮，客仙居的人就帶著眾多食材和工具從後門進了瑞王府，在一處特地收拾出來的院子那兒開始忙活起來。

一個三十多歲的壯漢熟練地把小羊羔給宰殺了，還有人用材料在空地上壘起烤羊羔用的臨時檯子……

與此同時，一個中年女人也被人引到正屋中，當瑞王看見這個女人時愣了一下，說道：「甄嬤嬤，妳怎麼……」

甄嬤嬤和宮中的時候相比蒼老許多，如果不是瑞王對她比較熟悉，恐怕還認不出來。此時的甄嬤嬤哪裡還有宮中時候的體面，穿著一身有些破舊的衣服，就像是最普通的婆子一般。甄嬤嬤看著瑞王和瑞王妃並沒多大驚訝，畢竟昨夜客仙居的人拿著那張紙條過來的時候，她心裡已經有了準備。

「老奴給王爺、王妃問安了。」甄嬤嬤恭聲說道。

瑞王趕緊說道：「嬤嬤快起來，坐，這是怎麼回事啊？」

「王爺。」瑞王妃打斷瑞王的話，先請甄嬤嬤坐下後，親手倒杯茶水給她，甄嬤嬤趕緊起身連道不敢當。「嬤嬤，為何妳會獨自在宮外？」

甄嬤嬤等瑞王妃重新坐回瑞王身邊，才坐下說道：「是太后吩咐的，那日……」甄嬤嬤簡單說了一下誠帝和太后之間的爭吵。

瑞王紅了眼睛，滿是愧疚地說：「都是我的錯，若不是我的私心，讓母后幫著我……皇上也不會牽累到母后身上。」

「王爺可別這樣說，太后若是知道了，定會傷心的。」甄嬤嬤心中感嘆，雖然瑞王軟弱無能了些，可是和誠帝比起來，更加重情義和尊重太后。那時候太后讓她出宮，就交代過她等瑞王的人來，把一切告訴瑞王，甄嬤嬤當時還覺得瑞王怕是不會回來，可是沒想到，果然是母子連心嗎？

瑞王低著頭，神色不明，其實他心中又是傷心又是憤恨，母后再多的不好，對誠帝與他都是極好的，可是誠帝呢？那可是生養他們的母親啊……

瑞王妃看向甄嬤嬤問道：「太后可有什麼話要嬤嬤與王爺說？」

「是。」甄嬤嬤恭聲說道：「那日皇上借機發作了不少太后身邊的人，就是老奴也被打了板子，太后索性把那些人能打發出宮的打發出宮，不能的也調到別處，讓皇上安排身邊伺候的人，藉此保住了老奴等人的性命。」

瑞王握緊了拳頭，強忍著怒火，甄嬤嬤倒是面色平靜地說道：「老奴得了太后的吩咐，就一直在等王爺。」說著就從懷裡掏出一疊銀票，雙手捧給瑞王。「這是太后所有的積蓄，太后讓老奴把這些交給王爺。」

「母后是什麼意思？」瑞王沒有去接那些銀票，反而皺眉問道。

甄嬤嬤恭聲說道：「太后讓王爺去邊城。」

瑞王皺眉，如果不是為了太后，他早就去邊城了，可是此時太后卻特地讓甄嬤嬤留在外面告訴他這些？瑞王妃也皺起眉頭，看向銀票，太后不可能只讓甄嬤嬤送這些銀票給瑞王，因為沒必要。

甄嬤嬤卻只是態度恭順地起身把銀票放到瑞王的手邊，然後看向瑞王妃，說道：「太后也特意吩咐老奴，若是這次王妃陪著王爺一併回來，把孩子也都安排妥當了，下面的話就不需要避著王妃了。」

瑞王開口道：「嬤嬤有話直說就是，王妃與本王同生共死，榮辱與共。」

甄嬤嬤聞言說道：「是，太后讓老奴告訴王爺，皇上的那個玉璽是假的。」

「什麼？」瑞王沒忍住，驚呼出聲，甄嬤嬤卻一直看著瑞王妃，見她臉上也是掩藏不住的驚恐，心中鬆了一口氣，看來瑞王妃先前並不知情的。

甄嬤嬤開口道：「真的玉璽被太子妃藏了起來，只是藏在哪裡，卻誰也不知道，除了玉璽外……還有先帝的遺詔。」

「先帝遺詔？」瑞王看向甄嬤嬤。

「是。」甄嬤嬤說道。「老奴失禮了，不知可有隱蔽之處？」

就算冷靜如瑞王妃，此時也深吸了幾口氣，才平復下來，說道：「嬤嬤請跟我來。」

甄嬤嬤微微退後，雙手交疊放在小腹上低著頭，瑞王妃帶著甄嬤嬤走到裡間，而瑞王還沒反應過來。等到了內室，甄嬤嬤就脫掉外衣、中衣，然後取掉腰間那塊被腰帶等東西緊緊勒住的明黃色遺詔。

顧不得穿衣服，雙手捧著給了瑞王妃，瑞王妃接過，並沒有打開，只是說道：「等出去了，交給王爺。」

甄嬤嬤恭聲應下，然後將衣服一件件穿上，總算把這個遺詔給了瑞王妃，她也算鬆口氣。等出去後，就見瑞王終於平靜下來，可是看見王妃手中的東西時，嚥了嚥口水，瑞王妃交給了瑞王，瑞王這才打開看了起來，確實是先帝的遺詔，內容是把皇位傳給太子。

瑞王看完後就把遺詔交給瑞王妃，猶豫了一下說道：「可是太子已經……」

瑞王妃卻抿了抿唇，端看要怎麼用了，若是用得好，效果並不差，特別是……太子的嫡孫還活著，有這個遺詔，也可以證明太子一脈才是先帝心中屬意的對象。

甄嬤嬤開口道：「王爺，這個您保存著就好，如果到了邊城，就交給永甯侯。」

瑞王看了看瑞王妃，又看了看甄嬤嬤，就應了下來。瑞王妃把遺詔放到瑞王那裡，看向甄嬤嬤問道：「這遺詔，太后是如何留下來的？」

甄嬤嬤咬牙說道：「皇上當初的那份遺詔是假的。」

雖然看見這份的時候，他們都有了猜測，可是親耳聽甄嬤嬤說出來，心中還是一驚，甄嬤嬤接著道：「這個才是真的，誠帝也不知道，那時候……被太后給藏起來了。」

甄嬤嬤說得含糊，可是瑞王妃已經明白了，那時候恐怕因為太后看到誠帝對太子一脈和其餘皇子斬盡殺絕的態度，心中害怕才偷偷將遺詔隱下來。太后是誠帝的母親，可不僅是誠帝的母親，她還有個更小的兒子需要保護，所以太后能容忍誠帝把瑞王給養廢，卻無法容忍誠帝對瑞王的生命有威脅。如今把這遺詔拿出來，不過是給瑞王增添一些籌碼。

如果誠帝不是有除掉瑞王的心思，恐怕太后一輩子也不會把這遺詔拿出來。

若是誠帝知道，就連他的生母都如此防備著他，不知會有什麼想法。

甄嬤嬤深吸了一口氣，說道：「太后讓我給王爺帶句話——『我兒也是先帝血脈，若是真有那日，我兒不如取而代之，只求我兒看在為母的面子上，給其兄留一條活路』。」

「我從來沒有這個心思。」瑞王臉色大變說道。

瑞王妃卻懂了太后的打算，她給出這麼多籌碼，是因為她以為先帝血脈就只剩下誠帝、瑞王和英王世子三人，可是任太后萬般算計，卻沒想到太子一脈還有人存活下來。

甄嬤嬤看著瑞王，開口道：「太后也知道王爺絕無此心，可是王爺，人有時候身不由己。」

瑞王咬牙說道：「母后是不是很危險？」

若是他真的走了，太后要怎麼辦？誠帝又會如何對待他的母后？

甄嬤嬤聞言，看瑞王的眼神越發慈和，說道：「不管怎樣，太后都是皇上的母親，王爺儘管放心吧，就算是為了王爺，太后也會好好保重的。」

瑞王低著頭沒有說話，甄嬤嬤知道瑞王就是這般優柔寡斷的性子，也不在意，反而看向瑞王妃說道：「王妃，太后說王妃是聰明人，自然知道如何選擇，王爺只有四子，長子次子都出自王妃，若是真有那日……王妃也知道王爺的為人，是絕不會虧待王妃和世子他們的。」

這個誘惑不可謂不大，只是太后永遠不知道瑞王妃想要的是什麼，不過此時瑞王妃只是點了點頭說道：「嬤嬤說得容易，可是……永甯侯憑什麼要幫王爺？成功了自然是功臣，若是失敗了，怕還要遺臭萬年，就算是楚家推了王爺，又能得到什麼？如果楚家保存實力，不管最終結果，楚家有兵權在手，就立於不敗之地。」

甄嬤嬤知道瑞王妃說的是真話，楚家如今和瑞王的聯繫，不過是娶了瑞王的庶女罷了，可是楚家的百年聲望和一個女人比起來，自然是前者更重要。

瑞王聞言也看向了甄嬤嬤，甄嬤嬤想到太后說的，開口道：「太后說王爺不如用異姓王，還有把西北那些地方都封給永甯侯，令其自治……具體的太后說還請王妃詢問一下趙老，近三十年，怕是不少人都忘了趙家當初一門五進士的風光，難道趙氏一族真的願意就此沈寂下來？到時候王爺真的成事了，怕是還要依賴趙老許多。」

瑞王妃不得不承認，太后真的很會掌控人心，這些誘惑下來，若不是早就有了打算，怕就是瑞王妃都要心動，聞言微微垂眸沒有說話，甄嬤嬤接著說道：「王妃也可以想想，若是王爺真的成事了，那麼世子就是太子，未來的一國之君，王妃就是一國之母，那麼趙氏一族不僅是太子母族，還有從龍之功。」

「我知道了。」瑞王妃像是下定了決心一般。

甄嬤嬤見此心中大安，看向瑞王叮囑道：「王爺，太后讓老奴告訴王爺，多聽聽王妃的話，夫妻同心才是，王妃在王爺危難之時都能不離不棄，若是王爺有絲毫對不起王妃的，太后定會為王妃作主的。」

「我不會的。」瑞王趕緊說道。

瑞王妃聞言微微一笑，沒有說什麼，甄嬤嬤接著說道：「太后還說，讓王爺把府中的姑娘送進宮中，太后會幫著照顧。」這是為免瑞王有所拖累。「永樂侯世子夫人的事情，也請王爺不用擔心，太后會幫著照看。」

瑞王皺眉，想說什麼卻被瑞王妃阻止了，瑞王妃開口道：「我知道了，只是四丫頭如今身子不好，怕是進不了宮，這幾日我把五丫頭的東西收拾下，就送她進宮陪伴太后。」

甄嬤嬤聞言徹底放了心，看來瑞王妃已經有了決斷，太后如今算是勉強保住自身，哪裡還有能力護著沈琦，不過是這樣一說罷了。瑞王明顯看出來，想要去問，可是瑞王妃阻止了，瑞王妃已經作出決斷，為了瑞王和兒子而犧牲女兒。

等甄嬤嬤把太后交代的事情都說完後，瑞王妃才問：「不知二皇子如何了？」

甄嬤嬤猶豫了一下才說道：「二皇子死了。」

瑞王瞪大了眼睛，不敢相信地看著甄嬤嬤，二皇子明明已經被救出來了啊，甄嬤嬤見此才說道：「二皇子是秘密回京後死的。」可是怎麼死的，甄嬤嬤卻沒有說，只道：「據說是病死了的。」

這正是誠帝對太后說的，就連皇后都不知道這件事。

瑞王妃皺了皺眉頭，沒有再問什麼，瑞王張了張嘴，他的臉色慘白，許久才說道：「那可是……那可是親兒子啊。」

誰也沒能給瑞王一個答案，除非他敢去問誠帝，甄嬤嬤最後是跟著客仙居的人一起離開的。瑞王妃安排了人，把特地弄好的東西用小炭爐溫著送進宮中，只說讓太后也嚐嚐民間風味的東西。

太后在看見那幾道菜後，眼神閃了閃，有幾分惋惜和傷感。「去問問皇帝，要不要一道來嚐嚐，我瞧著是不錯，再把這幾道菜給皇后送去。」

太后選的菜都是一些清淡的，適合皇后現在吃。

那宮女也是誠帝安排到太后身邊，後宮的事情其實皇帝也不太管，這些人說到底都是誠帝讓皇后安排的。

誠帝並沒有過來，不過已經知道瑞王給太后都送了什麼東西，甚至連一盤糕點裡面有幾塊都知道，見沒有任何異常也就沒去管，倒是皇后讓人扶著到太后宮中。因為二皇子生死不明，如今她消瘦了許多，那身皇后的常服穿在身上都有些空蕩的感覺。

見到皇后，太后就趕緊讓人扶她坐下，問道：「可是有什麼事情，太醫不是讓妳多休養嗎？」

皇后只是苦笑。「勞太后擔心了。」

太后微微嘆息。「莫說這般喪氣的話，太醫不都說了只要養養就好嗎？」

皇后沒有說話。「我兒至今沒有消息，我如何能靜心休養？」

太后面色微微一變，卻沒有說話，皇后並沒有如往常那般，而是看著太后的神色問道：「母后，您就與我說句實話，我那可憐的兒子是不是回不來了？」

「妳……」太后皺了皺眉頭，這才說道：「那也是皇帝的兒子，皇帝定會想辦法把他救回來的。」

誰知聽到這話，皇后卻哭了起來，太后皺著眉頭說：「皇后，妳的規矩呢？」

皇后抬頭看著太后說道：「母后，那也是您的孫子啊。」

太后冷眼看了下四周。「妳們都退下。」

皇后看向太后，她的神色有一種扭曲後的平靜，說道：「母后，我只求您告訴我，我兒是不是……是不是已經死了？」

「我不知道。」太后沒有鬆口。

皇后其實心中已經有了答案。今日會來問太后，也是想抱著一絲希望，只求是她想得太多，可是太后的回答，卻讓皇后徹底絕望了。

誠帝一直瞞著眾人蜀中寶藏的事情，可是派親信過去的時候，難免要交代幾句，而那些宮中伺候的小太監，看著不起眼，有時候知道得卻很多，在皇后懷疑後，就讓人開始打探這些消息，特別是有些太后宮中的人被打發出去，皇后暗中把人一一抓住，嚴刑審問後，整件事就知道得八九不離十了。

甄嬤嬤離開後，瑞王心中格外煩悶，拿著那份遺詔，看見瑞王妃就說道：「這個交給妳。」

「王爺？」瑞王妃知道這個東西的貴重，沒想到瑞王會直接交給她。

瑞王把東西放到瑞王妃的手上說道：「妳收著。」

瑞王妃見瑞王是認真的，才說道：「那這幾日，我給王爺的裡衣內縫個暗袋，到時候王爺把這個藏在暗袋中。」

瑞王點點頭，問道：「太子……已經沒了，這個還有用嗎？」

「有用的。」瑞王妃微微垂眸說道。「有這個，只要用得好就能證明，當初誠帝的那份遺詔是假的……」英王世子那些說誠帝殺父弑兄的話，這份遺詔就是最有利的證據。

瑞王咬了咬牙說道：「玉璽的事情……那真玉璽是在哪裡？妳說母后會不會知道？」

「怕是母后也不知道。」瑞王妃坐在瑞王的身邊柔聲說道：「若是知道的話，定會交給誠帝的。」

就算有再多的不是，誠帝都是太后的親生兒子，誠帝剛登基的時候，對太后也是不錯的，如果太后知道的話，怎麼會不告訴誠帝？玉璽可不是這份遺詔，拿出來對誠帝也沒什麼影響的。

瑞王點了點頭，忽然問道：「如果我們走了，琦兒怎麼辦？」

「王爺真的想坐上那個位置嗎？」瑞王妃聲音輕柔，帶著幾許疑問。

瑞王抿了抿唇卻沒有說話，如果說不想，那是假話，當初他是沒想過，可是當他發現，其實他也有資格坐上皇位的時候，如何能不心動。

瑞王妃眼睛瞇了一下，親手給瑞王倒了茶，沒有說話，瑞王像是幾番掙扎，忽然說道：「其實我覺得……我為什麼不能爭一爭呢？雖然……我不敢保證自己是一代明君，可是起碼……我不會比誠帝和英王世子差吧？再加上岳父、女婿的輔佐……」

瑞王的聲音越來越小，因為他覺得真的可行！其實有很多時候，瑞王也不能理解誠帝的想法，如果換成是他的話，絕對不會對永甯侯下手的，還會多多善待。

瑞王妃心中微微嘆息，她就怕瑞王起這樣的心思，一日夫妻百日恩，她到底和瑞王做了這麼久的夫妻，也不想看著瑞王最後自尋死路。

甄嬤嬤的話很誘人，可是瑞王妃更理智，太子嫡孫才是眾望所歸，還有那些老臣子和楚家這樣的人支持，而瑞王有什麼優勢？他是先帝的兒子，可太子嫡孫也是先帝的血脈啊。

太后所設想的那些並非不完美，可前提是沒有太子嫡孫這個人。

瑞王妃何嘗不心動，如果瑞王真的能坐上皇位，那麼瑞王妃就有把握把自己的兒子捧上太子之位，可是……也僅僅是心動而已。

不過瑞王妃此時卻沒有再說這件事，等真到了邊城見到太子嫡孫了，再想辦法打消瑞王的想法也是可以的，所以她只問道：「王爺，琦兒的事情要怎麼辦才好？」

「啊？」瑞王愣了一下才反應過來，他剛剛問瑞王妃這件事，卻被瑞王妃打斷了，此時提起來，反應了一下才說道：「王妃有什麼辦法嗎？」

瑞王妃搖了搖頭。

瑞王皺眉說道：「能不能讓女婿外放？」

「皇上是不會同意的。」瑞王妃開口道。

瑞王想了一下說道：「等我們準備走前，直接叫女婿和琦兒回來，打暈了帶走。」這個辦法格外的無賴，卻很有用。

瑞王妃眼睛亮了一下說道：「也好，到時候與琦兒說，讓他們夫妻兩個回府住上一段時日，就直接把人帶走好了。」

瑞王應了一聲。「反正就是個永樂侯，若是我真的坐在那個位置，到時候再封就是了。」

瑞王妃看著瑞王意氣風發的樣子，心中緩緩嘆了口氣。

瑞王忽然皺了皺眉頭說道：「對了，妳說二皇子的事情……是不是誠帝做的？」

「我不知道。」瑞王妃說道。「不過怕是母后也有些懷疑。」

「虎毒不食子，這般……」瑞王只覺得心寒。「王妃，這幾日趕緊收拾一些東西，再選一些可信可用之人，我們必須早點走，多虧大部分東西都已經送到了邊城。」

瑞王妃微微垂眸說道：「是，只是這件事要不要提前給三女婿打個招呼？」

「嗯，讓他們準備接應一下也好。」瑞王想了一下說道。

瑞王妃看向瑞王緩緩說道：「王爺，怕是我們要先在那個井中藏上一段時間。」

「嗯？」瑞王有些疑惑地看向瑞王妃。

瑞王妃解釋道：「若是我們直接走了，想來很快就會被誠帝發現，自然要派兵去追，我們怎麼也逃不掉的，還不如在井中藏上十天半個月，然後跟在那些追兵的後面，也好隱藏。」

瑞王也明白過來，點頭說道：「王妃說得是，就這樣做。」

「到時候怕是王爺要吃些苦頭了，而且不宜帶太多人，除了你我二人、還有女婿和琦兒外，翠喜是要帶著的，剩下的……我想著，能不能讓客仙居安排四個護衛。」瑞王妃開口道。

瑞王皺眉問道：「我們府上的侍衛不行嗎？」

「他們是侍衛，可是並不適合帶著我們易裝而行。」瑞王妃開口。

瑞王想了一下點頭，忽然問道：「那他們怎麼辦？」

「想來過不了多久，誠帝就會安排人進府，到時候把原來府中的人都打發走吧。」

瑞王妃想了一下，說道：「這幾日我就先打發了，你進宮求誠帝，讓他賜下一些人吧。」這樣一來也容易讓誠帝安心。

「嗯。」瑞王應下來。

邊城中，楚修明還不知道瑞王他們手中已經拿到先帝真正遺詔的事情，更想不到誠帝的後院起火了。皇后也是為人母，也有自己的私心，在知道自己的兒子死得不明不白，甚至不能按身分下葬的時候，她整個人憤怒了。

不過因為她還有另外一個兒子和兩個女兒，所以才一直沒有爆發出來，她不願意去想她的大兒子是怎麼沒有的，甚至不敢去想，所以越發在乎還活著的這個兒子。是報應嗎？可是為什麼不報應到她身上？

其實在二皇子死亡這件事上，誠帝還真是無辜的，二皇子在蜀中時也受了不少苦和驚嚇，那時候身體就有些不適。

秘密回京後，為了誠帝的計劃又不能露面，甚至誠帝許諾，只要事成後就封他為太子。不管是為了將功補過也好，為了太子之位也好，二皇子也不敢輕易露面，還是後來實在病重了，才讓人與誠帝說，誠帝暗中安排了太醫，卻已經晚了。

雖然二皇子的死和誠帝有一定的關係，還真不是誠帝給弄死的，就是二皇子自己也有一定的責任。可是因為誠帝的私心，在二皇子死後，誠帝更不知道如何說才好，就安排人秘密送二皇子的屍首去蜀中，想把二皇子的死因推到那些反民或者英王世子身上。

說到底誠帝雖然因為二皇子的死難受，可更多的是在考慮如何能得到更多的好處，不過他也知道這樣做有些下作，又因為瑞王的事情和太后發生了嫌隙，連個商量的人也沒有，弄得如今不僅太后誤會，皇后也心生了不滿。

誠帝更不會知道，皇后在從太后宮中回來沒多久，就讓人給承恩公府送了信，請承恩公夫人明日進宮。

京城中每個人都在為自己的目的忙碌的時候，邊城反倒格外平靜。

而將軍府中最幸福的人並非沈錦，而是大名被定為楚晨暉的東東，每日吃的東西絕不重複，不僅趙嬤嬤會下廚給他做些能吃的好東西，陳側妃也擅長這些，甚至還做了不同味道的磨牙餅，不僅味道好，樣子也可愛，就是沈錦沒事都愛拿上兩塊吃一吃，弄得東東時不時就要淚眼汪汪找陳側妃告狀。

第五十八章

等楚修明接到京城客仙居傳來的消息時，已經快到小年，議事廳中，楚修明把紙條遞給楚修遠，這上面猛一看只是一張菜譜，卻是他們約定好的暗語，解讀出來後，就是告訴楚修明，瑞王手中有遺詔的事情，還有甄嬤嬤傳達的關於太后的意思。

楚修明和趙家聯絡的時候雖然同樣用暗語，可是和這份卻不同，所以是趙管事給他解釋的，聽完以後，趙端面色變了變，開口道：「家姊絕不會生出這樣的心思。」

「嗯。」楚修明倒是沒有懷疑瑞王妃的意思，因為瑞王妃足夠聰明，她知道只要有楚修遠在，就永遠沒有瑞王上位的可能。

趙端會緊張，不過是害怕楚修遠誤會，瑞王的死活趙端並不在乎，可是他姊姊是瑞王妃。

楚修遠看向趙端，安慰道：「舅舅放心。」

楚修明也說道：「岳父為人雖糊塗，可是有岳母在，我們都無須擔心這些，不過還是要安排人手去把他們接到邊城來。」

趙端心中稍定，點頭說道：「將軍安排就是了。」

楚修明應了一聲，心中已經有了打算，問道：「沈熙他們有消息了嗎？」

「已經聯絡上了，沈熙和趙駿正往邊城這邊趕回。」趙端開口道。

楚修明說道：「到時候就讓沈熙帶人去接。」

趙端心中思索了一下，也覺得妥當，就沒再說什麼，楚修遠開口道：「對了，前幾日趙澈特地來找我，說想跟著林將軍去巡防。」

楚修明皺了皺眉，沒有說話反而看向趙端，雖然是巡防，可是萬一遇到蠻夷的人，還是會發生爭鬥的，趙端笑道：「只要將軍和二將軍覺得合適就行，不管是趙駿還是趙澈，他們的前程都要他們自己去掙。」

「修遠覺得趙澈合適嗎？」楚修明等趙端說完，就問道。

楚修遠想了一下說道：「我覺得趙駿比較適合跟著林將軍去巡防，而趙澈性子不夠沈穩，不如讓他跟著于管事去籌備互市的事情。」

「嗯。」楚修明應了下來，他已經漸漸把這樣的事情交到楚修遠的手上，其實這般也是無奈，天啟朝的歷任太子都是先被皇帝帶在身邊，接觸朝堂事務，一點點學習處理的，而楚修遠卻沒有這樣的機會。

以小見大，楚修明一直讓楚修遠接觸邊城的事物，如今更是把安排人手的事情交給他，也是為了鍛鍊他，以後能知人善用。

楚修遠見楚修明答應，這才看向趙端說道：「舅舅，我想著先讓趙澈在互市上先瞭解那些外族的習俗，而且我發現他對數字很敏感，雖然戰場上易得軍功，卻浪費了趙澈的天賦，也是可惜。不如先讓他試試互市這邊，若是他真的不喜歡，我們再給他換也來得及。」

趙澈是趙端的兒子，他當然知道自己兒子有許多小聰明，性子也有些跳脫，在數字上格外有天賦。趙端剛剛驚訝的是，這麼短時間的相處，楚修遠竟然也看透了自家的兒子，還有了這般安排。

「二將軍作主就是了。」趙端開口道。

楚修遠點頭，這件事就定了下來。

「岳父來了以後，就讓茹陽公主和駙馬病逝吧。」茹陽公主和駙馬忠毅侯，自從被誠帝派過來，就被先得了消息的楚修遠給暗算，然後兩個人被圈養起來。不僅是他們，還有不少被誠帝派來的朝中臣子，雖然這些人不足為患，可是趙管事覺得，不能小看任何人，只有死人才是最安全的。

趙端也贊同，王總管開口道：「確實如此。」

「把茹陽公主送回京。」楚修明忽然說道。「駙馬和世子留下來。」

這件事在晚上的時候，楚修明和沈錦商量過，開始楚修明的意見也如趙管事那般，倒是沈錦提議，把茹陽公主送回去，駙馬和茹陽的孩子留下來當人質，到時候茹陽公主自然知道該怎麼做好。

就算茹陽公主不在乎丈夫，卻不會不在乎孩子的。

楚修明甚至不用交代茹陽公主任何事情，到時候為了丈夫和孩子的安危，她自然知道該怎麼做才好。

就算到時候茹陽公主出賣了邊城也沒關係，因為那時候瑞王已經來了，怎麼樣都是和誠帝撕破了臉。

楚修遠皺了下眉頭，說道：「茹陽會就範嗎？」

楚修明開口道：「就算她告訴誠帝邊城的情況，我們也沒有損失。」

「也是。」楚修遠想了一下開口道：「那就這樣定下來了。」

楚修明點頭，沒有再說什麼。

「那瑞王如何安排？」趙管事直言問道。

趙端此時並不好開口，因為瑞王也是他姊夫，不過見這些人並沒有避著他談論瑞王和瑞王妃的事情，趙端心中也鬆了口氣。

「就住在夫人前段時間收拾出來的那個院子。」楚修明開口道。「一切照常。」

「那二將軍的事情要告訴瑞王嗎？」王總管問道。

楚修明看向楚修遠。「你自己作決定。」

「是。」楚修遠應下來，說道：「待之以誠比較好。」

其實還有一點，早點打消瑞王的念頭對他們誰都好，若是讓瑞王想得太久，難免生了執念，反而傷了情分。

趙端聞言這才開口道：「我會與姊姊、姊夫談一下。」言下之意是會說服瑞王當靶子，使得楚修遠能更好地隱藏在後面。

如果楚修明這邊有個瑞王，那麼最多讓誠帝忌諱一下，而英王世子會樂見其成，可如果是楚修明這邊有個太子嫡孫，那麼情況就不一樣了。

「那就麻煩舅舅了。」說話的是楚修遠。

趙端搖了搖頭。「這些都是分內之事。」

楚修明見事情決定了，就接著說道：「英王世子那邊有消息嗎？」

「還沒傳回消息。」王總管開口道。

楚修明點了點頭，想了一下說道：「修遠，加強邊城周圍的戒備，蠻族安靜了這麼久，恐怕有大行動。」

「是。」楚修遠應下來。「那我們要不要主動出擊？」

「等年後。」楚修明開口道。「到時候你在邊城正面迎敵，讓林將軍他們帶人分三路繞道到……」楚修明指著地圖開始說起來。

趙端他們也都起身站到桌子周圍，看著楚修明指的幾個地方。

等楚修明安排完了，楚修遠就問道：「哥，你呢？」

楚修明點了點那個山脈的位置。「如果這裡真有異動，我就帶些人過去，如果沒有的話……那麼就製造一些出來。」

畢竟那個孩子藏在哪裡，恐怕只有英王世子知道，如果一點動靜都沒有，只會讓他們處於不利的地位。

既然已經決定了，幾個人開始就著這個計劃商議起來。

趙端皺了皺眉，忽然問道：「如果英王世子同意交還孩子，那麼誰去？」

其實他們都想到了這個問題，沒等楚修明說話，趙管事就說道：「在下去即可。」

王總管皺眉想了一下說道：「其實……」

楚修明卻看向王總管，趙端也想到了，趙管事並非最好的人選，沈錦是最合適的，其次還有沈熙……甚至瑞王妃。

趙管事自然也想到了這些，這才主動領命，可如果是趙管事去的話，情況就有些危險了，王總管開口道：「我去。」

楚修明開口道：「等那些探子消息傳來了再說。」

眾人點頭不再爭論。

等商量完了，楚修明和楚修遠就往書房走去，楚修遠開口道：「哥，是不是有什麼為難的事情？不如讓我去吧。」

楚修明開口道：「無礙的，現在這些都是假設。」

「如果不是你有七、八分的把握，你就不會如此。」楚修遠很肯定地說道：「山脈那邊很危險。」

楚修明應了一聲並沒有否認。「你守好邊城。」

兩個人進了書房，楚修遠問道：「哥，別人去可以嗎？」

楚修明聞言只是一笑說道：「我去還有四分把握和活路，別人去怕是連四分都沒有，若是我真的出事了，你記得把士兵分成……」

「哥！」楚修遠打斷楚修明的話，他雖然只是楚修明的表弟，可是在他心中，楚修明不僅是表哥，是楚修明和楚修曜兩個人帶著他，教他習武學文，後來楚修曜出事，他就剩下了楚修明這麼一個兄長。

楚家為天啟犧牲了多少，為了他們父子犧牲了多少，沒有人比楚修遠更清楚。四成把握？還不足一半，楚修遠沒有辦法接受。

楚修明沒有說話，只是面色平靜地看著楚修遠，楚修遠漸漸紅了眼睛。楚修明倒了一杯茶，推到楚修遠的面前，楚修遠喝下去後，楚修明才接著說道：「把所有士兵分成三部分，讓林將軍鎮守邊疆，金將軍防備……」

因為只有四成把握，楚修明已經把他不在後，可能發生的事情交代清楚了。「林、吳和金三位將軍，忠心上是可以相信的，但是林將軍更擅長守城，而非追擊戰，金將軍脾氣有些急躁，而吳將軍有勇有謀卻嗜殺，你需要多加約束。」

楚修遠點頭記下，楚修明接著說道：「誠帝和英王世子兩個人，你需多注意誠帝。不過你要放著英王世子狗急跳牆，這些時日傳來的線索，在蜀中等地有幾位民間有聲望的大夫被人請走後，至今未歸。」

「我知道了。」楚修遠開口道。

楚修明點頭。「誠帝為君二十多年，也坐穩了二十多年的皇位。」

「是。」楚修遠心中一凜。

楚修明緩緩吐出一口氣說道：「等我出發一個月後，你就讓人送信給英王世子，遲五日再送消息給誠帝，信的內容我會提前寫好。英王世子不管是為了拖延時間還是別的，都會提起那個孩子的事情，如果你嫂子真的要去的話，你也不用阻攔了。」

「哥！」楚修遠看向楚修明。

楚修明搖搖頭說道：「她有分寸的。」

楚修明看著楚修遠沈聲說道：「修遠，為君者，不管能力如何，切記光明正大，己所不欲勿施於人。」

「是。」楚修遠低頭說道。

楚修明開口道：「若是到時有什麼為難的事情，可以請教瑞王妃。」

楚修遠點頭說道：「我知道了。」

楚修明看著楚修遠，沈聲道：「甚至在萬一的時候，把邊城託付給瑞王妃。」

楚修遠開口道：「哥，放心吧。」

楚修明這才點頭，臉上的表情柔和了許多，起身拍了拍楚修遠的肩膀說道：「交給你了。」

「好的！」楚修遠下意識地回答。

楚修明應了一聲，就往外走去，楚修遠愣了一下，忽然反應過來說道：「哥，今日的公事還沒處理呢。」

「君子重諾。」楚修明頭也不回地往外走去。「你剛剛已經答應下來，這段時間的公事就交給你了，若是有什麼不確定的，就去問趙管事他們，還是決定不了的，就等未時來找我。」

沈熙和趙駿趕回來了，信件雖然用不上，可是帶來了一個消息。他們想要趕上楚修明他們，所以就走小路，誰知道走岔路了，就從澎域那邊繞路，那是英王世子的地盤，幾個人就喬裝打扮，只選了偏僻小路來走。

「空村？」說話的是趙端，他滿臉異色，有些奇怪地說道：「怎麼會如此，那一片近年來都是風調雨順的。」沒有大的天災人禍，不可能同時出現這麼多的空村。

不僅是趙端，在場的眾人臉色都有些不好，楚修遠問道：「可知道是怎麼回事？」

趙管事給兩個人倒了水，他們才剛回來，身上的衣服都沒來得及換，端著水猛喝了幾口，楚修明才問道：「具體說說。」

「因為急著趕回來，我們決定從澎域那邊走，為了安全起見，選的都是偏僻的小路甚至是山路，可是在走到……」

當他們發現第一個空的村莊時，還沒有太過驚訝，畢竟這邊的村落大多都是十幾戶最多不過三十來戶組成的，難免因為一些事情遷移了也說得過去。可是當遇到第二個的時候，幾個人心中就覺得有些不對了，就是那個帶路的人也說，去年的時候，他們來收山貨，這邊還有不少人。

這裡最近的一個村子，想要去城裡都要走近兩天的路，趙家會每年來這邊收一次山貨。也是因為知道這邊山民不容易，辛辛苦苦弄些山貨，卻往往賣不出好價錢，所以管事在和趙儒說了以後，每年都會來這邊收一次，漸漸地這邊的大小村落都喜歡把東西留下等著趙家人來。

在第二個村落的時候，他們就仔細檢查了，發現所有人家中都沒有食物，但是有的人家衣物什麼的卻都在，有的人家像是收拾了東西搬走的，看起來離開得有些慌亂，甚至還有一個侍衛發現了被隱藏的血跡……可是並沒有發現任何屍首。

這讓沈熙他們的心就有些發沈了，最後冒險到了鎮上，一家酒樓的小二倒是知道一些，他們酒樓當初也是一直和這邊的人收山貨的，還有獵人打的一些野味。前段時間官府說要封山，說給山民重新安置了地方，不僅安排房子還分了良田，不少人都動心了，可有些人不願意離開原來的地方，特別是這些獵戶，他們也沒別的謀生手段。

後來明明到了交貨時間，可是這個獵戶也沒來，酒樓的管事還嘟囔了幾天，不過也沒當一回事，只以為是搬走了。

沈熙他們打聽到消息後，並沒有在鎮上多停留，買好乾糧後就再一次入山。他們也發現了一個規律，就是那種遠離人煙，消息不靈通的村落都已經沒有人了。

「後來我們在山裡發現了一個小男孩。」沈熙開口道。「人已經帶回來了。」

「把人帶過來。」楚修明等人此時心裡都沈甸甸的，趙管事和王總管對視一眼，心中都有些猜測。

很快就有人把那個孩子帶過來，那孩子看著只有四、五歲的樣子，小臉緊繃地看著眾人。沈熙起身帶著孩子坐在他身邊，先給這個孩子倒了水，說道：「小虎子別怕。」

被叫小虎子的男孩點了點頭，楚修明聲音不禁溫和了許多，問道：「小虎子，你多大了？」

「七歲。」小虎子倒是口齒清楚。

楚修明眼睛瞇了一下，問道：「能和我說下是怎麼回事嗎？」他沒有特別問什麼，想來路上的時候，沈熙他們已經交代過了。

小虎子點點頭，說了起來，他說的並非官話，口音也有些奇怪，卻不會讓人聽不懂，不過聽著有些費勁。

其實小虎子說的和沈熙他們打聽到的相似，他們村子並不準備搬移，畢竟是祖祖輩輩生活的地方。可是那一日，他幫家裡幹完了活，和村裡的幾個小孩一起去玩的時候，村裡就來了一隊人。

那時候他和幾個小夥伴在玩躲貓貓，小虎子藏得很隱蔽。可是後來他發現不知道老村長說了什麼，就見領頭的那個人忽然動手了，跟在那人身後的人把村子裡所有人都抓走了，遇到敢反抗的就直接動手，甚至還把一個村子裡最厲害的獵戶給殺了……

那些人搬走所有人家的糧食，就連家裡養的雞鴨豬這類的都沒有放過……小虎子眼睜睜看著親人還有那些小夥伴們被帶走。

再多的事情，小虎子也不知道了。楚修明鋪開地圖，找到沈熙他們說的那座山，然後根據趙駿說的標出了那些村落大致的位置，最終眼神還是落在他派了探子的那座山脈，莫非他猜錯了，那裡並非是英王世子藏兵之處？

「小虎子，你知道那些來的人，都是天啟人嗎？」楚修明看向小虎子問道。

小虎子想了想說道：「我不知道，對了，他們挺高挺壯的，好像比領頭的那個人高上一頭。」

「你看見他們的武器是什麼樣子嗎？」楚修明沈聲問道。

小虎子想了想說道：「不清楚。」

楚修明看向楚修遠，楚修遠讓人拿了幾樣兵器進來，一一詢問，小虎子都搖頭，最後才有些猶豫地指著一把刀說道：「和這個有點像，但是比這個要短一些，不過我離得有點遠，看得不太清楚。」

聽到小虎子的話，在場的眾人面色一變。楚修明點頭對著楚修遠吩咐了兩句，楚修遠讓人把東西都給抱出去。沒多久又拿來一把彎刀，當看見這把彎刀時，小虎子尖叫了一聲，說道：「就是這個，但是好像又不太一樣……」

這種彎刀是蠻族最常用的一種武器，因為部落不同，有些武器也略有分別。

此時議事廳中的人，面色都格外難看，蠻夷竟然已經到了天啟境內，若不是這次沈熙他們正好繞路過去，恐怕還不知道這點。

「請林將軍他們過來。」楚修明開口道。

「是。」趙管事直接出門。

趙端皺眉說道：「這般看來，英王世子抓這些人是為了什麼？若非這次湊巧，恐怕根本不會有人注意到有這麼多人失蹤。」

「其實我們忽略了一點。」楚修明忽然說道。「銅礦、鐵礦和銀礦這類資源都是掌握在朝廷的手中。」不過邊城這邊也有自己的，是暗中開採，這也是為何他們的兵器從來不缺的原因。

趙管事想了一下說道：「英王世子手下那些武器是如何而來？甚至……我們一直在查是誰私自販賣了兵器給蠻族，卻是只從朝廷這邊查的，如果是英王世子……」

「莫非是人手不夠，或者發現新的。」趙端開口說道。「所以他們需要採礦的人，卻又不能光明正大，才採取這般做法。提出房子和良田，一是為了騙那些人自願過去，二是為了給這些人消失找個理由。」

等三位將軍都被請來了，趙管事就把大致的事情說了一遍，林將軍皺眉說道：「莫非那次的水患……」

楚修明說道：「如果真是這樣的話，一個好消息一個壞消息。好消息，恐怕英王世子的兵馬遠沒有我們所想的那麼多。」

「對！」金將軍聞言一喜，說道：「那般重要的地方，竟然都需要蠻族人，恐怕是因為英王世子手中的人馬根本不夠。」

楚修遠只覺得心中一寒，說道：「如果那些蠻夷手中的武器更加充足和精良……」

蠻夷本身就很難對付了，畢竟他們更加兵強馬壯，而天啟這邊更多是依仗著兵器上的優勢，若是蠻夷那邊有充足的兵器……楚修明點了點頭，這就是他要說的壞消息。

趙管事緩緩吐出一口氣。「起碼這也解釋了，為何英王世子至今都沒有和誠帝真正動手。」

「快了。」楚修明開口道。「恐怕正是因為對方的需求加大，所以才會派人到澎域這邊擄人。」

「那麼就提前動手吧。」楚修明看向眾人說道，本想大家一起過個好年，如今恐怕等不到了。

「是。」眾人面色一肅說道。

楚修明看向沈熙說道：「沈熙，你去接應瑞王和瑞王妃。」

「父王和母妃？」沈熙有些疑惑地看向楚修明。

楚修明點頭，沈熙並不知道楚修遠的事情，他也沒準備現在說。「誠帝要對他們動手，太后送了消息出來。他們準備從密道逃出京城，我已經讓客仙居安排了人，你到……」

沈熙起身走到楚修明這邊，楚修明點著地圖給他說明，又安排了人手，沈熙開口道：「我知道了。」

楚修明擺了擺手，沈熙就退下去了，這還是他第一次獨自出任務，心中難免有些不安，楚修明也知道那份遺詔的重要，開口道：「我會安排一名軍師和你去。」

沈熙這才鬆了口氣，說道：「好。」

楚修明又看向林將軍說道：「林將軍你去接收禹城，趙駿你跟著林將軍。」

「是。」林將軍和趙駿起身恭聲應下。

楚修明接著說道：「重新安排禹城的守衛，和邊城能聯繫起來。」

林將軍應下來，楚修明讓他們兩個人坐下後，說道：「金將軍和吳將軍，你們兩位兵分二路……」

金將軍和吳將軍都認真聽著，楚修明給他們兩個劃分了一下區域，然後說道：「還有一個任務，查探一下英王世子到底是從哪裡和蠻夷進行交易，若是能找到那條線，就直接毀了。」

「好。」金將軍和吳將軍一一應下。

趙管事看向楚修明說道：「將軍覺得那可能是什麼礦？又該如何是好？」

楚修明開口道：「其實當初我們就猜測過，英王世子起兵的地方為何不是江南那邊，最後猜測是江南那邊被當成了錢袋子。」

趙端吸了一口冷氣說道：「莫非是銀礦或者銅礦？」

「我倒覺得更可能是鐵礦。」吳將軍開口道。

如果沒有親眼所見，楚修明也不敢確定，如今都只是推測，楚修遠開口道：「我覺得怕是銀礦或者銅礦。」

「可如果是這兩樣的話，英王世子怎麼可能容許蠻族沾染？」王總管反駁道，畢竟這可是起兵所需的錢袋子。

「將軍決定怎麼辦？」趙管事問道。

楚修明開口道：「原計劃，放火燒山。」

不管是銀礦還是銅礦，如果再早些發現，倒是可以重點對付，而現在的情況，不管是哪一方，最重要的都是糧草，楚修遠沈思了一下說道：「會不會英王世子和蠻族就是用這個礦來做交易？或者這個是先期交易內容？」

楚修明點頭，其實他也是如此猜測的。「早些時候，若是銀礦或者銅礦自然是很重要，英王世子絕對會藏得很嚴實，可是現在的情況，對英王世子來說，這已經不是最重要的。」

打仗是花錢，可是如今已經不僅是花錢的問題了，人馬、糧草才是重中之重。蠻族那些人也是沒有利益不撒歡的，特別是在英王那一輩的時候，他們已經吃了大虧，如今還會願意和英王世子合作，自然是因為有利可圖。

如果真和他們所猜測那般，英王世子人馬不足，為了能得到蠻族的幫助，捨棄掉這塊也是使得。

「其實……」趙管事想了一下說道：「抓那些山民，也可能不僅是因為要採礦。」

「民夫！」金將軍開口道。「因為英王世子已經和蠻族真正達成了協定，那些蠻族才派人驗貨。看他們之間的合作，應該是蠻族那邊很滿意，他們準備行動了，所以英王世子需要抓人來當民夫。」

「那大將軍準備派誰去？」金將軍開口問道。

楚修明這次倒是沒有隱瞞。「我去。」

「不行，太危險了。」吳將軍說道。「大將軍，我帶人去吧。」

「大將軍不宜冒險。」林將軍看向楚修明沈聲說道，林將軍當初是跟著楚修明父親的，所以當他開口的時候，就是楚修明也要多考慮幾分。

楚修明剛想張口，就見金將軍說道：「我手下有一員小將，倒是適合這次的任務。」

楚修遠坐在一旁沒有開口，楚修明開口道：「英王世子手中可能有三哥的遺腹子。」

這件事知道的不過數人，就是金將軍他們也是第一次聽到，此時心中一驚，楚修明接著說道：「瑞王手中有先帝真正的遺詔，過些時日就要帶著家人趕來邊城。」

一連聽到兩個消息，眾人面色一沈。沈熙嚥了嚥口水，他忽然想到剛剛楚修明說，是皇祖母讓父王走的，那份遺詔……莫非是皇祖母……可是為何要來邊城？沈熙看向了楚修明，對了，三姊夫手上有兵馬，若是證明當初誠帝那份遺詔是假冒的，也就差不多坐實了英王世子所言，誠帝殺父弒兄之事，除了誠帝血脈和英王世子一脈外，先帝血脈就剩下……他父王這一脈了。

皇祖母讓父王帶著先帝遺詔過來……想到那個可能，沈熙心中狂跳，越想沈熙越覺得糊塗，他端著有些冷了的茶喝了一口，強迫自己冷靜下來。

楚修明開口道：「修遠，你說說。」

「英王世子心中明白自己的虛實，一定會說服誠帝先對付邊城這邊，因為誠帝更加忌諱邊城。」因為英王永嘉三十七年做的事情，和很多世家、大臣都結了死仇，而楚修明這邊恰恰相反，楚家的名望極佳，不管是打著瑞王的旗號還是他的旗號，楚家出兵都是名正言順，說不得還沒等他們攻城，京城中的一些世家和大臣就已經投靠過來了。

這樣的事情，可能換個皇帝是做不出來的，而誠帝……絕對做得出來。

沈熙也明白過來了，同時與誠帝、英王世子為敵的話，就算是楚家恐怕也受不住的。

「而且，他們可以不管邊疆，我們卻不能。」楚修遠冷聲說道，說到底這些人就是拿捏住楚家不可能棄天啟百姓於不顧這點。雖說楚修明掌管了天啟一半以上的兵馬大權，可是真正能動用的卻不多。

沈熙忽然覺得愧對在場的眾人，若非他父王要過來，怕是邊城也不會到這種進退維谷的境界。

「誠帝欺軟怕硬。」楚修遠的聲音裡帶著嘲諷。「若是誠帝發現，英王世子遠不如表現出來的那麼強勢，和邊城這個難啃的骨頭相比，肯定是要先對付英王世子的，就算他不想對付也不行。」因為誠帝要臉面，所以有時候賊心雖大，卻沒賊膽。

「所以，這次的行動只能成功。」楚修遠深吸了一口氣說道：「而且很危險，不管是成功還是失敗，都是九死一生。」

「就算如此，也不能大將軍去。」林將軍開口道。「雖然邊城處境危險，卻不是沒有一爭之力，當初我們也不是沒有遇到過比現在更危險的處境。可是若大將軍有個萬一，怕是邊城都難保，更別提什麼大事。」

趙管事也說道：「將軍，林將軍所言極是。」

趙端看向楚修明說道：「將軍三思而行才是。」

林將軍看向沈默不語的楚修明說道：「那個孩子可能是曜將軍的遺腹子，就算是，他也沒有大將軍重要，英王世子還不知道把人養成什麼樣子了。」言下之意，就是捨棄那個孩子。

這樣的話，也只有林將軍敢說，楚修遠臉色一變，然後看向楚修明，楚修明微微垂眸說道：「林叔說得是。」這一聲林叔，讓林將軍紅了眼睛。

林將軍開口道：「大將軍，我知道你重視家人，可是如今你也是有子嗣的人，要多為自己考慮一下。」

楚修遠聞言，也不禁動容，其實林將軍說的是大實話，雖然聽著有些不近人情，可也是因為他是真正關心楚修明才肯開口的。

「依林叔所言，金將軍你推薦的是何人？」

金將軍心中也鬆了一口氣，有些話林將軍能說，他們卻不能說，林將軍和楚老將軍是結拜之交，更是看著楚家兄弟長大的，當初除了林將軍外，還有三位楚將軍，可惜都已經戰死沙場了。

「那員小將……」金將軍把推薦的人說了一遍。「不如此時叫來，大將軍見上一見？」

楚修明開口道：「也好。」

因為事關重大，直到天微亮眾人才算商量完，他們也見了金將軍所推薦的那人，猛一瞧根本不像個士兵，倒更像是個文人，看著弱不禁風，相比起來倒像是南方人。

因為天已經亮了，楚修明索性沒有回房休息，而是到了練武場鍛鍊，他何嘗不知道放棄那個孩子，才是最好的選擇，世事真的難兩全嗎？如果能先一步查到那個孩子的下落的話……

楚修明抹了把臉，直接讓人備水沖洗了一番，換了衣服後進了小書房，鋪上地圖仔細思索起來。若他是英王世子，那麼他會把那個孩子放在哪裡……身邊？不會，按照英王世子對楚家的仇恨，絕對不會讓那個孩子過得太好……

第五十九章

沈錦是被東東弄醒的，把了尿又吃了一些奶水後，東東接著睡了，而沈錦見楚修明還沒回來，問了丫鬟得知就在小書房後，索性披了衣服去看楚修明。

楚修明聽出沈錦的腳步聲，看向沈錦，笑了一下問道：「怎麼不睡了？」

「夫君這是怎麼了？」

在剛成親那會兒，就算楚修明不說話，沈錦都能看出他的意思，更別提現在相處這麼久了。

楚修明索性坐下來，伸手摟著自家的小娘子，把今日議事廳的事情說了一遍。沈錦沒有插嘴，等楚修明說完後，才開口道：「怪不得，一直查不到英王世子從哪裡來的錢財呢。」

「嗯。」楚修明應了一聲。

沈錦低頭看著摟著自己腰的手，伸手輕輕拍了拍，看著書桌上那張地圖說道：「夫君，不如我幫你想想，英王世子會把人藏到哪裡吧？」

其實沈錦知道，楚修明想要先找出那孩子被藏在哪裡，不僅是因為想要救出那個孩子，也是為了給那些去冒險的將士增添幾分活路。當英王世子以為楚修明的所有注意力集中在孩子身上時，難免會對礦藏那邊有些忽略，特別是英王世子身子不好的情況下。

「好。」楚修明並沒有隱瞞的意思，沈錦換了個姿勢，更舒服地窩在楚修明的懷裡，楚修明下頷壓在沈錦的肩上，把自己分析的事情與沈錦說了。

沈錦點點頭。「我也覺得，英王世子那般小氣，怎麼也不會願意把那孩子養成材的。」

「嗯，英王世子如今在晏城，那麼那個孩子應該在晏城周圍才是。」楚修明沈聲說道。「英王世子不會把人帶在身邊，卻也不會讓人離他太遠，尤其是在派了薛喬來邊城後。」

「對喔。」沈錦開口道。「也該把薛喬放回去了。」

楚修明點頭。「這幾日就安排，我不出面。」

「那我去送送她好了。」沈錦開口道。「還有茹陽公主，也該把她送回京了。」

楚修明點頭，沈錦看著地圖，想了想說道：「會不會在什麼地方的慈幼院？」

隱藏一個孩子的最好辦法，就是把他放進一堆孩子裡面，只要英王世子偷偷給點錢交代了，不讓人把那個孩子領養走就好，或者直接在慈幼院安排了人，暗中看管著。「英王世子身邊肯定需要一些幫手，這樣無父無母的孩子……」

沈錦後面的話沒有說完，楚修明已經明白她的意思。英王世子那般的人品真的做得出這樣的事情，探子、死士這般的，從小選了孩子出來培養，不管是忠誠上還是別的方面都是很好的選擇，也不用擔心他們會背叛。也怪不得英王世子散播關於誠帝的消息會那麼快，最容易散播消息的地方不外乎那麼幾個，酒樓、賭館、妓院……

「江熟、豐曲。」楚修明沈聲說道。

沈錦愣了愣才明白楚修明的意思，確實這兩個地方更加可能一些，剛出生沒多久的孩子，根本禁不起長途的顛簸。「可是那時候江熟不是出了水患……」

楚修明看著這兩個地方，恐怕他只有一次的機會，這兩個地方都有英王世子的人馬，只要動了一處，就會打草驚蛇，不過也可以兵分兩路同時動手。其實暗中查探會更穩妥一些，可是時間上卻來不及了。

晏城並沒有慈幼院，因為當初是英王的封地，在誠帝登基後，晏城那邊就被清洗了。如今的晏城，卻絕對沒有當初英王那時的晏城齊心，英王世子怕是花了大力氣，才使得晏城恢復了一些。

沈錦想了想剛要張口，就被楚修明捂住了嘴，他像是知道沈錦要說什麼似的。「這件事，是我的想法和決定。」楚修明不願意讓沈錦背負這些，機會只有一次，雖然可以派人去這兩個地方，甚至更多的地方，可是必須選一個地方為主要的，這樣的選擇不該沈錦來做。萬一選錯了，楚修明自然是不會怪沈錦，可是沈錦心中怕是會自責。「這是我的責任。」

楚修明手指最終停留在江熟，開口道：「這裡。」

沈錦見到楚修明作出選擇，就笑著摟著楚修明蹭了一下說道：「其實我也覺得是這裡啊。」

楚修明眼中帶出幾分笑意，既然作出了選擇，他整個人也就輕鬆了不少，手貼在沈錦的小腹上，聲音低沈柔和。「小騙子。」其實沈錦這麼說，不過是為了讓他安心罷了，不管最後的結果如何，他們都是一起背負的。

「才不是。」沈錦聞言，瞪圓了眼睛怒道：「你怎麼這樣啊，原來說我笨，現在說我是騙子，我騙你什麼了呢？」

楚修明貼在沈錦的耳上輕聲說了幾個字，就見沈錦剛剛還和滿月似的眼睛瞬間變成了彎月，就是嘴角都止不住地上翹。

「呵。」楚修明的笑聲低沈，沈錦沒忍住，伸手揉了揉耳朵，然後轉身推了推楚修明。

楚修明看著自家小娘子嬌紅的臉，只覺得一夜的疲憊都消散了，伸手揉了揉沈錦柔軟的小腹道：「餓了嗎？」

沈錦捂著楚修明的手，很誠實地點點頭說道：「被你這麼一說，確實覺得餓了。」

楚修明捏了捏沈錦的手指說道：「讓安平伺候妳梳洗更衣，想來廚房已經備好了早飯。」

沈錦從楚修明懷裡下來，等楚修明把地圖收拾好後，這才伸出手看著楚修明，楚修明握住沈錦的手，牽著她往外走。

「餓了呢。」沈錦臉在楚修明的手掌上蹭了蹭。「我們去吃飯吧。」

「好。」楚修明握著沈錦的手十指相扣，兩個人往外走去。東東已經睡醒了，也被安寧抱出來，趙嬤嬤給東東做了雞蛋粥，還有陳側妃特地讓人送來的棗泥羊乳發糕。

楚修明從安寧那裡把東東接過來，沈錦端了雞蛋粥嚐了一口後，笑道：「味道還不錯啊。」

東東已經習慣了每天自己的飯，都要被母親分掉一些這樣的事情，板著小臉渴望地看著沈錦。「啊！」母親已經嚐過，該輪到他了。

沈錦果然舀了一小勺，吹了吹後餵到東東的嘴裡，東東啊嗚一口給含到嘴裡。東東吃飯很省事，不管餵他什麼，他都吃得很香，一點也不挑剔。陳側妃做的棗泥羊乳發糕只有一指寬，沈錦拿了一塊咬了口，眼睛亮了亮，然後把剩下的塞到楚修明的嘴裡，不僅有紅棗的香甜還有羊乳的奶香，就算是大人吃，味道也合適。

楚修明看了一邊餵東東一邊自己拿著吃的沈錦一眼，這個味道更像是自家娘子喜歡的，而且那麼多的發糕，若只是做給東東的，未免太多了一些……

等餵飽了東東，沈錦才讓安寧把他抱走，自己和楚修明開始用飯。因為已經吃了不少棗泥羊乳發糕，所以只用了粥和小菜，等用完飯，楚修明忽然問道：「出府走走嗎？」

「好。」沈錦眼睛一亮笑道，然後看向趙嬤嬤。「東東可以出去嗎？」

「外面天寒，等暖和些了，夫人再帶著小少爺出去吧。」趙嬤嬤聞言笑著說道。

沈錦伸手點了點東東的鼻子，笑道：「不是母親不帶你去玩，都是嬤嬤不讓你出去。」

「啊？」東東滿臉疑惑地看著沈錦。

趙嬤嬤眼角抽了抽，沈錦笑道：「那就把東東送到我母親那兒吧。」

楚修明有些無奈地看著沈錦，安平已經拿了披風、手套和暖護來，趙嬤嬤問道：「將軍，需要備車嗎？」

「不用。」楚修明開口道。

東東看著楚修明和沈錦離開，微微歪了歪頭。「父父！母七！」

沈錦聽見了東東的聲音，還轉身給他擺擺手，東東伸著胳膊，像是想要被沈錦抱一樣。

「啊！」

看著兒子的樣子，沈錦哈哈笑了起來，楚修明伸手按了按她的兜帽，說道：「小心把兒子逗哭。」

「才不會呢。」沈錦笑盈盈的。「有趙嬤嬤在呢。」

果然趙嬤嬤接過東東，輕輕顛了顛說道：「小少爺，將軍和夫人去給小少爺買糕糕了，嬤嬤帶著小少爺去找外祖母好不好？」

東東聽懂了糕糕和外祖母，果然不鬧了。外祖母那兒有好多吃的，還有很好玩的人，蹬了蹬腳，然後指著外面。「嗷！」

楚修明其實也是臨時起意想陪著沈錦到外面走走的，因為要過年的緣故，街道上喜慶了許多，掛著許許多多的紅燈籠……

京城中，雖然瑞王打算直接把沈琦和永樂侯世子打暈帶走，可是瑞王妃卻不準備真的如此做，瑞王妃覺得沈琦已經大了，應該能自己作出選擇。瑞王妃看著女兒，緩緩把事情說了。「我與妳父王是必須走的，沈蓉在前兩日已經被送到太后身邊了。」

沈琦心中一顫，就算隱隱有些察覺，可是她不知道情況已經到了如今地步。瑞王妃接著說道：「妳父王的意思，是直接把妳和女婿打暈了帶走，我卻不想如此，妳自己來選擇吧。」

「母妃……」沈琦的心很亂，甚至有一瞬間，她覺得父王的法子也沒什麼不好，什麼都不知道的話，就不用像這般掙扎了。

其實沈琦為難的並非是自己，而是永樂侯世子該怎麼辦，若是讓世子不管永樂侯府，恐怕不行的。因為世子如果和她走了，誠帝最後肯定會怪罪到永樂侯府上。

如果告訴了永樂侯？沈琦一想就知道，永樂侯定會告訴誠帝出賣瑞王府，用以保全自己。

若是不告訴世子，就把他帶走呢？等出京後，世子得知了，永樂侯府被瑞王府拖累，又因為他的失蹤，被誠帝治罪的消息，怕他們夫妻的情分也到了盡頭，說不得反而結了死仇。

如果自己選擇留下的話，當誠帝知道父王和母妃離開的事情，定會拿了她去問話，就算她絲毫不知情，怕是也……那時候永樂侯府的人也不會相信，只會怪罪她牽累他們吧。

若是她自己走了，永樂侯府雖然會吃點苦頭，卻不會有事的。

沈琦知道母妃告訴自己這些，是為了她著想，若非真的在乎她這個女兒，完全可以什麼都不告訴她，這樣更是少了幾分風險，就像是對待沈梓那樣。

「琦兒，妳還有寶珠。」瑞王妃看著女兒的模樣，開口道。「如今的情況，不管是妳父王還是我，都不想看到，妳父王與我原本是想避開的，奈何英王世子和誠帝都不會放過我們。」

沈琦咬了咬唇說道：「母妃，我與你們走。」

瑞王妃看著沈琦，心中也是酸澀，她本不想讓女兒經歷這些的，誰知道造化弄人，若不是當初的私心讓女兒早嫁了永樂侯世子，是不是今日就不會這般痛苦了？

「我留下的話，反而不好。」沈琦整個人像是虛脫了般靠在椅子上，眼淚忍不住地一直流下。

瑞王妃起身走到沈琦的身邊，伸手把她摟到懷裡。「是我的自私，我不願看到妳以後恨我。」

「母妃。」沈琦哭了起來。

瑞王妃輕輕撫著沈琦的髮。「永樂侯府不會有事的，不過女婿的那個世子，怕是做不成了。」

沈琦邊哭邊聽著母親的話。「不要小瞧永樂侯府，這樣的情況，就算誠帝再糊塗，他也不會輕易得罪了這般的世家貴族。妳自己與我們走了，反而會使得誠帝覺得永樂侯府可用，因為他覺得永樂侯府的人定是恨透了瑞王府。

「女婿受的那些委屈，也只是暫時的。」瑞王妃的聲音柔和，像是可以安定人心一般。「等以後，會補償他的。」

沈琦低低應了一聲，瑞王妃微微垂眸說道：「分開只是暫時的，不過妳要記得……既然已經選擇與我們走，就不要透露任何訊息給女婿，女婿……藏不住事情，誠帝又是多疑的性子，女婿什麼都不知道，更容易取信於他。」

「嗯。」沈琦使勁點頭。「母妃，他不會有事的對嗎？」

瑞王妃眼神閃了閃說道：「會活著的。」只是女兒與他之間……怕也是破鏡難圓了。

瑞王過來的時候，沈琦已經冷靜下來了，瑞王妃叫人打了水，重新替沈琦梳妝了一番，瑞王只覺得女兒眼睛有些紅，問道：「這是怎麼了？」
「王爺，」瑞王妃開口道。「倒也沒別的，只是我與琦兒說了初二晚上的事情。」
瑞王有些驚訝地看著瑞王妃和沈琦。「怎麼與琦兒說了？」
瑞王妃開口道：「以後的路，前途未卜，總歸要琦兒自己選擇才好。」
沈琦看向瑞王，她因為大哭了一場，聲音還有些低啞。「父王，我知道父王和母妃都是為我著想，我自己與你們走。」
「那女婿呢？」瑞王問道。
沈琦抿了下唇說道：「父王，雖然我們兩個是夫妻，可是夫君還有永樂侯府的親人，我也有你們。」
瑞王嘆了口氣說道：「想來女婿會理解妳的。」
沈琦勉強笑了一下，沒有再說什麼。「這事情瞞著夫君比較好。」
瑞王妃道：「等初二那日，妳就與女婿一併來，晚上的時候，自然會安排人給女婿灌醉，到時候妳就與我們走。」
「我知道了。」沈琦記了下來。
大年初二正是永樂侯世子陪沈琦回娘家的日子，一時高興，世子難免陪著瑞王多喝了幾杯，直接醉倒了。
世子這一覺睡的時間很長，若不是府中誠帝的人感覺到奇怪，這才發現事情不對了。瑞王、瑞王妃和沈琦都已經不見了蹤影，就剩下永樂侯世子還昏迷不醒，等消息傳到誠帝那兒，誠帝再派人來後，已經晚了。

此時的瑞王一家已經在客仙居的暗中幫助下，從趙家老宅的密道離開了京城，藏到了最終的井底。那裡不愧是趙家特地收拾出來的，從井底下去後，有一條僅供一人通過的暗道，爬了大概一盞茶的時間，就能進入一個密室，分內室和外室，裡面什麼東西都是齊全的，不算大卻足夠他們幾個人，內室裡面還用屏風隔出了單獨的休息間。

瑞王見到這裡的環境，鬆了一口氣說道：「比我想像中還要好點。」

邊城中，楚修明已經把自己的猜測和計劃與眾人說了。

楚修遠臉色一變。「慈幼院？」慈幼院是天啟太祖皇帝命人設立的，因為戰亂使得很多孩子變成孤兒，甚至有不少剛出生的嬰孩被人遺棄，無人照顧。太祖從國庫撥出一半資金，又從內庫出了另外一半，再加上眾世家的捐贈，才使得慈幼院在天啟朝修建起來。

「重點應是江熟的這個慈幼院。」楚修明看著眾人開口道。

趙端有些疑慮，那時候江熟水患，孩子還那麼小，會不會出事了？

王總管也開口道：「水患之後，英王世子還會把人留在江熟嗎？」

金將軍卻持不同意見。「我倒覺得，若是沒有那次的水患，恐怕過不了多久，他就會把那孩子轉移，可是恰巧因為那次的水患，死了不少人，很多孩子的來歷也就對不上了，更容易隱藏起來。」

其實金將軍所想的正是楚修明會選擇以江熟為主要搜尋地的原因。「英王世子是個喜歡劍走偏鋒的人。」趙管事也說道。

眾人也沒再說什麼，默許了這個選擇。幾個人商量派多少人什麼人去江熟，不僅是江熟還要去豐曲，除此之外為了隱藏真正的目的，最好再選晏城周圍可能是英王世子據點的幾間慈幼院，一併派人前去。與此同時再派人去山脈附近，毀掉英王世子的糧草。

而此時的沈錦已經讓人把薛喬和她身邊那些人送到了將軍府後門口，那裡還有給他們準備的一輛馬車與乾糧。薛喬看著沈錦的眼神帶著猜疑和惶恐，沈錦倒是笑得格外純善說道：「表姑娘一定也想孩子了，所以也不多留了。」

薛喬抿了抿唇，手指整理了一下碎髮，柔聲說道：「我都要走了，表哥也不願意來見我一面嗎？」

沈錦笑著說道：「我不太想讓夫君見妳呢。」

薛喬面色變了變說道：「郡主不覺得這般太過霸道了嗎？」

沈錦很誠實地搖了下頭。「不管我是不是霸道，都和妳沒什麼關係的。」

薛喬咬了下唇，說道：「難道妳真的不想知道那個孩子的下落？」

「妳又不知道在哪裡。」沈錦皺了下眉頭說道。「而且有夫君在，這樣的事情也不需要我管。安寧，送表姑娘上馬車，派人護送他們出城。」

安寧得了吩咐，就站在薛喬身邊說道：「表姑娘請。」

薛喬取了腕上的一對玉鐲放到安寧的手中，柔聲說道：「這位姑娘，能麻煩妳與我表哥……」

「不能。」安寧直接把那對玉鐲給收起來，雖然沈錦讓人把薛喬看管起來，也檢查了薛喬的行李，可是薛喬首飾這類的卻沒有讓人動，所以她如今才拿得出這般東西送與安寧。

安寧也得了沈錦的吩咐，不管薛喬送什麼東西只管收著，事情不做就是了。

薛喬被噎了一下，抿了抿唇說道：「那麻煩姑娘，不如我帶著人自己走，不需要侍衛的護送。」

安寧看著薛喬，忽然問道：「為什麼妳會覺得，沒有將軍府的侍衛護送的話，妳能安全走出去？若不是看在妳是將軍表妹這個身分上，我家夫人怎麼會費這樣的事情……」

薛喬聽到安寧的話，眼睛瞇了一下，也看出了安寧眼中隱藏的不耐，微微垂眸說道：「也好。」說著就扶著丫鬟的手上了馬車。

岳文一揮手，那些士兵直接將剩下的人眼睛蒙上，然後放在了板車上，拉著往城外送去。

其實這樣是多此一舉的，只是不知為何沈錦這般吩咐了。

坐在馬車裡的薛喬自然注意到外面的情況，可是還沒等她再看，就被刀柄壓在了車窗上，看著外面的侍衛，薛喬很識時務地關了車窗。坐在馬車裡心中隱隱有了猜測，她來到邊城後，根本沒見過楚修明的面，而且這次沈錦……像是很匆促地在趕他們走，還有安寧不經意透露的訊息。

莫非楚修明根本不在？想到這個可能，薛喬不由自主地坐直了身子。沈錦雖然從別人那裡知道了一些往事，可是到底拿不住楚修明的想法，這才不敢對她如何，甚至選了把她關起來這樣的方式來逼供，因為沈錦不敢讓她有外傷。

如今楚修明怕是要回來了，沈錦不想讓楚修明見到她，卻又不敢殺了她，免得楚修明問起來不好交代，這才匆忙讓人把她送走。

就像安寧說的，這裡很多人都恨透了她，如今這些人也知道了，那個孩子並非她所出，最後一點顧忌也消失了，殺了她比放了她更簡單一些，不過是因為邊城沒有真正作主的人，所以才選了這條路。

會選在楚修明回來之前，把她放走，恐怕就是沈錦自己的小心思了，薛喬覺得易地而處，她也不會讓一個差點與丈夫有婚約的女人再見丈夫的。

楚修明這麼久不在邊城是去哪裡了？薛喬揣摩了一下，心中已經有了決定。

而此時的沈錦等安寧回來後，就讓人去請茹陽公主和忠毅侯來，見到他們二人的時候，沈錦瞪圓了眼睛，看著胖了不止一圈的茹陽公主。

因為有安寧在，沈錦倒是不擔心忠毅侯會忽然暴起，而且他們的兒女還被關著。

茹陽公主看著沈錦的眼神帶著恨意，沈錦倒是和和氣氣的，先請他們坐下後，又讓人端茶倒水了才笑道：「果然邊城這邊的水土養人，我瞧著堂姊的氣色都好了不少。」

茹陽公主咬牙問道：「沈錦，妳到底要做什麼？」

沈錦開口道：「堂姊離開家這麼久，也想家了吧，我準備派人送堂姊回去呢。」

茹陽公主的面色一變，滿臉慘白地說道：「沈錦，當初在京城是我有眼無珠開罪了妳……」說到最後竟然落淚。「妳連一個年都不願意讓我們一家人過了嗎？」

忠毅侯也紅了眼睛，卻沒有開口。

沈錦看著他們兩個的模樣，說道：「我知道堂姊是因為將要回京，喜極而泣，只是……」

「什麼？」茹陽公主也不哭了。「妳真的要放我們回京？我願意對天起誓，絕對不和任何人說邊城的事情！」

忠毅侯也點頭，沈錦說道：「我又不是綁匪，放心吧堂姊，我這次請堂姊來，就是先與妳打個招呼，妳回去收拾下東西，也和堂姊夫、孩子好好告別，等過兩日，夫君就安排人送堂姊回京了。」

茹陽公主愣住了，忠毅侯倒是先明白過來。「只讓公主一人回京？」

「嗯。」沈錦眼睛彎彎的，笑得格外真誠，說道：「畢竟過年啦，堂姊也回京看看吧。」

「那駙馬他們呢？」茹陽公主追問道。

沈錦開口道：「放心吧，夫君說會派人好好照顧他們的。」

茹陽公主看向了忠毅侯，忠毅侯臉色也很難看，不過這裡根本沒有他們說話的餘地。

「永甯侯想讓我做什麼？」

「夫君準備了一些東西，到時候茹陽公主一併送給皇上吧。」沈錦笑盈盈地說道。「其實我們一直沒有虧待過堂姊一家人，夫君也是鎮守邊疆保護著天啟，真正可恨的是英王世子才是，英王世子和蠻族勾結，我聽說有蠻族在晏城周圍活動呢。」

茹陽公主和忠毅侯回到住處的時候，就看見幾個兒女都在等著他們，臉上都是惶恐不安，忠毅侯開口道：「沒事的，先下去吧。」

茹陽公主滿臉喪氣地坐在椅子上，問道：「他們到底是什麼意思？」

忠毅侯雖然發胖了不少，可是腦子並沒糊塗，聞言說道：「不管是什麼意思，除了按照他們安排的路走外，還有別的辦法嗎？起碼這樣也好，不用我們一家都留在這裡。公主妳回京後，不管永甯侯他們交代妳什麼事情，妳都不要做。」

「可是這樣……」茹陽公主猶豫地看向忠毅侯。「駙馬你們怎麼辦？」

「沈錦畢竟是瑞王的女兒，只要瑞王還在京中，他們多少都要有些顧忌的。」忠毅侯安慰道。

聽到忠毅侯這樣說，茹陽公主心中更加不安了，反而說道：「算了，反正當初的密信已經送給父皇了，就算……就算我再說什麼，父皇也不會相信的，更何況……我覺得永甯侯可能沒有不臣之心。」說到最後一段的時候，茹陽公主也有些底氣不足了。

忠毅侯搖頭說道：「這樣太難為公主了，而且很危險，公主回京後就把邊城的情況如實告訴皇上。能娶公主，是我這輩子的福氣，以後我都不能照顧公主了……」

「駙馬，」茹陽公主打斷了忠毅侯的話。「不會有事的，我不會讓你們有事的。」

忠毅侯還想再勸，茹陽公主伸手捂住了忠毅侯的嘴說道：「駙馬，放心吧。」

第六十章

將軍府中，回到邊城後，楚修明就按照當初答應沈錦的，天一冷就在屋中地上鋪上厚厚的皮毛，這皮毛倒是沒有鋪到正屋中，而是鋪到旁邊的側室。

送走了茹陽公主後，沈錦就抱著東東過來了，還讓安平去和陳側妃打個招呼，問問她要不要也帶著晴哥兒和寶珠過來，到最後陳側妃只讓李嬤嬤把晴哥兒給抱過來。

晴哥兒比東東大一些，只是瞧著沒有東東壯實。這兩個小的已經熟悉了，李嬤嬤把晴哥兒放下後，東東朝著晴哥兒那邊爬去，因為鋪的東西太軟了，東東爬得並不穩當，到了晴哥兒那裡的時候，一下子趴到了晴哥兒的身上，像是覺得好玩似的，還仰著小腦袋看向沈錦。「母七！」

晴哥兒也沒生氣，就老老實實被東東壓在身子下面，還划動了一下四肢，然後像是和東東打招呼一樣。「啊。」

沈錦坐在中間的位置，伸手拍了一下小不點的大狗頭，說道：「去。」

小不點這才站起來，低頭咬著東東棉褲的後背帶，叼著他回到了沈錦的身邊。東東像是已經習慣了，被叼著的時候動也不動，等放下來後，這才翻身面朝上看著小不點。「嗷嗚！」

「嗷嗚。」小不點也叫了一聲，然後低頭用涼涼的鼻子蹭了蹭東東。

沈錦拍了拍小不點的頭，拿了一塊肉乾餵牠。雖然東東離開了，可是晴哥兒也沒有爬起來，反而翻了個身，讓自己趴下露出後背，然後像是小烏龜一樣伸著腦袋，看向了小不點。

「啊！」

李嬤嬤本想彎腰把他給抱起來，就聽見他有些大聲地叫了一下，李嬤嬤一臉疑惑，問道：「這是怎麼了？」

沈錦倒是笑道：「怕是也想讓小不點叼呢。」隨手拍了下小不點的狗頭，指了指沈晴。「去。」

李嬤嬤剛見過小不點叼著東東的樣子，倒也不擔心，再說她一直照顧著沈錦，也知道沈錦的為人，就笑著站直了身子等在一旁。小不點叼著沈晴放到沈錦的身邊，沈晴這才笑起來，和爬過來的東東滾成了一團。

沈錦看向站在門口的李嬤嬤說道：「李嬤嬤，妳也進來吧。」

安平拿了專門做來在屋中穿的鞋子給李嬤嬤換上，安平笑著說道：「李嬤嬤小心些，這兒有些軟。」

「好。」李嬤嬤也發現了，一踩著腳都陷下去，瞧著就舒服得很。不知怎的，李嬤嬤想起了沈錦小時候，那時她就說過想要一個屋子，可以隨時坐和躺著的。

「母親和寶珠呢？」

李嬤嬤其實有些不習慣這樣的地方，卻也覺得這般坐著很新奇舒適，聞言說道：「寶珠小姐有些鬧覺，夫人就留下來哄她，說是晚些時候再過來。」

沈錦笑道：「那就讓他們兩個小的先玩。」說著戳了一下東東撅著的小屁股。

「啊。」東東扭頭看向沈錦。

沈錦拿了布老虎過來放到東東和晴哥兒的周圍，讓他們兩個玩，安平和安寧在一旁守著，沈錦問道：「李嬤嬤，母親與妳來到邊城可有什麼不適的地方？」

雖然邊城沒有京城那般繁華，甚至有些乾冷得慌，可是李嬤嬤卻覺得格外順心，而且自家姑娘給院中備的那個廚娘，一手廚藝也是不錯的，就連夫人都多用了半碗飯，說道：「並沒什麼不適應的，老奴瞧著夫人還挺喜歡用焦香羊肉一類的。」

「那就好。」沈錦就怕母親想著不給自己添麻煩，就算有什麼不適也不說。「可有誰怠慢了嗎？」

果然問到這裡，李嬤嬤面上多了幾分猶豫，過了一會才說道：「也不算怠慢了，就是……」像是有些為難不知如何說好，老奴覺得他們好像有些防備著夫人似的。」

沈錦一臉迷茫，倒是趙嬤嬤一下子就明白了，能被帶著走的，都是瑞王妃的親信，可是如今在邊城，沈錦是陳側妃的女兒，又是將軍府的女主人。現在被帶到邊城的這些，幾乎是瑞王府能拿出來的所有財產了，這些人忠心於瑞王妃，這裡面大半的東西都該是瑞王妃所出兩位少爺的。

這些人倒也不是真的覺得陳側妃或沈錦會圖謀什麼，不過是因為忽然處於弱勢的情況讓他們心中不安罷了，這才會帶出幾分防備來。

想來陳側妃也是看出了這些，所以並不在意，而李嬤嬤卻為陳側妃委屈又擔憂，明明陳側妃並沒那些心思，可是這些人卻這般。

李嬤嬤看著沈錦的樣子，有些尷尬，倒是趙嬤嬤低聲給沈錦解釋了一番，沈錦才恍然大悟，笑道：「原來如此，其實就像是那窩雪兔剛到這邊的時候，也是整日不安的。」沈錦想到不久瑞王和瑞王妃他們就要過來了，便吩咐道：「這樣，把那些人連著東西安置到如意園。」

說完後沈錦就看向趙嬤嬤吩咐道：「那裡就不要安排將軍府的人了，讓他們需要什麼直接與安平說就好。」

李嬤嬤也鬆了一口氣，趙嬤嬤問道：「夫人，是全部的人都移到如意園嗎？」

沈錦想了一下說道：「霜巧怎麼樣？」

李嬤嬤開口道：「霜巧除了每日照看寶珠小姐外，並不太露面的，對夫人很恭敬有加，還約束了寶珠小姐的奶娘。」

沈錦想到當初沈琦交代的事情，說道：「請霜巧過來一下。」

「是。」安平到外面叫了小丫鬟去請霜巧。

沈錦說道：「當初我在京城的時候，大姊讓我幫著霜巧在邊城這兒找個人家，也不知道如今還有沒有這個心思，我也一直忘了。」

沈錦看了安平和安寧一眼，笑道：「妳們也該找人家了，家裡可有給說親事？」

安平和安寧臉一紅，不過安寧的年紀還小，並不著急，倒是安平已經到了該說親的年齡。到底是邊城民風開放一些，安平忍著羞澀開口道：「全憑夫人作主就是了。」

趙嬤嬤道：「安平可有看得上眼的？只要雙方都有意思，夫人都可以幫妳作主的。」

安平搖了搖頭，想了一下說道：「我倒是想嫁將軍麾下的兵士，不求別的，只要人好有本事。」

沈錦想了一下說道：「那我找夫君問問有沒有合適的，到時候與妳說。」

安平咬了下唇點點頭。

李嬤嬤看了看安平又看了看趙嬤嬤，心中沈思了起來。安寧笑著和安平說了句恭喜，東東和晴哥兒還不知道發生了什麼，兩個人正和小不點玩得開心。也不知道東東怎麼爬的，竟然趴到小不點的身上，正抱著小不點的耳朵咬，口水都把小不點的耳朵給弄濕了。晴哥兒也想上去，可是小不點卻用爪子壓著他，不會傷著沈晴，卻也不讓沈晴爬到牠身上。

在小不點眼中，東東是牠的小主人，自然是可以這樣折騰牠的，可是沈晴不過是別人家的孩子，來陪自家小主人玩的，才不會讓他騎到身上。

沈晴並不知道小不點的心思，以為東東是和他玩呢，開心地叫個不停，還拿著布老虎往小不點那邊塞。小不點見沒有人注意到他們，就伸爪子一撥、大狗頭一頂，就把沈晴給滾到了一邊，卻不想東東正趴在牠的頭上，一下子滑了下來，多虧下面鋪得極厚，也不會摔疼，東東哈哈笑著拍手。

霜巧很快就被帶過來了，沈錦直接問道：「霜巧，來了這麼久，我也沒抽出時間來見見妳，大姊可有什麼話讓妳帶與我嗎？」

「回侯夫人的話，世子夫人並沒有說什麼。」霜巧恭聲說道。

沈錦問道：「那時候在瑞王府，大姊曾提過妳的親事，妳當時是拒絕了，如今是怎麼個想法？」

霜巧愣了一下。「奴婢一輩子不嫁，伺候姑娘。」

沈錦聞言說道：「我本想著讓你們都搬進如意園，既然妳是這般心思，就留在寶珠身邊好好伺候吧。」

霜巧心中害怕，可是此時只能說道：「是，奴婢定會聽從陳夫人的話，用心伺候姑娘的。」

沈錦笑道：「安平賞。」

安平拿了個荷包放到霜巧的手上，沈錦說道：「那妳就回去看看，再選兩個留下，剩下的也讓她們收拾收拾準備去如意園吧。」

李嬤嬤又帶著沈晴和東東玩了一會兒，瞧東東和沈晴都想睡了，就抱著沈晴告辭了。趙嬤嬤親自把人給送回去，李嬤嬤忽然問道：「我是不是不該拿那些小事煩侯夫人？」

趙嬤嬤溫言道：「這並非什麼小事，夫人在乎陳夫人。」

趙嬤嬤想了想說道：「而且陳夫人也不需要再想那麼多了。」

等楚修明從議事廳過來時，就看見沈錦和東東都已經躺在軟墊上睡了，而小不點也趴在他們身邊，聽見腳步聲就看著楚修明搖了搖尾巴。

楚修明坐在沈錦的身邊，這邊鋪得厚，躺著睡倒也不礙事，沈錦和東東身上都蓋著被子，而東東的小腳丫子就踹著小不點的肚子，小嘴微微張著睡得格外香甜。

楚修明動作輕柔地給沈錦整理了一下碎髮，索性側身躺在他們身邊，小不點也重新閉上了眼睛，一隻大爪子還搭在東東的身上。

沈錦睡得迷迷糊糊的，睡眼惺忪地睜開眼睛看了楚修明一眼，然後就熟練地鑽進了他的懷裡。

楚修明給沈錦掖了掖被子，又給東東的被子整理了一下，伸手環著沈錦。沈錦打了個哈欠，閉著眼睛輕聲說道：「我已經讓人把薛喬送走了，我覺得她一定會多想的。」

「嗯。」楚修明微微垂眸，薛喬不僅會多想，還一定會讓英王世子也多想。

沈錦又把茹陽公主的事情與楚修明說了，楚修明應了一聲，說道：「想來忠毅侯會讓茹陽公主作出正確的選擇。」

沈錦是知道楚修明派了探子的事情，問道：「京城那邊傳來消息了嗎？」

楚修明開口道：「沒有。」那些探子完全失去了消息，這點讓楚修明心中有些擔憂。

沈錦想了下說道：「你說母妃他們什麼時候能到？」

「沈熙已經帶人去接了，三月分差不多就能到吧。」

「其實……」楚修明剛想說什麼，就聽見外面有腳步聲，楚修明抱著沈錦坐了起來。來的是岳文，楚修明起身走到外面。「將軍，英王世子派了使者前來，說有事情要與將軍說。」

英王世子的使者會選在這個時候來，倒是讓人始料未及，而且他到底是如何到了城門口才被發現，這點才是讓楚修明最在意的。

楚修明並沒有馬上去見那個英王世子的使者，而是讓人把他安排到客院休息。沈錦見到楚修明就問道：「是發生了什麼事情嗎？」如果不是因為有急事，在楚修明從議事廳回來後，是沒有人會來打擾的。

「英王世子派了使者來。」

沈錦看著楚修明說道：「讓我先見見吧。」

楚修明想了一下說道：「好。」

確定沈錦又睡著了，楚修明這才換了衣服往外走去。岳文已經等了很久，楚修明對著岳文點了下頭，朝著安平吩咐道：「別打擾夫人休息，讓趙嬤嬤給夫人熬點雞肉粥，蒸點奶饅頭。」

今日正好輪到安平守夜，因為楚修明和沈錦在的時候並不喜歡人在裡面，所以她們都守在旁邊的耳房，此時聽見楚修明要離開，她就出來了。

「是。」安平恭聲應下來。

楚修明這才帶著岳文往議事廳走去。「什麼事情？」

岳文低聲說道：「甲組傳回了消息……」

「我知道了，等天亮後，就去請趙管事他們過來。」

楚修明想了一下，接著說道：「把徐源也請來。」徐源正是那個領命去山脈火燒糧草的人。

岳文都記了下來，見楚修明沒有別的吩咐，就問道：「將軍，要不要讓人給您做些東西吃？」
楚修明點了下頭。「讓廚房下點麵。」
「是。」
楚修遠、王總管和趙管事他們本身就住在將軍府，來得最早，而趙端住處離將軍府比較近，甚至顧不得用早飯就直接趕了過來。林將軍、吳將軍和金將軍三個人要晚一些，不過到得最晚的是徐源，他在軍營，岳文送了消息後，還要給他上峰打個招呼。
徐源是第二次來這裡，和第一次不同，這次也是有位置的，在最末的地方。徐源心中忍不住激動，這個議事廳可謂是邊城權力最集中的地方。
等人來齊了，楚修明才說道：「剛剛得了消息，山脈那邊把守得很嚴，他們至今能得到的消息有限。不過離那個山脈最近的鎮上，都傳言鬧鬼，每月十五的晚上陰兵過界，聽說有個小孩還撿到過銀元寶，只是在第三天的夜裡，整個村子的人都消失了，按照他們的說法是因為得罪了山神。」
趙端皺眉說道：「無稽之談。」
趙管事問道：「那個英王世子的使者，來此是何意？」
楚修明雙手交叉放在書桌上說道：「我暫時不準備見他。」
金將軍皺了下眉頭問道：「將軍可是另有打算？」
楚修明點頭。「這個人來的時候，正好是岳文領命送薛喬離開的時候，薛喬和這個人照了面，也不知他們之間有沒有暗中交換消息。」

趙管事一下子就明白過來，楚修遠問道：「哥，那我去見？」

「讓夫人接見。」楚修明沒有賣關子，直接說道。

趙端雖然見識了沈錦如何招待薛喬的，可是薛喬和這個使者並不一樣，張口想要說什麼，卻被坐在身邊的趙管事按了一下手。倒是楚修遠一聽，就笑了起來說道：「交給嫂子好。」

楚修明點點頭沒再多說，而是把對茹陽公主和薛喬的一些安排提了出來，趙管事眼睛一亮說道：「這樣極好，讓她什麼都不知道，反而她心中沒底，更容易誤導英王世子，而茹陽公主……有忠毅侯他們在手上，茹陽公主回去後，對我們更是有利，她這般的身分想來沒有人會懷疑她是細作，只是誠帝生性多疑。」

不過他們早就開始埋線了，為此還送了不少軍功到忠毅侯的頭上，不僅是茹陽公主的密信、請功的摺子，還有當初那些被誠帝安排過來的人。誠帝心中已經相信忠毅侯他們在邊城站穩了腳跟，雖然沒辦法和楚修明抗衡，卻在他的大力支持下，使得楚修明也忌憚忠毅侯，就算到了現在的情況，也不敢動忠毅侯分毫。

眾人商量了一番，徐源一直一言不發地聽著眾人的話，心中倒是有些疑問，他也是知道將軍夫人的，將軍夫人在剛嫁過來就與他們同生共死，還捨命維護邊城的那些孩童。逢年過節給眾人發了新衣一類的，其他的就沒什麼將軍夫人的傳言了，他們都以為將軍夫人只是幫著將軍打理內院，可是瞧著今日眾人的態度，恐怕在他們不知道的時候，將軍夫人還做了不少事情。

「徐源，你怎麼想？」楚修明問。

徐源雖然在想將軍夫人的事情，可也注意聽著楚修明他們的話，聞言說道：「不知將軍問的是哪方面？」

楚修明開口道：「你準備帶多少人？」

徐源想了一下說道：「十人足矣，只是還需一些人的配合。」

楚修明點了下頭。「甲組那些人的聯繫方式我會告訴你。」

徐源恭聲說道：「定不負使命。」

楚修明並沒再多問什麼，只是說道：「把人都活著帶回來。」

眾人又商量了一些事情，楚修明就帶著徐源和楚修遠去書房了，進去後楚修明就把一張地圖交給徐源。徐源看了一眼，正是那座山脈周圍的地圖，比在議事廳掛著的那個天啟地圖還要仔細，不管是河流還是村落都仔細地標了出來。徐源手指輕輕摸索了一下地圖，說道：「將軍放心。」

楚修明點了下頭，開口道：「都坐下。」

徐源等楚修遠先坐下後，這才擇了位置坐好。楚修明鋪開另一張地圖，說道：「你準備怎麼帶人去，這些我都不過問，這十個人你也可以自己選擇，等你們撤離的時候，從這裡走……」

楚修明指著地圖細細說了起來。「到時候我會帶人在這裡接應你們，在完成任務後，不用管其他的，就朝著這裡跑，就算後面追兵再多也無礙，你們只要考慮怎麼平安地逃過來就好。」

徐源皺了下眉頭說道：「將軍，這般的話容易暴露……」

「無所謂。」楚修明開口道。「瑞王和瑞王妃已經從京城逃出來，我派沈熙去接應了。」

「將軍只要下了決心就好。」徐源他們其實都私下討論過，楚修明到底是為什麼忍耐下來的，並不是為了誠帝，而是為了天下的百姓，不過如今英王世子又冒出來了……

楚修明開口道：「還有一件事交與你。」

「將軍請說。」

楚修明說道：「這趟去，看看能不能查出那些蠻族是哪個部落的。」

「記得選走的人，做個詳細登記。」

「是。」徐源明白楚修明的意思，若是他們真的死在了外面，邊城也會對他們的親屬安排照顧的。

見楚修明沒有別的吩咐，徐源就告辭了，出書房門的時候，楚修遠拍了下徐源的肩膀說道：「活著回來。」

徐源笑了一下說道：「是，屬下一定盡全力完成任務活著回來。」

楚修遠嗯了一聲，心情到底有些低落。倒是徐源心中已經有了成算，原本只有三、四分的把握，此時也變成了六分，因為不僅有提前安排去吸引的噓頭，還有楚修明親自去接應這點，都使得他們的行動更加安全。

第六十一章

沈錦醒來的時候，已經日頭高掛了，楚修明自然沒有在房內。正午時分沈錦在陳側妃那裡用了午飯睡了午覺，睡得正香的時候，忽然坐了起來，把陳側妃嚇了一跳，問道：「怎麼了？」

「我好像把夫君交代的事情忘記了。」沈錦撓了撓臉說道。

陳側妃問道：「什麼事情？可別耽誤了才是。」

沈錦其實並不睏，只不過是習慣了睡午覺，此時想起來索性就不睡了，說道：「夫君有點忙，讓我幫著見一下英王世子的使者，問問他有沒有什麼事情。」

「那趕緊去。」陳側妃開口道。

沈錦應了一聲，叫了安平進來給她更衣，說道：「那我把東東留在這裡了啊。」

「嗯。」陳側妃也起身了，沈錦因為覺得很久沒和母親一起睡，這才中午和陳側妃一併休息，此時卻也不能再睡了。「若是忙，索性就把東東留在我這邊，兩個孩子和三個孩子沒什麼差別的，還有安寧幫把手。」

沈錦說道：「我知道了。」不過每晚楚修明都習慣了先去看看兒子，回來得早的話，還要陪著兒子玩一會兒，若是真留在陳側妃這裡，雖然楚修明不會明說什麼，可是眼神時不時會往東東睡的小房間看一眼，想來心裡也是捨不得的。

陳側妃沒有再多說什麼。

沈錦梳妝好就先回了內室，然後讓安平告訴岳文，請了英王世子的使者來客廳。

岳文很快就帶了人來，英王世子派來的使者看著三十上下，穿得有些厚，氣色倒是不錯，見到沈錦便恭恭敬敬行禮道：「在下鄭良參見郡主。」

沈錦聞言就笑了起來。「既然是在邊城，就不要再稱呼什麼郡主了。」

「是在下失禮，侯夫人莫見怪才是。」鄭良也開口道。

沈錦點頭說道：「無礙的，坐下吧。」

「是。」鄭良這才擇了位子坐下。

沈錦問道：「英王世子可是有什麼事情？」

「世子已經繼承了英王的爵位。」

沈錦疑惑地看了鄭良一眼問道：「皇伯父竟然下旨讓英王世子襲爵了？莫非他們和好了？」

鄭良臉上的神色僵硬了一下，只要是人都知道不可能。「世子繼承爵位，自然不需要誠帝的同意。」

「可是英王這個爵位就是朝廷冊封的啊？」沈錦皺眉問道：「為什麼不需要經過朝廷的同意？」

「因為如今的朝廷是偽朝。」鄭良義正辭嚴地說道。「誠帝殺父弒兄，這等惡人……」

「等等。」沈錦看向鄭良說道：「不管是皇伯父還是當初的英王，他們的目的不是一樣的嗎？如果當初英王成功了，想來他們做的事情也差不多。別用外面那一套騙我啊，我父王都和我說了。」

鄭良想到路遇了薛喬時，薛喬說的那些話，就算鄭良心中一再提醒自己警惕，可是真看見沈錦的時候，也難免起了輕視之心。

此時鄭良也不再說那些話了，直言道：「誠帝如何對待永甯侯，侯夫人想來也是知道的，就是侯夫人的父親瑞王，還是誠帝的親兄弟，誠帝又是如何？」

沈錦沒有說話，只是看著鄭良。

鄭良接著說道：「想來侯夫人也知道，不管是先帝還是太子，甚至其他皇子的死都是和英王無關的。」

「因為沒機會啊。」沈錦開口道。「英王被太子打敗了，我們不是剛剛討論過這點了嗎？」

鄭良一臉嚴肅地說道：「起碼英王是光明正大的，而不像是誠帝這般小人。」

沈錦其實覺得鄭良很厲害，起碼在臉皮這方面，沈錦看著鄭良的眼神中竟然帶出了幾分敬佩。就聽著鄭良先是抨擊了誠帝，然後再誇讚一下楚家的忠心，再可憐一下瑞王，最後暢想未來。

「你到底要說什麼？」

鄭良開口道：「只要永甯侯願意和英王合作，等英王榮登大寶，願與永甯侯分疆而治。」

沈錦繼續低頭剝著瓜子，明顯沒被鄭良說的條件吸引，鄭良明白沈錦如今是不見兔子不撒鷹（注），忽然說道：「還有楚修曜的下落和楚修曜的兒子。」

「咦？」果然鄭良的話吸引到沈錦。「楚修曜？」

「是。」鄭良開口道：「楚修曜並沒有死，他當初是被英王所救。」

鄭良口中的英王正是沈錦口中的英王世子，沈錦點了點頭，感嘆道：「我覺得英王世子挺喜歡救人的。」

「英王生性善良……」鄭良恭聲說道。

沈錦接過安平遞過來的帕子，擦了擦手說道：「我覺得你很厲害，這樣的謊話都能臉不紅心不跳地說出來。」

鄭良開口道：「怕是有些事情侯夫人作不了主，不如請了永甯侯出來。」

「我覺得和你說話會耽誤我夫君時間，不如你把想說的都寫下來，晚些時候我交給夫君。」沈錦想了一下說道：「別寫太多，看著有點累。」

鄭良倒是脾氣很好，在邊城面對沈錦的時候，脾氣不好也不行。「莫非侯夫人不想知道楚修曜的下落？」

「說實話，不太想。」沈錦的眼神格外的真誠。「一山不容二虎，一城不立二主，你為什麼會覺得我會想要楚修曜的下落呢？」

鄭良開口道：「侯夫人不想，莫非邊城的其他人都不想嗎？若是邊城將士知道永甯侯這般對待兄弟，不知道會不會寒了心。」

沈錦看向鄭良，有些無奈地說道：「你都進了將軍府了啊，怎麼會覺得自己還有機會見到別人？」

鄭良早有準備，整理了一下衣袖說道：「英王手下人才濟濟，在下不過是馬前卒罷了。」

沈錦問道：「哦，也就是說你不重要了？」

鄭良皺眉看向了沈錦，怎麼沈錦所有的反應都和他猜想的不一樣，明明是他在威脅沈錦，怎麼有一種反被威脅的感覺。沈錦看向岳文說道：「把他押下去，想辦法讓他開口，死活不論。」

「兩軍交戰不斬來使。」鄭良心中有些發慌。

沈錦問道：「誰說的？」最重要的一點，沈錦覺得就算鄭良死了，英王世子也不會輕舉妄動。若是想合作，就算是英王世子的兒子死在了楚修明手裡，英王世子還是照樣會和楚修明合作。

鄭良還想再說，岳文已經動手了，等鄭良被岳文帶下去後，沈錦才說道：「嬤嬤，請夫君。」

「是。」趙嬤嬤到了外面，吩咐小廝去請楚修明，然後進來看向坐在椅子上正在發呆的沈錦，柔聲說道：「夫人不用擔心，想來將軍會處理的。」

沈錦愣了一下才點了點頭，說道：「其實我就是覺得有些奇怪。」

注：不見兔子不撒鷹，指沒有出現明確的目標，就不會採取切實的行動。

「夫人覺得哪裡不對嗎？」趙嬤嬤問道。

「英王世子的手段怎麼這麼單一？」

趙嬤嬤一時竟然沒有反應過來，沈錦說道：「就是我把你所有的東西都給搶走，然後施恩一般再還給你一點，對待薛喬不也如此嗎？」

聽沈錦解釋，趙嬤嬤也明白了，沈錦嘆了口氣說道：「莫非他覺得，如此一來，他就是好人了？」

「想來是從薛喬那裡得來的自信。」趙嬤嬤冷笑道。

沈錦點點頭。「可是也就那麼一個薛喬啊。」

趙嬤嬤沒有再說什麼。其實沈錦想的並非這些，更不是英王世子手上到底有沒有楚修曜這件事。而是楚修曜那樣的人到底是在什麼情況下會被英王世子抓了，這些年又發生了什麼事情，現在又是什麼處境。

沈錦心中已經有了猜測，英王世子抓住過楚修曜這點可能是真的，只是……楚修曜恐怕早就不在了，那樣的人怎麼可能去當俘虜，又怎麼會願意因為他使得自己的弟弟受到威脅，如果逃出來，他應該早就來找楚修明了。

所以鄭良的話應該是假的，只是這樣的假消息讓沈錦心中很難過，楚修明很在乎楚修曜，從對待那個可能是楚修曜孩子的重視上就能看出。在楚修明好不容易接受楚修曜死了這件事後，英王世子偏偏要在此時提出來，就像是好不容易癒合的傷口，再一次被破開，沈錦是心疼楚修明的。

楚修明很快就過來了，他來的時候就看見沈錦正呆呆地看著窗戶，也不知道在想什麼。沈錦發現楚修明進來，伸出胳膊說道：「夫君，抱抱。」

可能沈錦自己都不知道，此時的她臉上滿是委屈和難受，就像是一隻因為母獸受傷而無奈的小獸一般。楚修明走了過去，伸手把沈錦抱起來。「我們回屋說吧。」

楚修明微微垂眸。「別怕，有我在。」

簡單的五個字讓沈錦再也忍不住紅了眼睛，淚水落在楚修明的脖頸上。「夫君，我厭惡英王世子。」沈錦從來沒有這麼討厭一個人，就算是誠帝也比不上英王世子。

走到屋中，楚修明也沒有把沈錦放下來，沈錦坐在楚修明的腿上，開口道：「我見了鄭良。」

「可是說了什麼？」

沈錦應了一聲。「說如果夫君願意助英王世子一臂之力，若是成事了，英王世子願與夫君分疆而治。」

「呵。」楚修明冷笑出聲。

「鄭良說英王世子手中有三哥和三哥的兒子。」

楚修明咬緊了牙，那一瞬間沈錦都感覺到了楚修明身子的緊繃，可就算如此他摟著沈錦腰的胳膊依舊輕柔。「不可能。」

「嗯。」沈錦伸手緊緊摟著楚修明，用臉在他的臉上輕輕蹭了蹭。「夫君，別難受。」

楚修明閉了閉眼睛，再睜開的時候勉強恢復了平靜。「三哥不可能落在英王世子的手裡，楚家與英王有不共戴天之仇，其實三哥……比誰都驕傲。」楚修曜絕對不會為了活命，而彎了傲骨。

沈錦咬了咬唇說道：「夫君，你還有我，還有東東，還有修遠……別難受。」

楚修明低頭用額頭抵著沈錦的。「嗯。」

其實沈錦明白楚修明，此時不僅是難過，更多的是一種憤怒和悔恨。英王世子的謊言若是想要人相信，裡面一定是有真話的，所以很可能當初英王世子確實俘虜了楚修曜。可是楚修明瞭解自己的三哥，他如果發現自己逃不掉的話，一定會選擇在還有能力自盡的時候一死了之的。

若是當初……楚修明悔恨，若是那時候他早點察覺這點，會不會就有機會救出三哥呢？楚修明的痛苦在於此，並非僅僅因為楚修曜的死。

沈錦也是知道，所以格外的心疼難受。英王世子會派人過來說起楚修曜，此舉更像是想要激怒楚修明，想讓楚修明失去冷靜。

過了許久，楚修明才冷靜下來，開口道：「英王世子怕是打著讓邊城內亂的想法。」

楚修明嚐到了嘴裡的血腥味，剛剛為了讓自己冷靜下來，他狠狠咬了自己一下，藉著疼痛和血腥的刺激來提醒自己。其實楚修明比沈錦想得更多，只是有些事情不願意說出來嚇到沈錦，讓沈錦難受。他輕輕吻了沈錦一下，說道：「我去議事廳。」

「好。」沈錦從楚修明懷裡站起來。「晚些時候我給你們送飯。」

「嗯。」楚修明吻了沈錦的眼角一下說道：「這件事，交給我。」言下之意是不讓沈錦再插手了。

沈錦想了一下，點了點頭沒再說什麼，送楚修明離開正院。

楚修遠看了趙嬤嬤一眼，說道：「好好照顧夫人。」

「是。」趙嬤嬤恭聲應下來。

其實還有一種可能，楚修明並沒有告訴沈錦，就是楚修曜確實在英王世子手中，連自殺的能力都沒有了。

死有時候很容易，有時候卻又很困難，若是楚修曜真的連死的機會和能力都沒有，可想而知楚修曜現在是處於怎麼樣的一個情況。

楚修明只要稍微一想就覺得心寒和心顫，這麼多年……楚修曜到底遭遇了什麼讓人求生不能求死不得的手段……

——未完，待續，請看文創風349《吃貨嬌娘》4（完結篇）

文創風
348

吃貨嬌娘 3

國家圖書館出版品預行編目資料

吃貨嬌娘 / 夕南著. --
初版. -- 臺北市 : 狗屋, 2015.11
冊 ; 公分. --（文創風）
ISBN 978-986-328-517-5（第3冊：平裝）. --

857.7　　104018846

著作者	夕南
編輯	王佳薇
校對	黃薇霓　周貝桂
發行所	狗屋出版社有限公司
地址	台北市104中山區龍江路71巷15號1樓
電話	02-2776-5889～0
發行字號	局版台業字845號
法律顧問	蕭雄淋律師
總經銷	知遠文化事業有限公司
電話	02-2664-8800
初版	2015年11月
國際書碼	ISBN-13　978-986-328-517-5
原著書名	《将军家的小娘子》，由北京晉江原創網絡科技有限公司授權出版

定價250元
狗屋劃撥帳號：19001626
網址：love.doghouse.com.tw　E-mail：love@doghouse.com.tw